Hye Won World Best　21

배따라기·감자 외

김동인 지음

惠園出版社

하고 싶은 일은 자유로 해라.
힘써서 끝까지!
거기서 우리는 사랑을 발견하고
진리를 발견하리라.

〈약한 자의슬픔〉 中에서

Hye Won World Best
Hye Won World Best

차 례

일러두기

1. 이 책은 발췌 수록이 아닌 모든 작품의 전문을 수록하였다.
2. 표기는 원작에 충실했으되 오자는 현행 맞춤법에 따랐으며, 당시의
   방언이나 속언은 살리되 의미 전달을 위해 가급적 현대 표기법을 따
   랐다.
3. 띄어쓰기는 개정된 한글 맞춤법에 따랐다.
4. 외래어는 현행 외래어 표기법에 따랐다.
5. 대화체와 인용은 " "부호로, 독백이나 생각은 ' '부호로 표기했
   다. 책명은《 》로, 잡지나 신문명은「 」부호로 표기하였다.
6. 이해하기 어려운 단어는 번호를 지정해 뜻풀이를 해놓았다.
7. 이 책의 수록 순서는 연대순이다.

약한 자의 슬픔

1

가정 교사 강 엘리자베스는 가르침을 끝낸 다음에 자기 방으로 돌아왔다. 돌아오기는 하였지만 이제껏 쾌활한 아이들과 마주 유쾌히 지낸 그는 껌껌하고 갑갑한 자기 방에 돌아와서는 무한한 적막을 깨달았다.

'오늘은 왜 이리 갑갑한고? 마음이 왜 이리 두근거리는고? 마치 이 세상에 나 혼자 남아 있는 것 같군. 어찌할꼬…… 어디 갈까, 말까…… 아, 혜숙이한테나 가 보자. 이즈음 며칠 가 보지도 못하였는데.'

그의 머리에 이 생각이 나자, 그는 가뜩이나 갑갑하던 것이 더 심하여지고 아무래도 혜숙이한테 가 보아야 될 것같이 생각된다.

"아무래도 가 보아야겠다."

그는 중얼거리고 외출의를 갈아입었다.

'갈까? 그만둘까?'

그는 생각이 정키 전에 문 밖에 나섰다. 여학생 간에 유행하는 보법(步法)으로 팔과 궁둥이를 전후 좌우로 저으면서 엘리자베스는 길을 나섰다.

그는 파라솔을 받은 후에 손수건을 코에 대어서 쏘는 듯이 콜타르 냄새를 맡으면서 N통(通) K정(町) 등을 지나서 혜숙의 집에 이르렀다.

그리 부자라 할 수는 없지만 그래도 경성 중류민의 열에는 드는 혜숙의 집은 굉대(宏大)[1]하지는 못하지만 쏠쏠하고[2] 정하기는 하였다.

그 집의 방의 배치를 익히 아는 엘리자베스는 들어서면서 파라솔을 접어서 마루 한편 끝에 놓은 후에,

"너무 갑갑해서 놀러 왔다, 애."

하면서 혜숙의 방으로 뛰어들어갔다. 그는 들어서면서 혜숙이가 동무 S와 무슨 이야기를 열심히 하다가 자기 온 것을 알고 뚝 그치는 것을 알았다.

'S는 원, 무엇 하러 왔노?'

그는 이유 없는 질투가 마음에서 끓어 나오는 것을 깨달았다.

'흥! 혜숙이는 S로 인하여 나한테 놀러도 안 오는구먼. 너희들끼리만 잘들 놀아라.'

혜숙이가 한 번도 자기께 놀러 와 본 때가 없으되 엘리자베스는 이렇게 생각하였다.

"아, 엘리자베스 왔니. 우린 이제껏 네 이야기 하뎄지. 그 새 왜 안 왔니?"

혜숙이와 S는 동시에 일어나면서 혜숙이는 엘리자베스의 왼손, S는

---

1) 굉대(宏大) — 어마어마하게 크다.
2) 쏠쏠하다 — 품질·수준·정도 따위가 어지간하여 괜찮다.

바른손을 잡고 주좌(主座)에 끌어다 앉히었다.

—— 엘리자베스는 아직 십구 세의 소녀이지만 재주와 용자(容姿)로 모든 동창들에게 존경과 일종의 시기를 받고 있었다. 그는 재주로 인하여 아직 통학 중이지만 K남작의 집에 유(留)하면서 오후에는 그 집 아이들에게 학과의 복습을 시키고 있었다.

"내 이야기라니, 무슨? 내 흉들만 실컷 보고 있었니?"

엘리자베스는 앉히는 자리에 앉으면서 억지로 성난 것을 감추고 농담 비슷하니 물었다.

혜숙과 S는 의논하였던 것같이 잠깐 서로 낯을 향하였다가 웃음을 억지로 참노라 입을 비죽하니 하고 머리를 돌이켰다.

"내 이야기라니, 무슨?"

"네 이야기라니…… 저…… 그만두자."

혜숙이가 감추자 엘리자베스는 더 듣고 싶었다. 그는 차차 노기를 외면에 나타내게 되었다.

"내 이야기라니, 무엇이야 애? 안 가르쳐 주면 난 가겠다."

"네 이야기라니…… 저……."

혜숙이는 아까와 같은 밀을 한 후에 S외 또 한 번 마주 향하여 보았다.

"그럼 난 간다."

하고 엘리자베스는 일어서려 하였다.

"애, 가르쳐 주라. 참말은 네 이야기가 아니고…… 저…… 이환(利煥) 씨 이야기."

말이 끝난 뒤에 혜숙이는 또 한 번 S와 낯을 향하였다.

혜숙의 말을 들은 엘리자베스는 노기와 부끄러움과 모욕을 당했다는 감을 함께 머금고 낯을 붉히고 머리를 숙였다.

　　── 엘리자베스가 매일 통학할 때에 N통 꺾어진 길에서 H의숙(義塾) 제모를 쓴 어떤 청년과 만나게 되었다. 만나기 시작한 지 닷새에 좀 정답게 생각되고, 열흘에 그를 만나지 못하면 섭섭하게 생각되고, 이십 일에 연애라 하는 것을 자각하고, 일삭 만에 그 청년 이름을 탐지하였다. '그도 나를 생각하겠지.' 하는 생각과 '웬걸, 내게는 주의도 안 하더라.' 하는 생각이 그 후부터는 항상 그의 마음 속에서 쟁투하고 있었다. 연애를 하는 사람은 아무도 그렇거니와, 엘리자베스는 연애 ── 짝사랑이든 ── 를 안 후부터는 벗들과 함께 있을 때는 아무렇지도 않지만, 혼자 있을 때는 염세(厭世)의 생각과 희열의 생각이 함께 마음 속에서 발하여 공연히 심장을 뛰놀리며 일어섰다 앉았다, 밖에 나갔다 들어왔다, 일도 없는데 이환이와 만나게 되는 길에 가 보았다. 이와 같이 날을 보내게 되었다. 그러다가 아무게도 통사정할 사람이 없는 엘리자베스는 혜숙에게 이 말을 다 고백하였다.

　　이와 같은 사람의 비밀을 혜숙이는 S에게 알게 하였다 할 때에 그는 성이 났다.

　　처녀가 학생에게 사랑을 한다 하는 것이 그에게는 부러웠다.

　　둘 ── 혜숙과 S ── 이서 내 흉을 실컷 보았겠거니 할 때에 그는 모욕을 당했다 생각하였다. ── 혜숙과 S가 서로 낯을 보고 웃을 때에 이 생각이 더 심하였다.

　　그리고 이와 같은 비밀을 혜숙에게 고백하였다 할 때에 엘리자베스는 자기에게 대하여서도 성을 안 낼 수가 없었다.

　　'어껀 자기를 믿고 통사정을 하였더니 이런 말을 광고같이 떠들춘단 말인가. 이 세상에 믿을 만한 사람이 누구인고? 아, 부모가 살아 계시면……'

　　살아 있을 때는 자기를 압박하는 것으로 유일의 오락을 삼던 부모를 빨리 죽기를 기다리던 그도, 부모에게 대하여 지금은 유일의 믿을 만한 사람이고, 유일의 의뢰할 만한 사람이라는 생각이 났다. 그리고 혜숙에게 대하여서는 무한한 증오의 염이 난다.

그러면서도 그는 한 바람을 품고 있었다. 이것 —— 이환과 자기의 사이 —— 이것이 이제 화제가 되는 것을 그는 무서워하고 피하려 하면서도 그것이 화제가 되기를 열심히 바라고 있다. —— 좀더 상세히 알고 싶었다.

자기 말을 듣고 엘리자베스가 성을 낸 것을 빨리 알아챈 혜숙이는, 화제를 바꾸려고 학과 이야기를 시작하였다.

"너 기하 숙제 해 보았니? 난 암만 해두 모르겠구나."

'아차!'

엘리자베스는 속으로 고함을 쳤다. —— 그의 희망은 끊어졌다.

'내가 성을 낸 것을 알고 혜숙이는 이렇게 돌려다 대누나.'

하면서도 성을 억지로 감추고 낯에 화기를 나타내고 대답하였다.

"기하? 해 보지는 않았어도 해 보면 되겠지."

"그럼 좀 가르쳐 주렴."

기하 책을 갖나 놓고 셋은 둘러앉아서 기하를 토론히기 시작하였다. 한 이십 분 동안 기하를 푸는 사이에 엘리자베스의 머리에는 혜숙과 S의 우교(友交)에 대한 시기도 없어지고 혜숙에게 대한 증오도 없어지고, 동창생에 대한 애정과 동성에 대한 친밀한 생각만 나게 되었다.

복습을 필한 후에 셋은 잠깐 무언으로 있었다. 그 동안 혜숙은 무슨 말을 할 듯 할 듯하면서도 다만 빙긋 웃기만 하고 말을 못 발하고 있었다.

'무슨 말이든 빨리 하렴.'

엘리자베스는 또 갑자기 희망을 품고 심장을 뛰놀리면서 속으로 명령하였다.

엘리자베스가 듣고 싶어하는 것을 보고 혜숙이는 안심한 듯이 말을 시작한다.

"애…… 애……."

이 말만 하고 좀 하기가 별한 듯이 잠깐 말을 멈추었다가 또 시작한다.

"이환 씨느으으은 S의 외사촌 오빠란다."

이 말을 들은 엘리자베스는 갑자기 마음이 무거워지는 것을 깨달았다. —— 그 가운데는 부끄러움도 섞여 있었다. 갑자기 이환이와 직접으로 대면한 것같이 형용할 수 없는 별한 부끄러움이 엘리자베스의 마음을 지나갔다. 그러면서도 그는 좀더 똑똑히 알려고…….

"거짓말!"

하고 혜숙이를 쳐다보았다.

"거짓말은 왜 거짓말이야. S한테 물어 보렴. 이애…… S야, 그렇지?"

엘리자베스는 머리를 S편으로 돌려서 S의 대답을 기다렸다. 이환이가 S의 외사촌이라는 것은 팔구 분은 믿으면서도…….

S는 다만 웃고 있었다.

'모욕당했다. 집으로 가고 말아야지.'

엘리자베스는 이렇게 속으로 고함을 치고도 일어나지는 않았다. 그는 S에게서 이환의 소식을 듣고 싶었다. 그리고 '오빠도 너를 사랑한다더라.'란 말까지 듣고 싶었다.

"응, 그렇지 애?"

하는 혜숙의 소리에 S는 그렇단 대답만 하였다. 그리고 의미 있는 듯한 웃음을 머금고 엘리자베스를 들여다보았다.

'S의 웃음, 의미 있는 웃음. 무슨 웃음일꼬? 거짓말? 이환 씨는 나 같은 것은 알아도 안 보나? 아, 무엇? 아니다. 그도 나를 사랑한다. 그리고 S에게 고백하였다. 아, 이환 씨는 날 사랑한다. 결혼! 행복!'

그는 자기께 이익한 데로만 생각을 끌어가다가 대담하게 되어서, 머리를 들면서 결심한 구조(口調)로 말을 걸었다.

"애, S야!"

"엉?"

경멸하는 듯이 S는 대답하였다. 이 소리에 엘리자베스의 용기의 대부분은 꺾어졌다.

"너……."

그는 차마 그 뒤는 말을 발하지 못하여 우물우물하다가 예상도 안 한 딴 말을 묻고 말았다.

"기하 다했니?"

"기하라니 무슨?"

S는 대답 겸 물어 보았다.

"네일 숙제."

"이 애 미쳤나 부다."

엘리자베스는 왜인지 가슴에서 똑 하는 소리를 들었다. S는 말을 연속하여 한다.

"이제 우리 하지 않았니?"

"응?…… 참…… 다했지……."

S는 '다 알았소이다.' 하는 듯이 교활한 웃음을 머금고 엘리자베스의 그리스 조각을 연상시키는 뺨과 목의 윤곽을 들여다보았다.

'모욕을 당했다.'

엘리자베스는 또 이렇게 생각하지 않을 수 없었다.

'집으로 가고 말아야지.'

이 생각을 할 때에, 그는 아까 집에서 혜숙의 집에 가야겠다 생각할 때에 참지 못하게 가고 싶던 그와 동정도로 집으로 돌아가고 싶었다.

그는 어쩔 수 없이 가고 싶은 고로,

"난 간다."

소리만 지르고 동무들의,

"왜 가니?"

"더 놀다 가렴."

등 소리는 귓등으로도 듣지 않고 팔과 궁둥이를 저으면서 나섰다.

2

늦은 봄의 저녁 빛은 따스하였다.

도회의 저녁은 더 번잡하였다.

시멘트 인도는 무수히 통행하는 사람의 발로 인하여 처르럭처르럭 때가닥때가닥 하는 소리를 시끄럽도록 내면서도 평안히 누워 있었다.

어떤 때는 사람의 위를 짧게 비치었다, 사람이 다 통과한 후에는 도로 길게 비치었다 하는, 자기와 함께 나아가는 자기 그림자를 들여다보면서 엘리자베스는 본능적으로 발을 움직였다.

'아, 잘못하였군. 그 애들은 내가 나선 다음에 웃었겠지. 잘못하였어. 그럼 어찌하여야 하노? S를 얼러야지. 얼러? 응, 어른 후엔? 들어야지. 무엇을? 무엇을? 그것을 말이지. 그것이라니? 아! 그것이라니?

모르겠다. 사탄아 물러가거라. S가 이환 씨의 누이이고, S가 혜숙의 동무이고, 또 내 동무이고. 이환 씨는 동무의 오빠이고. 사람이 다니고 전차 —— 아이고 무엇이 무엇인지 모르게 되었다. 왜 웃는단 말인가? 우스우니까 웃지. 무엇이 우스워? —— 참 무엇이 우스울까?'

그는 또 한 번 웃었다. 그렇지만 이 웃음은 기뻐서 웃는 것도 아니고 즐거워서 웃는 것도 아니다. 다만 우스워서 웃는 것이다. 그는 왜 우스운지 그 이유를 해석하려고 혼돈된 머리로 생각하면서 발을 본능적으로 차차 집으로 가까이 옮겨 놓았다.

꾸부러진 길을 돌아설 때에 그는 아직껏 보고 오던 자기 그림자를 잃어버리고도 잠깐 멈칫 섰다가 또 한 번 해석지 못할 웃음을 웃고 다시 걷기 시작하였다.

그가 집에 들어설 때는 다섯 시 반, 좀 지난 후 K남작은 방금 저녁을 먹고 처와 아이들이 저녁을 먹을 때였다. 조선의 선각자(先覺者)로 자임하는 남작은 내외의 절(節)과 안방 사랑의 별을 폐하였지만, 남존 여비의 생각은 아직껏 확실히 지켜 왔다.

엘리자베스는 먹기 싫은 밥을 두어 술 먹은 후에 자기 방으로 돌아와서 아직 어둡시도 않았는데 전등을 켜고 책 궤상 머리에 가 앉았다.

아무 작용도 아니하는 눈을 공연히 멀거니 뜨고 책상을 오르간으로 삼고 다뉴브 곡을 뜯으면서 그는 머리를 동작시키고 있었다. —— 웃음, S, 이환, 결혼, 신혼 여행, 노후의 안락, 또는 거기는 조금도 상관 없는 다른 공상이 속속이 그의 머리에 왕래하였다.

끝없이 나는 공상을 두 시간 동안이나 한 후에 이제껏 희미하니 아물아물 기어가는 것같이 보이던 벽의 흑점(黑點)이 똑똑히 보이기 시작할 때에 그는 자리를 펴고 자고 싶은 생각이 났다.

아까 저녁 먹을 때에 남작의,

"오늘 밤에는 회가 있는 고로 밤 두 시쯤 돌아오겠다."
는 말을 들은 엘리자베스는 별로 안심이 되어 자리를 펴고 전나체가
되어 드러누웠다.

몇 가지 공상이 또 머리에서 왕래하다가 그는 잠이 들었다.

한참 자다가 열한 시쯤 자기를 흔드는 사람이 있는 고로 그는 눈을
번쩍 떴다. 전등 아래 의관을 한 남작이 그를 들여다보고 있었다. 엘
리자베스는 갑자기 잠이 수천 리 밖에 퇴산[3]하는 것을 깨달았다. 그
는 남작이 자기를 들여다보는 눈으로 남작의 요구를 깨달았다.

"부인이 알으시면?"
하고 겨우 중얼거렸다.

'아차!'

그는 속으로 고함을 쳤다.

'부인이 모르면 어찌한단 말인가?…… 모르면…… 이것이 허락의
의미가 아닐까? 그러면 너는 그것을 싫어하느냐? 물론 싫어하지. 무
엇? 싫어해? 네 마음 속에 허락하려는 생각이 조금도 없냐? 아……
허락하면 어쩌냐? 그래도……'

일순간에 그의 머리에 이와 같은 생각이 전광과 같이 지나갔다.

"조용히! 아까 두 시에야 돌아오겠다고 하였으니깐 모르겠지요."

남작은 말했다.

이제야 엘리자베스는 아까 남작이 광고하듯이 지껄이던 소리를 해
석하였다. 그리고 두 번째 거절을 하여 보았다.

"부인이 계시면서두?……"

'아차!'

---

3) 퇴산 — 모였던 것이 흩어져 가는 것.

　그는 또 속으로 고함을 안 칠 수가 없었다.

　'부인이 없으면 어찌한단 말인가?…… 이것은 허락의 의미가 아닐까?…….'

　남작은 대답 없이 엘리자베스를 뚫어지게 들여다보고 있었다.

　"왜 그리 보세요?"

　그는 남작의 시선을 피하면서 별한 웃음 —— 애걸하는 웃음 —— 거러지의 웃음을 웃으면서 돌아누웠다.

　'아차!'

　그는 세 번째 고함을 속으로 발하였다.

　'이것은 매춘부의 웃음, 매춘부의 행동이 아닐까…….'

　몇 번 거절에 실패를 한 엘리자베스는 마지막에는 자기에게 대하여서도 정이 떨어지게 되었다. 그는 뉘게 대하여선지는 모르면서도 모르는 어떤 자에게 골이 나서 몸을 꼬면서 좀 날카롭게—— 그래도 작은 소리로 말했다.

　"싫어요, 싫어요."

　남작은 역시 대답이 없었다.

　엘리자베스는 갑자기 방 안이 어두워지는 것을 알았다. —— 남작이 불을 끈 것이다. 그 후에는 남작의 의복 벗는 소리만 바삭바삭 났다. —— 엘리자베스는 정신이 아득하여지고 말았다.

　정신이 아득하여진 엘리자베스는 한참 있다가, 거기서 직수면 상태로 들어서 푹 잠이 들었다가 다섯 시쯤 동편 하늘이 좀 자홍색을 띠어 올 때에 무엇에 놀란 것같이 움쭉하면서 눈을 떴다.

　회색 새벽빛을 꿰어서 먼드고메리 회사제 벽지가 눈에 드는 동시에 그의 머리에는 남작이 생각났다. 곁에 사람의 기척이 없는 고로, 남작이 돌아갔을 줄은 확신하면서도 만일 있다면, 하는 의심이 나는 고로, 그는 가만가만 머리를 그편으로 돌렸다.—— 거기는 남작이 베노라고 갖다 놓았던 책이 서너 권 구겨 있었다.

'그럼 저편 쪽에 있지. 저편 쪽 벽에 꼭 붙어 서서 날 놀랠려고 준비하고 있지.'

엘리자베스는 흥미 절반 진정 절반으로 이런 생각을 하고 갑자기 —— 남작이 숨기 전에 발견하려고—— 머리를 돌이켰다.—— 거기는 차차 흰 빛으로 변하여 오는 새벽빛에 비친 벽지의 모양만 보였다.

'어느 틈에 또 다른 편으로 뛰었군!'
하면서 그는 남작을 잡느라고 이편 저편으로 머리를 휙휙 **돌리다**가…….

'일어나야 순순히 나올 터인가 원.'
하면서 벌떡 일어나 앉아서 의복을 입기 시작하였다. 속곳 바지로서, 버선까지 신는 동안에 그의 머리에는 남작을 잡으려는 생각은 없어지고 엊저녁 기억이 차차 부활키 시작하였다.

'내 속이 왜 그리 약하단 말인고? 정신이 아득하여질 이유가 어디 있어? 아무래도 그렇게 되겠으면 정신이나…… 아, 지금 남작은 무엇 하고 있노?'

그는 자기가 남작에 대하여서도 애정을 가지게 된 것을 깨달을 때에 차라리 놀랐다. 마음 속에서는 또 적막의 덩어리가 뭉쳐 나왔다. —— 그는 무한 울고 싶었다. 그는 시계를 보았다. 아직 다섯 시 삼십 분이다.

'울 시간이 넉넉하지.'
이 생각을 할 때에 그는 참지 못하여 고꾸라져서 흑흑 느끼기 시작하였다. —— 남작은 아내가 있는 사람이다. 아내가 있는 사람에게……

내 전정은 어떠할까…….

울음이 끝나기까지 한참을 운 그는 눈물이 자연히 멎은 후에 머리를 들었다. —— 아침 햇빛은 눈이 시도록 방을 들이쬐고 있었다.

밝은 햇빛을 본 연고인지, 실컷 울은 연고인지, 엘리자베스는 오랫동안 벼르던 원수를 갚은 것같이 별로 속이 시원한 고로 일어서서 세수를 하러 갔다.

세수를 한 후에 그는 거기서 잠깐 주저치 않을 수가 없었다. 밥을 먹으러 가나, 안 가나? 밥은 먹어야겠고, 거기는 남작이 있겠고.

그러다가 그는 필사적 용기를 내고 밥을 먹으러 갔다. 거기는 남작은 없었지만, 그는 부인과 아이들에게도 할 수 있는 대로 낯을 안 보이게 하고 밥을 먹었다. 그런 후 자기 방에 와서 이부자리를 간지 피고 책보를 싸가지고 학교로 향하였다.

정문 밖에 나선 그는 또 한 번 주저치 않을 수가 없었다. 이 길로 가나, 저 길로 가나? 이 길로 가면 이환이를 만나겠고, 저 길로 가면 대단히 멀고.

그의 마음 속에는 쟁투가 일어났다. —— 자기에게 대하여 애정을 내지도 않는 이환의 앞을 복수 겸으로 유유히 지나갈 때의 자기의 상쾌를 그는 상상하여 보았다. 이환이는 그 일을 모르겠지만, 이렇게 하는 것이 엘리자베스에게는 한 쾌락——만약 엘리자베스에게 복수할 마음이 있다 하면 —— 에 다를 바 없었다. 그렇지만 그는 이환이를 사랑하였다. 글자 그대로 '자기 몸과 동정도로 그를 사랑'하였다. 이러한 엘리자베스는 그런 참혹한 일은 행할 수가 없었다.

'이 길로 갈까, 저 길로 갈까?'

그는 생각이 정키 전에 어느덧 먼 길 —— 안 만나게 되는 길 —— 편으로 발을 옮겨 놓았다. 학교에서도 엘리자베스는 성가신 일을 보내고 하학 후 집으로 돌아왔다.

3

단조하고도 복잡한 엘리자베스의 생활은 여전히 연속하여 순환되고 있었다. —— 아침 깨어서는 학교에 가고, 하학 후에는 아이들과 마주 놀고, 자고 —— 다만 전보다 변한 것은 평균 일 주 이 회의 남작의 방문을 받는 것이다.

대개는 엘리자베스가 예기한 날 남작이 왔다. 남작이 오리라 생각한 날은 엘리자베스는 열심히 남작을 기다렸다. 그렇지만 그 방은 남작 부인의 방과 그리 멀지 않은 고로 남작이 와도 그리 말은 사귀지 못하였다. 엘리자베스는 그것으로 남작이 와 있을 동안은 너무 갑갑하여 빨리 돌아가기를 기다렸다. 하지만 일단 남작이 돌아가고 보면 엘리자베스는 남작이 좀더 있지 않는 것을 원망하고 무한한 적막을 깨달았다.

만약 엘리자베스가 예기한 날 남작이 오지를 않으면 그는 어찌할 줄 모르게 속이 타고 질투를 하였다.

그렇지만 이보다 더 큰 고통이 엘리자베스에게 있었다. 때때로 이환의 생각이 나는 것이다. 그런 때는,

'자기도 나를 생각지 않는데 내가 그러면 멜 한가.'

'내가 자기와 약혼을 했댔나.'

등으로 자기를 위로하여 보았지만, 대개는 '변해(辯解)'를 '미안(未安)'이 쳐 이겼다. 그럴 때는 문자 그대로 '심장을 잘 들지 않는 칼로 베어 내는 것' 같았다. 그렇게 되면 그는 고꾸라져서 장시간의 울음으

로 겨우 자기를 위로하곤 하였다.

그는 부인에게 대하여서도 미안을 감(感)하였다.

'남편을 가로앗았는데 왜 미안치를 않을까.'

그는 때때로 중얼거렸다.

그러는 사이에도 학교에는 열심히 상학[4]하였다. 학교에도 무한한 혐오의 정과 수치의 염이 나지마는, 집에 있으면 더 큰 고통을 받는 그는 일종의 위안을 얻노라고 상학하였다.

그 동안 시절은 바뀌었다. 낮잠 잘 오고 맥이 나는 봄 시절은 비 많이 오는 첫여름으로 변하였다.

4

엘리자베스와 남작의 첫 관계가 있은 후 다섯 번 일요일이 찾아왔다.

오후 소아 주일학교(小兒主日學校) 교사인 엘리자베스는 소아 교수와 예배를 필한 후에 아이들 틈을 꿰면서 예배당을 나섰다.

벌겋고 누런 장마 때 저녁 해는 절벅절벅하는 길을 내리쬐고 있었다. 북편 하늘에는 비를 준비하는 검은 구름이 걸려 있었다.

엘리자베스가 예배당 정문을 나설 때에,

"너 이즈음 학교에 왜 다른 길로 다니니?"

하는 혜숙의 소리가 그의 뒤에서 났다.

엘리자베스는 돌아보지 않고 속으로 다만,

---

4) 상학(上學) — 학교에서 그 날의 공부를 시작하는 것.

　‘다른 길로 학교엘 다녀? 다른 길로 학교엘 다녀?’

하면서 집으로 향하였다. 남작 집 정문을 들어서려 하다가 그는 우뚝 섰다. 혜숙의 말이 이제야 겨우 해석되었다.

　‘응, 다른 길로 학교엘 다닌다니, 내가 다른 길로 학교에를 다닌다는 뜻이로군.’

　그는 별한 웃음을 웃고 자기 방으로 향하였다.

　자기 방에 들어서서 책보를 내어 던지고 앉으려 하다가 그는 또 한 번 꼿꼿이 섰다. 사지가 꼿꼿하여지는 것을 깨달았다. 십여 초 동안 이와 같이 꼿꼿이 섰던 그는, 그 자리에 고꾸라졌다. 그의 가슴에서는 무슨 덩어리가 뭉쳐서 나오다가 목에서 잠깐 회전하다가 그 덩어리가 코와 입으로 폭발하곤 한다. 그럴 때마다 눈에서는 눈물이 푹푹 쏟아지고 가슴은 싹싹 베어 내는 것같이 아팠다.

　그에게는 두 달 동안 몸이 안 난 것이 생각이 났다. 잉태! 엘리자베스에게 대하여서는 이것이 ‘죽어라’ 하는 명령보다도 혹독한 것이다.

　그는 잉태가 무섭지는 않았다. 그렇지만 그의 미래 —— 희미하고 껌껌한 그의 ‘생’ 가운데 다만 한줄기의 반짝반짝하게 보이는 가는 광선 —— 이러한 미래를 향하고 미끄러져서 나아가던 그는, 잉태로 인하여 그 미래를 잃어버렸다. —— 그 미래는 없어졌다.

　엘리자베스의 울음은 이것을 깨달은 때에 나오는 진정의 울음이다. 심장 복판 가운데서 나오는 참 눈물이다.

　이렇게 한참 울은 그는 눈물 주머니가 다 마른 후에 겨우 머리를 들고 전등을 켰다. 눈이 붉어지고 눈두덩이 부은 것을 스스로 깨달을 수가 있었다. 그는 자기 배를 내려다보았다. 그의 눈에는 보통보다 곱 이상이나 크게 보였다.

　‘첫배는 그리 부르지 않는다는데. 게다가 달 반밖에는 안 되었는

데.'

하고 그는 다시 보았다. 조금도 부르지를 않았다.

'그래도 안 부를 수가 있나?'

하고 그는 또다시 보았다. 보통보다 삼 곱이나 크게 보였다.

쾅쾅! 하는 아이의 발소리가 이럴 때에 엘리자베스의 방으로 가까이 온다. 엘리자베스는 빨리 어두운 편으로 향하였다. 문이 열리며 여덟 살 된 남작의 아들이 나타나서 엘리자베스에게 저녁을 재촉하였다. 저녁을 먹으러 가기가 싫은 엘리자베스는 안 먹겠다고 대답할 수밖에는 없었다.

아이가 돌아간 뒤에 엘리자베스는 중얼거렸다.

'꼭 좋은 때 울음을 멈추었군. 좀더 울었더면 망신할 뻔했다.'

조금 후에 부인은 친절하게 죽을 쑤어다가 그에게 주었다. 죽을 먹고 죽그릇을 돌려 보낸 후에, 아까 울음으로 얼마 속이 시원하여지고 원기까지 좀 회복한 엘리자베스는 남작과 이환 두 사람을 비교하기 시작하였다. 그는 마음 속에 두 사람을 그린 후에 어느 편이 자기에게 더 가깝고 더 사랑스러운고, 생각하여 보았다. 사랑스럽기는 이환이가 더 사랑스럽지만, 가깝기는 아무래도 남작이 더 가끼운 것같이 생각된다.

이와 같은 결단은 그의 구하는 바를 채우지를 못하였다. 그는 사랑스러운 편이 더 가깝고, 가까운 편이 더 사랑스럽기를 원하였다. 그렇지만 사랑과 가까움은 평행으로 나가서 아무 데까지도 합하지를 않았다. 그는 평행으로 나가는 사랑스러움과 가까움이 어디까지나 나가는가를 알려고, 마음 속에 둘을 그려 놓고 그 둘을 차차 연장시키면서 눈알을 굴려서 그것들을 따라가기 시작하였다.

둘은 종시 합하지 않았다. 끝까지 평행으로 나갔다. 사랑스러움과 가까움은 끝까지 분립(分立)하여 있었다.

여기 실패한 엘리자베스는 다시 다른 생각으로 그것을 보충하리라 생각하였다.

사랑스러운 편이 자기에게 더 정다울까, 가까운 편이 더 정다울까? 그는 생각하여 보았다. 어떻든 둘 가운데 하나는 정다워야만 된다고 그는 조건을 붙였다. 그렇지만 엘리자베스는 여기서도 만족한 결론을 얻지 못하였다.

아까 생각과 이번 생각이 혼돈되어 나온 결론은 다른 것이 아니다.

'사랑스러운 편이 물론 자기께 더 가깝다.'

는 것이다.

'그렇게 되면 정다운 편은 어느 편인고?'

그는 생각하여 보았지만, 머리가 어지러운 것이 완전한 해결을 얻지 못하게 되었다.

엘리자베스는 속이 답답하여졌다.

자기에게는 '사랑스러움'과 '가까움'이 온전히 분립하여 있는 것을 안 엘리자베스는 어느 편이 자기께 더 정다울지를 알지 못하게 되었다. —— 둘이 동정도로 정답다 하는 것은 엘리자베스 자기가 생각하여 보아도 있지 못할 일이다. —— 남작과 이환 사이에는 어떤 차이가 있었다.

두 번째 생각도 실패로 돌아갔다.

두 번이나 실패를 한 엘리자베스는 이번은 직접 당인(當人)을 어느 편이 자기에게 더 정답게 생각되는가 자문하여 보았다.

이환이가 더 정답다 생각할 때에도 마음에 얼마의 가책이 있고, 그러나 남작이 더 정답다 생각할 때에는 더 큰 아픔이 마음에서 일어난다. —— 그는 억지로 생각의 끈을 또 다른 데로 옮겼다.

엘리자베스는 맨 처음 생각을 다시 하여 보았다. 이번도 사랑스러움은 이환의 편으로 갔다. '이환이가 더 사랑스럽고, 사랑스러운 편이 자기께 더 가까우니까 이환이가 자기께 물론 더 가깝다. —— 따라서 정다움도 이환의 편으로 간다.' 그는 억지로 이렇게 해결하였다.

이렇게 해결은 하였지만 또한 의문이 있었다.

'그러면 가깝던 남작은 어찌 되는가?'

그는 생각하여 보았다. 맨 첫번과 같이 역시 남작은 자기께는 더 친밀하게 생각되었다. —— 그럼 이환이는?

이환에게 대한 미안이 마음 속에 떠올라 오기 시작하였다. 그는 속이 타서 팔을 꼬면서 허리를 젖혔다. 그때에 벽에 걸린 캘린더가 그의 시선과 마주쳤다. 캘린더는 다른 사건을 엘리자베스의 머리에 생각나게 하였다. 이 절박한 새 사건은 이환의 생각을 머리에서 내어쫓기에 넉넉하였다. 오늘 밤에는 남작이 오리라 하는 생각이다. 이 생각이 엘리자베스에게 잉태를 생각나게 하였다. 남작이 오면 모든 일 —— 잉태와 거기 대한 처치 —— 을 다 말하리라, 엘리자베스는 생각하였다. 그리고 남작에게 할 말을 생각하기 시작하였다.

말은 짧지마는 이 말을 남작에게 하는 것은 엘리자베스에게 큰 부끄러움에 다름없었다. 그는 자기에게 부끄럽지 않고 남작이 알아들어야 된다는 조건 아래서 할 말을 복안하여 보았다. 한 번 지어서 검열한 후 교정을 가하고, 두 번 하고 세 번, 네 번하여 보았지만, 자기 뜻대로 되지를 않았다.

이렇게 한참 생각할 때에, 문이 열리며 남작이 들어왔다. 엘리자베스의 복안은 남작을 보는 동시에 쪽쪽이 헤어지고 말았다. 그는 다만 남작에게 매어달려 통쾌히 울고 남작이 아프도록 한 번 꼬집어 주고 싶었다. —— 남작의 '아이고!' 소리 '이 야단났구만' 소리를 듣고 싶

었다. 그는 이 생각을 억제하노라고 손으로 '해변의 곡'을 뜯기 시작
하였다.
  둘은 전과 같이 서로 마주 흘겨만 보고 있었다.
  엘리자베스에게는 싸움이 일어났다.
  '말할까, 말까? 할까? 말까? 어찌할꼬?'
  이러다가 갑자기 무의식히,
  "선생님!"
하고 남작을 찾은 후에 자연히 머리가 수그러지는 것을 깨달았다. 남
작은 찾았는데 그 뒷말을 어찌할꼬? 이것이 엘리자베스의 마음에 일
어난 제일 큰 문제이다. '해변의 곡'을 뜯던 손도 어느 틈에 멎었다.
엘리자베스는 자기가 어디 있는지도 똑똑히 의식지 못하리만큼 마음
이 뒤숭숭하였다. 낯도 후끈후끈 단다.
  "네?"
  남작은 대답하였다.
  남작이 대답한 것을 엘리자베스는 속으로 원망하였다. 남작이 엘리
자베스 자기가 부른 소리를 못 들었으면 좋겠다 하는 희망을 엘리자
베스가 품는 동시에 남작은 엘리자베스의 부름에 대답을 한 것이다.
  엘리자베스는 나가지도 못하고 물러서지도 못할 지경에 이르렀다.
자기가 부르고 남작이 대답을 하였으니 설명은 하여야겠고, 그러니
그 말을 어찌하노? 그러다가 그는 갑자기 울기 시작하였다.
  '이 울음에서 얼마의 효과가 나타나리라.'
  엘리자베스는 울면서 생각하였다.
  "왜 그러오?"
  남작은 놀란 소리로 물었다.
  "아, 아! 어찌할까요?"

“무엇을?”

엘리자베스는 대답 대신으로 연속하여 울었다.

한참이나 혼자 울다가 그는 입술을 꽉 물었다. —— 아까 대답을 못한 자기를 책망하였다.

남작이 ‘왜 그러는가?’ 물을 때가 대답하기는 절호의 기회인 것을, 그 기회를 비이게 지나 보낸 엘리자베스는 자기를 민하다[5] 생각하지 않을 수가 없었다. 그리고 다시 그런 기회를 기다려 보았지만 남작은 아무 말 없이 가만히 있었다.

‘좀더 심히 울면 남작이 무슨 말을 하겠지.’ 생각하고, 엘리자베스는 좀더 빨리 어깨를 젓기 시작하였다.

“아, 왜 그러오?”

남작은 이것을 보고 물었다. 엘리자베스는 대답을 또 못하였다.

‘무엇이라고 대답할꼬’ 생각하는 동안에 기회는 지나갔다. 이제는 대답을 못하겠고 아까는 대답을 못하였으니, 다시 기회를 기다려 보자, 엘리자베스는 생각하고, 기회를 다시 기다리기 시작하였다.

‘그러니, 이번 물을 때에는 무엇이라 대답할까?’

엘리자베스는 울면서 생각히여 보았다.

이때에 남작의 세 번째 물음이 이르렀다.

“아, 왜 그런단 말이오?”

“잉태……”

대답을 한 후에 엘리자베스는 자기의 용기에도 크게 놀랐다. 이 말이 이렇게 쉽게 —— 평탄하게 나올 것이면, 아까는 왜 안 나왔는고 하는 생각이 엘리자베스의 머리에 지나갔다.

———————————

5) 민하다 — 조금 미련스럽다.

"잉태?"

남작은 놀란 목소리로 엘리자베스의 말을 다시 하였다. 제일 어려운 말 —— 잉태란 말을 넘기고 남작의 놀란 소리까지 들은 엘리자베스는 갑자기 용기가 몇 배나 많아지는 것을 깨달았다. 그 뒷말은 술술 잘 나왔다.

"병원에…… 가서…… 떨어쳤으면…… 어……."

남작은 대답이 없었다. 남작이 대답을 안 하는 것을 본 엘리자베스는 마음 속에 갑자기 한 무서움이 떠올라 왔다. 난 모른다 하고 돌아서지나 않을 터인가? 이것이 엘리자베스에게는 제일 큰 무서움에 다름없었다. 훌쩍훌쩍 소리가 더 빨리 나오기 시작하였다.

이것을 본 남작은 성가신 듯이 물었다.

"원 어찌하란 말이오? 그리 울으면……."

"어떻게든…… 처……."

엘리자베스는 겨우 중얼거렸다. —— 남작의 성낸 말을 들은 때는 엘리자베스의 용기는 다 도망하고 말았다.

"처치라니, 어떤?"

"글쎄…… 병원……."

"병원?…… 응!…… 양반이 그런……."

엘리자베스는 '그러리라' 생각하였다. '그래도 남작이라고 존경까지 받는 사람이 낙태 일로 병원이라니.' 그는 갑자기 설움이 더 나왔다. 가는 소리를 내어 울기 시작하였다.

이것을 본 남작은 좀 불쌍하게 생각났던지 정답게 말하였다.

"울으니 할 수 있소? 자 어떻게 하잔 말이오?"

이 말을 들은 엘리자베스는 일변 기쁘고도 일변은 더 섦고 억지도 쓰고 싶었다. 그는 날카롭게 말했다.

"모르겠어요, 몰라요. 전 아무래도 상것이니깐."

"그러지 말구 어쩌란 말이오?"

"몰라요, 몰라요. 저 같은 것은 사람이 아니니깐."

"조용히! 저 방에서 듣겠소."

"들어두 몰라요."

엘리자베스는 소리를 내어 울기 시작하였다.

"에익!"

하고 남작은 벌떡 일어섰다.

엘리자베스도 우덕덕 정신을 차리고 머리를 들었다. 그는 정신이 없어졌다. —— 자기 뇌를 누가 빼어 간 것같이 마음 속이 텡텡 비게 되면서 퉁퉁거리며 걸어 나가는 남작의 뒷모양을 눈이 멀거니 보고 있었다.

남작이 나가고 문을 닫는 소리가 엘리자베스의 귀에 들어올 때에 그의 머리에는 한 생각이 번갯불과 같이 번쩍 지나갔다.

한참이나 멀거니 그 생각을 하고 있다가 또 엎드리며 울기 시작하였다. —— 아까 실컷 울은 그는, 이번에는 눈물은 안 나왔지만 가슴에서 —— 배에서 —— 머리에서 나오는 이 찬울음은 눈물을 대신키에 넉넉하였다. 그는 아까 혜숙이의 말의 의미와 나온 곳을 이제야 겨우 온전히 깨달았다.

'내가 다른 길로 다니는 것을 혜숙이가 어찌 알까? 혜숙이는 이것을 알 수가 없다. 이환! 그가 알고 이것을 S에게 말하였다. S는 이것을 혜숙에게 말하였다. 혜숙은 이것을 내게 물었다. 그렇다! 이렇게밖에는 해석할 수 없다. 물론 그렇지! 그러면 그도 내게 주의를 한 거지? 이 말을 S에게까지 한 것을 보면 그도 —— 내게…… 그도 —— 내게…… 그도…… 남작, 남작은 내 말을 도망하였지. —— 아니 도망시켰지. —— 아니 도망했지. 남작은…… 남작의…… 이환 씨, 전에 본 S의 웃음, 응! 그 전날 그는 S에게 고백하였다. 그것을 고것이 —— 고것들이. 고 —— 고 —— 고것들이…… 어찌 되나? 모두 어찌 되나? 나와 남작, 나와 이환 씨, 이환 씨와 S, S와 남작. S, 혜숙이, 남작과 이환 씨. 모두 어찌 되나?'

그의 차차 혼돈되어 가는 머리에도 한 가지 생각은 꼭 들어붙어서 떠나지를 않았다. —— 그는 이환이를 사랑하였다. 이환이도 그를 사랑하였다.(엘리자베스는 이것을 의심치 않게 되었다.) 그렇지만 그들에게는 서로 사랑을 고백할 만한 용기가 없었다. 그것으로 인하여 그들은 각각 자기의 사랑을 짝사랑이라 생각하였다. 그것을 짝사랑이라 생각한 엘리자베스는 그렇게 쉽게 몸을 남작에게 허락하였다. 그리하여 그의 사랑 —— 거반 성립되어 가던 그의 사랑 —— 신성한 동애(童愛) —— 귀한 첫사랑은 파괴되었다. 육(肉)으로 인하여 사랑은 파멸되었다. 사랑치 않던 사람으로 인하여 참애인을 잃었다. —— 엘리자베스의 울음에는 당연한 이유가 있었다.

'모 —— 모 —— 몸으로 인하여…… 참사랑……을…… 아, 이환 씨…… S와 혜숙이. 고것들도 심하지. 우우 왜 당자에겐…… 그이…… 그 —— 그 이야기를 안 해…… 남작이 아, 잉태.'

일단 멎어 가던 그의 울음이 이 생각이 머리에 지나갈 때에 또다시 폭발하였다. 눈물도 조금씩 나기 시작하였다.

이와 같이 한참 울은 그는 두 번째 울음이 멎어 갈 때에 맥이 나면서 그 자리에 엎딘 채로 잠이 들었다.

5

하루 종일 벼르기만 하고 올 듯 올 듯하면서도 오지 않던 비가 이튿날 새벽부터는 종시 내리붓기 시작하였다.

서울 특유의 독으로 내리붓는 것 같은 비는 이삼 정(町) 앞이 잘 보이지 않도록 쫠쫠 소리를 내며 쏟아진다.

서울 장안은 비로 덮였다. 비로 씌웠다. 비로 찼다.

그 비 가운데서도 R학당(學堂)에서는 모든 과목을 다 한 후에 오후 두 시에 하학하였다.

엘리자베스는 책보를 싸가지고 학교를 나섰다.

그가 혜숙의 곁을 지나갈 때에 혜숙이가 찾았다.

"엘리자베스야!"

"응?"

대답하고 엘리자베스는 마음이 뜨끔하였다.

'혜숙이는 모든 일을 다 알리라……'

그는 이와 같은 허황한 생각을 하였다.

"너 이즈음 왜 우리 집에 안 오니?"

"분주하여서……"

엘리자베스는 거짓말을 하면서도 안심을 하였다.

'혜숙이는 모른다.'

"무엇이 분주해?"

혜숙이가 물었다.

"그저 이 일두 분주하고 저 일두 분주하고…… 분주 천지루다."

엘리자베스는 이와 같은 거짓 대답을 하면서도 그의 마음 속에는 한 바람[希望]이 있었다. 그는 달 반이나 못 간 혜숙의 집에 가 보고 싶었다. 혜숙이가 억지로 오라면 마지못하여 가는 체하고 끌려가고 싶었다.

혜숙이는 엘리자베스의 바람을 이루어 주지를 않았다.── 아무 말도 안 하였다.

엘리자베스는 혜숙의 주의를 끌려고 혼잣말 비슷이 중얼거렸다.

"너무 분주해서……."

"분주할 일은 없겠구만……."

혜숙이는 이 말만 하고 자기 갈 길로 향하였다.

엘리자베스는 혜숙의 행동을 원망하면서 마지못하여 집으로 향하였다.

엘리자베스의 자존심은 꺾어졌다. 혜숙이가 엘리자베스 자기를 꼭 혜숙의 집에 끌고 가야만 바른 일이라 생각한 엘리자베스의 미릿생각[豫想]은 헛데로 돌아갔다. 그렇지만 혜숙을 원망하는 것은 부끄러운 일이라 엘리자베스는 생각하였다.

'내가 혜숙이를 위해서 났나?'

엘리자베스는 이렇게 자기를 위로하여 보았지만 부끄러운 일이든 무엇이든 원망은 원망대로 있었다.

이러다가……

'내가 혜숙이로 인하여 이 지경에 이르지 않았는가? 그것을……'
할 때에 엘리자베스의 원망은 다른 의미로 바뀌었다. 그는 혜숙의 집에 못 간 것이 다행이라 생각하였다. 그러는 가운데도 가고 싶은 생각이 온전히 없어지지 않았다. 그의 마음 속에서는 '가고 싶은 생각'과 '가서는 안 된다는 생각'이 다투기 시작하였다. 본능적으로 길을 골라 짚으면서 비가 오는 편으로 우산을 대고 마음 속의 싸움을 유지하여 가지고 집에까지 왔다. 그는 우산을 놓고 비를 떨은 다음에 자기 방에 들어왔다.

말끔히 치워 놓은 자기 방은 역시 전과 같이 엘리자베스에게 큰 적막을 주었다. 방이 이렇게 말끔할 때마다 짐짓 여기저기 널어 놓던 엘리자베스도 오늘은 혜숙의 집에 갈까 말까 하는 번민으로 인하여 그렇게 할 생각도 없었다. —— 그는 책상머리에 가 앉았다.

책상 위에는 어떤 낯선 종이가 한 장 엘리자베스를 기다리고 있었다. 엘리자베스는 빨리 종이를 들었다. —— 가슴이 뛰놀기 시작한다…….

'원 무엇인고?……'

그는 종이를 들고 한참 주저하다가 눈을 종이 편으로 빨리 떨어쳤다.

'오후 세 시 S병원으로.'

남작의 글씨로다, 엘리자베스는 생각하였다. 남작에 대한 애경의 생각이 마음 속에 떠올라 오기 시작하였다. 이 글 한 줄은 엘리자베스로서 남작에 대한 원망과 혜숙의 집에 갈까 말까의 번민을 다 지워 버리기에 너너하였다.

'역시 도망시킨 것이로군.'

그는 어젯밤 일을 생각하고 속으로 중얼거렸다. 어젯밤에 남작에게 병원에 데려다 달라고 청하기는 하였지만 갑자기 남작 편에서 꺾어져서 오라 할 때에는 엘리자베스는 못 가겠다 생각하였다.

이 '부정(否定)'은 엘리자베스로서 무의식히 일어서서 병원으로 향하게 하였다. —— 그는 '못 가겠다 못 가겠다' 속으로 중얼거리면서 문 밖에 나서서 내리붓는 비를 겨우 우산으로 막으면서 아랫동이 모두 흙투성이가 되어서 전차 멎는 곳까지 갔다. —— 그는 자기가 어디로 가는지 똑똑히 알지 못하였다. —— 꿈과 같이 걸었다.

엘리자베스는 멎는 곳에서 잠깐 기다려서 오는 전차를 곧 잡아 탔다. 밖에 비가 너무 와서 나가는 사람이 적었던지 전차 안은 비교적 승객이 없었다. 이 승객들은 엘리자베스가 올라탈 때에 일제히 머리를 새 나그네 편으로 향하였다. 엘리자베스는 빈 자리를 찾아 앉아서 차 안을 둘러보았다. 그는 자기 편으로 향한 모든 눈에서 노파에게서는 미움 —— 젊은 여자에게서는 시기 —— 남자에게서는 애모 —— 를 보았다. 이 모든 눈은 엘리자베스에게 한 쾌감을 주었다. —— 그는 노파의 미워하는 것이 당연하다 생각하였다. 젊은 여자의 시기의 눈은 엘리자베스에게 이김의 상쾌를 주었다. 남자들의 애모의 눈이 자기를 볼 때에는 엘리자베스는 약한 전류가 염통을 지나가는 것같이 묘한 맛이 나는 것이 어째 하늘로라도 뛰어 올라가고 싶었다. 그는 갑자기 배가 생각난 고로 할 수 있는 대로 배를 작게 보이려고 움지러치렸다.

차장이 와서 엘리자베스에게 돈을 받은 후에 뚱 소리를 내고 도로 갔다.

남자들의 시선은 가끔 엘리자베스에게로 날아온다. 그들은 몰래 보느라고 곁눈질하는 것도 엘리자베스는 다 알고 있었다. 남자들이 자기를 볼 때마다 엘리자베스는 자기도 그편을 보아 주고 싶었다. 치만 종시 실행은 못하였다.

이럴 동안 전차는 S병원 앞에 멎었다. 엘리자베스는 섭섭한 생각을 품고 전차를 내렸다.—— 어떤 시선이 자기를 따라온다. 그는 헤아렸다. 비는 보스럭비로 변하였다.

전차에서 내린 그는 마음이 무거워지는 것을 깨달았다. 그는 집으로 돌아가고 싶었다. 병원에는 차마 못 들어갈 것같이 생각되었다. 집

편으로 가는 전차는 없는가 하고 그는 전차 선로를 쭉 보았다. 그의 보이는 범위 안에는 전차가 없었다. 할 수 없이 그는 병원으로 들어가서 기다리는 방〔待合室〕으로 갔다.

고디기〔受付〕한테 가서 주소 성명 연세 들을 기입시킨 후에 방을 한번 돌려다볼 때에 엘리자베스의 눈에는 한편 구석에 박혀 있는 남작이 보였다. 엘리자베스는 다른 곳에서 고향 사람이나 만난 것같이, 별로 정다워 보이는 고로 곧 남작의 곁으로 갔다. 그렇지만 둘은 역시 말은 사귀지 아니하였다. 엘리자베스는 눈이 멀거니 벽에 붙어 있는 파리 떼를 보고 있었다.

몇 사람의 순번이 지나간 뒤에 사환 아이가 나와서,

"강 엘리자베스 씨요."

할 때에 엘리자베스는 우덕덕 일어섰다. 가슴이 뚝뚝 하는 소리를 내었다.

'어찌하노?'

그는 속으로 중얼거리면서 무의식히 사환 아이를 따라서 진찰실로 들어갔다. 남작도 그 뒤를 따랐다.

석탄산과 알코올 냄새에 낯을 찡그리고 엘리자베스는 교자에 걸터앉았다.

의사는 무슨 약병을 장난하면서 머리를 숙인 채로 물었다.

"어디가 아프시오?"

엘리자베스는 대답을 못하였다. —— 제일 어찌 대답할지를 몰랐고, 설혹 대답할 말을 알았어도 대답할 용기가 없었고, 용기가 있다 하더라도 부끄러움이 '대답'을 허락지 않을 터이다.

"그런 것이 아니라……"

남작이 엘리자베스의 대신으로 대답하려다가 이 말만 하고 뚝 그쳤다.

　의사는 대답을 요구치 않는 듯이 약병을 놓고 청진기를 들었다. 엘리자베스는 갑자기 부끄러움도 의식지를 못하리만큼 머리가 어지러워지기 시작하였다. 그의 눈은 보지를 못하였다. 그의 귀는 듣지를 못하였다. —— 그의 설렁거리는 마음은 다만 '어찌할꼬, 어찌할꼬' 하는 엘리자베스 자기도 똑똑히 의미를 알지 못할 구(句)만 번갈아 하고 있었다.

　의사는 엘리자베스에게로 와서 저고리 자락을 열고 청진기를 거기에 대었다. 의사의 손이 와 닿을 때에 엘리자베스는 무슨 벌레를 모르고 쥐었다가 갑자기 그것을 안 때와 같이 몸을 움쭉하였다. 그러면서도 엘리자베스는 의사의 손에서 얼마의 온미(溫味)를 깨달았다. —— 이성의 손이 살에 와 닿는 것은 엘리자베스와 같은 여성에게 대하여서는 한 쾌락에 다름없었다. 엘리자베스가 이 쾌미를 재미있게 누리고 있을 때에 의사는 진찰을 끝내고 의미 있는 듯이 머리를 끄덕거리며 남작에게로 향하였다. 남작은 의사에게 눈짓을 하였다.

　어렴풋하게나마 이 두 사람의 짓을 본 엘리자베스는 이제껏 연속하고 있던 '어찌할꼬' 뒤로 무한 큰 부끄러움이 떠올라 오는 것을 깨달았다. 그러는 가운데도 그는 희미하니 한 가지 일을 생각하였다.

　'내가 대합실에 가서 기다리고 있으면 뒷일은 남작이 다 맡겠지…….

　그는 일어서서 기다리는 방으로 나왔다. 그 방에 있던 모든 사람의 눈은 일제히 엘리자베스의 편으로 향하였다. 모두 내 일을 아누나, 엘리자베스는 생각하였다. 아까 전차에서 자기께로 향한 눈 가운데서 얻은 그 쾌미는 구하려도 구할 수가 없었다. —— 이 모든 눈 가운데서 큰 고통과 부끄러움만 받은 그는 한편 구석에 구겨앉아서 치마 앞자락을 들여다보기 시작하였다. 거기는 불에 타진 조그마한 구멍 하나이 엘리자베스의 눈이 오기를 기다리고 있었다. 그는 이 구멍이 공연히 미워서 손으로 빡빡 비비다가 갑자기 별한 생각이 나는 고로 그것을 뚝 그쳤다.

'이 세상이 모두 나를 학대할 때에는 나는 이 구멍 안에 숨겠다.'

그는 생각하였다. 이럴 때에 그 구멍 안에는 어떤 그림자〔幻影〕가 움직이기 시작하였다. 첫번에는 흐릿하던 것이 차차 똑똑히까지 보이게 되었다.

── 때는 사 년 전 '춘삼월 호시절', 곳은 우이동, 피고 우거지고 퍼진 꽃 사이를 벗들과 손목을 마주 잡고 웃으며 즐기며, 또는 작은 소리로 곡조를 맞추어서 노래를 부르며 희희낙락 다니던 자기 추억이 그림자로 변해 그 구멍 속에 나타났다. 자기 일행이 그 구멍 범위 밖으로 나가려 할 때에는 활동 사진과 같이 번쩍한 후 일행은 도로 중앙에 와 서곤 한다.

엘리자베스의 눈에는 눈물이 핑 돌았다.

그때의 엘리자베스와 지금의 엘리자베스 사이에는 해와 흙의 다름이 있다. ── 그때에는 순전한 처녀이고 열렬한 분홍빛 탄미자(歎美者)이던 그가 지금은?…… 싫든지 좋든지 죽음의 갈흑색(褐黑色)의 '삶' 안에서 생활치 않을 수 없는 그로 변하였다.

'때'도 달라졌다. 십 년 동안 평화로 지낸 지구는 오스트리아 황자(皇子)의 죽음으로 말미암아 러시아가 동원을 한다, 도이치가 싸움을 하련다, 잉글리시가 어떻다, 프랑스가 어떻다, 매일 이런 이야기가 신문에 가뜩가뜩 차게 되었다. 엘리자베스의 주위도 달라졌다. 그의 모든 벗은 다 쪽쪽이 헤어졌다. ── R은 동경서 미술 공부를 한다. 또 다른 R은 하와이로 시집을 갔다. T는 여의가 되었다. 그 밖에 아직

공부하는 사람도 몇이 있기는 하지마는 대개는 주부와 교사가 되었다. 주부 된 벗 가운데는 벌써 두 아이의 어머니 된 사람까지 있었다. 그들 가운데 한둘밖에는 지금은 엘리자베스를 만나도 서로 모른 체하고 말도 안 하고, 심지어 슬슬 피하게까지 되었다.

그러는 가운데 혜숙이 —— 그는 엘리자베스의 어렸을 때부터의 벗이다. 둘은 같은 소학에서 졸업하고 같이 R학당에 입학하였다가 엘리자베스가 부상(父喪)에 연속하여 모상(母喪)으로 일 년 학교를 쉬는 동안에 혜숙이도 연담(緣談)[6]으로 일 년은 쉬게 되고 엘리자베스가 도로 상학(上學)케 될 때에 혜숙이도 파혼으로 학교에 다니게 되었다. 혜숙이는 엘리자베스에게는 유일의 벗이다. 불에 타진 구멍 속에 나타난 그림자 가운데서도 엘리자베스는 혜숙이와 제일 가까이 서서 걸었다.

추억의 눈물이 엘리자베스의 치마 앞자락에 한 방울 뚝 떨어졌다.

눈물로써 슬프고 섧고 원통하고도 사랑스럽고 즐겁고 회포 많은 그 그림자가 가리운 고로 엘리자베스는 눈물을 씻고 다시 그 구멍을 들여다보았다. 그 구멍에는 참 예술적 활인화(活人畵)[7], 정조(情調)로 찬 그림자는 없어지고 그 대신으로 갈포[8] 바지가 어렴풋이 보인다. 엘리자베스는 소름이 쪽 끼쳤다. —— 자기가 지금 어디를 무엇 하러 와 있는지 그는 생각났다.

엘리자베스는 머리를 들고 방을 둘러보았다. 어떤 목에 붕대를 한

---

6) 연담(緣談) — 혼담.
7) 활인화(活人畵) — 산 사람을 그림의 인물과 같이 분장시키고 말없이 세워 배
    치한 구경거리.
8) 갈포 — 칡의 섬유로 짠 베.

남자와 어떤 아이를 업고 몸을 찌긋찌긋하던 여자가 자기를 보다가 자기 시선과 마주친 고로 머리를 빨리 돌리는 것밖에는 엘리자베스의 주의를 받은 자도 없고 엘리자베스에게 주의하는 사람도 없다. 그는 갑갑증이 일어났다. 너무 갑갑한 고로 자기 손금을 보기 시작하였다. 손금은 그리 좋지 못하였다. 자식금도 없고 명금도 짧고 부부금도 나쁘고 복금 대신으로 궁금이 위로 빠져 있었다.

이 나쁜 손금도 엘리자베스의 마음을 괴롭게 하지 못하였다. 그의 심리는 복잡하였다. —— 텡텡 비었다. 그는 슬퍼하여야 할지 기뻐하여야 할지 알지 못하였다. —— 그 가운데는 울고 싶은 생각도 있고 웃고 싶은 생각도 있고, 뛰놀고 싶은 생각도 있고, 죽고 싶은 생각도 있었다. —— 이 복잡한 심리는 엘리자베스로서 아무 편으로도 치우치지 않게 —— 마음이 텡텡 빈 것같이 되게 하였다.

—— 이제 자기에게는 절대로 필요한 약이 생긴다 할 때에 그는 기쁘지 않을 수가 없었다.

—— 자기의 경우를 생각할 때에 그는 슬퍼하지 않을 수가 없었다.

—— 혜숙이와 S를 생각할 때에…….

엘리자베스가 손금과 추억 및 미릿생각들을 복잡히 하고 있을 때에 남작이 와서 그에게 약을 주고 빨리 병원을 나가고 말았다.

약을 받은 뒤에 엘리자베스는 마음이 두근거리기 시작하였다. 그는 약을 병째로 씹어 먹고 싶도록 애착의 생각이 나는 또 한편에는, 약에게 이 위에 더없는 저주를 하고 태평양 복판 가운데 가라앉히고 싶었다. 그러는 가운데도 그에게는 집으로 돌아가고 싶은 생각이 났다. 그는 일어서서 몰래 가만히 기지개를 한 후에 허둥허둥 병원을 나서서 전차로 집에까지 왔다.

저녁 먹은 뒤에 처음으로 약을 마실 때에 엘리자베스에게는 한 바라는 바가 있었다. 그의 조급한 성격과 미래에 대한 희망이 낳은 바람은 다른 것이 아니다. ── 약의 효험이 즉각으로 나타났으면…… 하는 것이다.

이 바람은 벌써 차차 엘리자베스의 머리에 공상으로서 실현된다. ── 그는 생각하여 보았다.

이제 남작 부인이 죽는다. 그때에는 엘리자베스는 남작의 정실이 된다.

'조선 제일의 미인, 사교계의 꽃이 나로구나.'

엘리자베스는 눈을 번득거리며 생각한다.

── 이환이는 어떤 간사한 여성과 혼인한다. 이환의 아내는 이환의 재산을 모두 없이 한 후에 마지막에는 자기까지 도망하고 만다. 그리고 이환이는 거러지가 된다. 어떤 날 엘리자베스 자기가 자동차를 타고 어디 갈 때에 어떤 거러지가 자동차에 친다. 들고 보니 이환이다.

'그렇게 되면 어찌 되나?'

엘리자베스는 스스로 물어 보고 깜짝 놀랐다. 자기의 사랑의 전부가 어느덧 남작에게로 옮겨 왔다.

그는 자기의 비열을 책망하는 동시에 아까 그런 공상에 대한 부끄러움과 증오, 놀람, 절망 들의 생각이 마음에 떠올랐다. 그 가운데도 가느나마 그에게는 희망이 있다. ── 앞에 때가 있다. 약의 효험은 얼마 후에야 나타난다더라, 엘리자베스는 생각하고 좔좔 오는 장마비 소리에 귀를 기울이고 자기 바람의 나타남을 기다리고 있었다. 그렇지만 바람은 종시 그 밤은 나타나지 않았다.

　이튿날, 하기 시험 준비 날, 엘리자베스는 시험 준비도 안 하고 하루 종일 누워서 약의 효험을 기다리고 있었다. 약의 효험은 그 날도 안 나타났다.

　사흘째 되는 날도 효험은 없었다. —— 시험 보러 가지도 않았다.

　이렇게 대엿새 지난 후에 엘리자베스는 자기 건강상의 변화를 발견하였다. 모든 복잡하고 성가신 일로 말미암아 음식도 잘 안 먹히고 잠도 잘 안 오던 그가, 지금은 잠도 잘 오고 입맛도 나게 된 것을 깨달았다. 그때야 그는 그것이 낙태제가 아니고 건강제인 것을 헤아려 깨달았다. 그렇지만 약은 없어지도록 다 먹었다.

　마치막 번 약을 먹은 뒤에 전등을 켜고 엘리자베스는 생각하여 보았다. 병원 사건 이후로 남작은 한 번도 저를 찾아오지 않았다. 엘리자베스는 '그것이 당연한 일이라' 생각하였다. 그리고 근심도 아니 났다. 시기도 아니 하였다. 다만 오지 않아야만 된다, 그는 생각하였다. 왜 오지 않아야만 되는가? 자문할 때에, 그에게는 거기 응할 만한 대답은 없었다. 이 '오지 않는다'는 구(句)는 엘리자베스로서 자기가 근두 달이나 혜숙의 집에 안 갔다는 것을 생각하게 하였다.

　'이러다는 이환 씨 생각이 나겠다.'

　이와 같은 생각이 나는 고로, 그는 곧 생각의 끝을 다른 데로 옮겼다. 이와 같이 이 생각에서 저 생각, 또 다른 생각, 왔다갔다 할 때에 문이 열리며 남작 부인이 낮에는 '어찌할꼬' 하는 근심을 띄우고 들어왔다.

　"어찌 좀 나으세요?"

　"네, 좀 나은 것 같아요."

　대답하고 엘리자베스는 자기가 무슨 병이나 앓던 것같이 알고 있는 부인이 불쌍하게 생각났다.

부인은 말을 할 듯 할 듯하면서 한참이나 우물거리다가,

"그런데요……"

하고 첫 말을 열었다.

"네?"

엘리자베스는 본능적으로 대답하였다.

부인의 낯에는 '말할까, 말까' 하는 표정이 똑똑히 나타나 있었다. 그러다가 입을 또 연다.

"아까 복손이(남작의 아들 이름) 어른이 들어와 말하는데요……"

엘리자베스는 마음이 뜨끔하였다. 부인은 말을 연속한다.

"선생님은 이즈음 학교에도 안 가시고 그 애들과도 놀지 못하신다구요. 게다가 병까지 나셨다구 얼마 좀 평안히 나가서 쉬시라고, 자꾸 그러라는군요."

부인의 낯에는 말한 것 잘못하였다 하는 표정이 나타났다.

말을 다 들은 엘리자베스는 벌떡 일어섰다. 그는 무엇이 어찌 되는지도 모르고 무의식히 자기 행리[9]를 꺼내어 거기에 자기 책을 넣기 시작하였다. 그의 손은 본능적으로 움직였다.

엘리자베스의 행동을 물끄러미 보던 부인은 물었다.

"이 밤에 떠나시려구요? 어디로?"

엘리자베스는 우덕덕 정신을 차렸다. 그의 배에서는 뜻없이 큰소리의 웃음이 폭발하여 나온다. 놀라는 것같이 —— 우스운 것같이. 부인도 따라 웃는다.

한참이나 웃은 뒤에 둘은 함께 웃음을 뚝 그쳤다. 엘리자베스는 웃

---

9) 행리(行李) — 행장(行裝). 여행할 때에 쓰이는 모든 기구.

은 뒤에 울음이 떠받쳐 올라왔다. 자연히 가는 소리의 울음이 그의 목
에서 나온다.

이것을 본 부인은 갑자기 미안하여졌던지 엘리자베스를 위로한다.

"울지 마십쇼. 얼마든 여기 계세요. 제가 말씀드릴 터이니……"

"아니, 전 가겠어요."

"어디 갈 곳이 있어요?"

"갈 곳이……"

"있어요?"

"예서 한 사십 리 나가면 오촌모(五寸母)가 한 분 계세요."

"그렇지만…… 이런 데 계시다가…… 촌……"

부인의 눈에도 이슬이 맺힌다.

"제가 말씀…… 잘 드릴 것이니…… 그냥 계시지요."

"아니야요. 저 같은 약한 물건은 촌이 좋아요…… 서울 있어
야……"

부인의 눈에서는 눈물이 한 방울 뚝 떨어진다.

"서울 몇 해 있을 동안에…… 부인께서 구해 주셔서……"

부인의 눈에서는 눈물이 뚝뚝 치마 앞자락에 떨어진다.

"참 은혜는…… 내일 떠나지요."

엘리자베스는 눈물을 씻고 머리를 들었다.

"내일? 며칠 더 계시……"

"떠나지요."

"이 장마 때……"

"……"

"장마나 걷은 뒤에 떠나시면……"

"그래두 떠나지요."

이튿날 오전 열 시쯤 엘리자베스의 탄 인력거는 경성 교외에 나섰다.

해는 떴지마는 보스럭비는 보슬보슬 내리붓고 엘리자베스의 맞은편에는 일곱 빛이 영롱한 무지개가 반원형으로 벌리고 있다.

비와 인력거의 셀룰로이드 창을 꿰어서 어렴풋이 이 무지개를 바라보면서 엘리자베스는 뜨거운 눈물을 뚝뚝 떨어뜨리고 있었다. —— 어젯밤에 남작 부인에게 자기 같은 약한 것은 촌이 좋다고 밝히 말하기는 하였지만, 그래도 반생 이상을 서울서 지낸 엘리자베스는 자기 둘째 고향을 떠날 때에 마음에 떠나기 싫은 생각이 없지 못하였다.

뿐만 아니라, 서울에는 자기 사랑 이환이가 있고 자기에게 끝없이 동정하는 남작 부인이 있지 않으냐, 엘리자베스는 부인의 친절히 준 돈을 만져 보았다.

이렇게 서울에서 섭섭한 생각을 가진 엘리자베스는 몸은 차차 서울을 떠나지만 마음은 서울 하늘에서만 떠돈다. 어젯밤에 밤새도록 잠도 안 자고 내일은 꼭 서울을 떠나야 한다고 생각하여, 양심이 싫다는 것을 억지로 그렇게 해결까지 한 그도, 막상 서울을 떠나는 지금에 이르러서는 만약 자기가 말할 용기가 있으면 이제라도 인력거를 돌이켜서 서울로 향하였으리라 생각지 않을 수 없었다. 치만 그에게는 그러한 용기가 없었다. 아니, 제일 말하기가 싫었고 인력거꾼에게 웃기이기가 싫었다. 그러는 것보다도 그는 말은 하고 싶었지만, 마음 속의 어떤 물건이 그것을 막았다. —— 그는 입술을 악물었다.

인력거는 바람에 풍겨서 한편으로 기울어졌다가 이삼 초 뒤에 도로 바로 서서 다시 앞으로 나아간다. 장마 때 바람은 엥! 소리를 내면서 인력거 뒤로 달아난다.

엘리자베스의 머리에는 갑자기 '생각날 듯 생각날 듯하면서 채 생각나지 않는 어떤 물건'이 떠올랐다. 그는 생각하여 보았다. 한참 동안 이것 저것 생각하다가 남작, 그는 가렵고도 가려운 자리를 찾지 못한 때와 같이 안타깝고 속이 타는 고로 살눈썹을 부들부들 떨었다. '남작'이 자기 생각의 원몸에 가까운 것 같고도 채 생각나지를 않았다.

'남작이 고운가, 미운가? 때릴까, 않을까? 오랄까? 쫓을까?'

그는 한참이나 남작을 두고 이리저리 생각하다가 탁 눈을 치뜨면서 주먹을 꼭 쥐었다. —— 이제야 겨우 그 원몸이 잡혔다.

"재판!"

그는 중얼거렸다.

그렇지만 남작을 걸어서 재판하는 것은 엘리자베스에게는 큰 문제에 다름없었다. 남작 부인에게 얻은 위로금이 재판 비용으로는 넉넉하겠지만, 자기를 끝없이 측은히 여기는 부인에게 남편의 잘못한 일을 알게 하는 것은 엘리자베스에게는 차마 못할 일이다. 이 일을 알면 부인은 제 남편을 어떻게 생각할까? 엘리자베스 자기는 어찌 생각할까? 남작 집안의 어지러움 —— 엘리자베스는 한숨을 후 하니 내어쉬었다. 그것뿐이냐? 서울에는 자기 사랑 이환이가 있다. 만약 재판을 하면 그 일이 신문에 나겠고, 신문에 나면 이환이가 볼 것이다. 이환이가 이 일을 알면 자기를 어떻게 생각할까? 또 —— 몇백 명 동창은 어떻게 생각할까? 세상은 어떻게 생각할까?

"재판은 못하겠다."

그는 중얼거렸다.

그렇지만 남작의 미운 짓을 볼 때에는 엘리자베스는 가만 있지 못할 것같이 생각된다. 자기는 남작으로 인하여 모든 바람과 앞길을 잃어버리지 않았느냐? 자기는 남작으로 인하여 바람과 앞길 밖에 사랑과 벗과 모든 즐거움까지 잃어버리지 않았느냐? 그런 후에 자기는 남작으로 인하여 서울과는 온전히 떠나지 않으면 안 되지 않게 되었느냐? 이와 같은 남작을…… 이와 같은 죄인을…….

"아무래도 재판은 하여야겠다."

그는 다시 중얼거렸다.

그러면서도 그는 자기로도 재판을 하여야 할지 안 하여야 할지 똑똑히 해결치를 못하였다. 하겠다 할 때에는 갑(甲)이 그것을 막고, 못하겠다 할 때에는 을(乙)이 금하였다.

'집에 가서 천천히 생각하자.'

그는 속이 타는 고로 억지로 이렇게 마음을 먹고 생각의 끈을 다른 데로 옮겼다.

이 생각에서 떠난 그의 머리는 걷잡을 사이 없이 빨리 동작하였다. 그의 머리는 남작에서 S, 이환, 혜숙, 서울, 오촌모, 죽은 어버이들로 왔다갔다 하였다. 한참 이리 생각한 후에 그의 흥분하였던 머리는 좀 내려앉고 몸이 차차 맥이 나면서 그것이 전신에 퍼진 뒤에 머리와 가슴이 무한 상쾌하게 되면서 눈이 자연히 감겼다. 수레의 흔들리는 것이 그에게는 양상스러웠다.

졸지도 않은 채 깨지도 않고 근덕근덕하면서 한참 갈 때에 우르륵 우레 소리가 나므로 그는 눈을 번쩍 떴다.

하늘은 전면이 시커멓게 되고 그 사이에서는 비의 실이 헤일 수 없이 많이 땅에까지 맞닿았다. 비 곁에 또 비, 비 밖에 비, 비 위에 구름, 구름 위에 또 구름이라 형용할 수밖에 없는 이 짓은 엘리자베스에게 큰 무서움을 주었다.

'저 무지한 인력거꾼 놈이…….'

그는 온몸을 부들부들 떨었다.

사면은 다만 어둠뿐이고 그 큰길에도 사람 다니는 것 하나도 보이지 않았다. 툭툭 하는 인력거의 비 맞는 소리, 물 괸 곳에 비오는 소리, 외—ㅇ 하고 달아나는 장마 때 바람 소리, 인력거꾼의 식식거리는 소리, 자기의 두근거리는 가슴 소리. —— 엘리자베스의 떨림은 더 심하여졌다.

그는 떨면서도 조그만 의식을 가지고 구원의 길이 어디 있지나 않는가 하고 셀룰로이드 창을 꿰어서 앞을 내어다보았다. 창을 꿰고 비를 꿰고 또 비를 꿰어서 저편 한 이십 길 앞에 조그마한 방성 하나이 엘리자베스의 눈에 띄었다.

"아!"

그는 안심의 숨을 내어쉬었다.

'저것이 만약?……'

그는 갑자기 생각난 듯이 눈을 비비고 반만큼 일어서서 뚫어지게 내어다보았다. 가슴은 뚝뚝 소리를 낸다.

어렴풋이 보이는 그 방성에 엘리자베스는 상상을 가하여 보기 시작하였다. 앞집만 보일 때에는 상상으로 뒷집을 세우고 그것이 보일 때에는 또 상상의 집을 세워서 한참 볼 때에 그 방성은 자기의 오촌모의 있는 마을로 엘리자베스의 눈에 비쳤다.

엘리자베스는 털썩 주저앉았다. 온몸이 흥분하여 피곤하여지고 가슴이 뛰노는 고로 서 있을 힘이 없었다. 가슴과 목 뒤에서는 뚝뚝 소리를 더 빨리, 더 힘있게 낸다.

가뜩이나 더디게 걷던 인력거가 방성 어귀에 들어서서는 더 느리게 걷는다.

엘리자베스는 흥분한 눈으로 가슴을 뛰놀리면서 그 방성을 보았다. 길에 사람 하나 없다. 평화의 이 촌은 작년보다 조금도 달라진 것이 없다. 작년에 보던 길 좌우편에만 벌여 있던 이십여 호의 집은 역시 내게 상관 있나 하는 낯으로 엘리자베스를 맞는다.

그 방성 맨 끝 뫼 바로 아래 있는 엘리자베스의 오촌모의 집에 인력거는 닿았다. 비의 실은 그냥 하늘과 땅을 맞맨 것같이 보이면서 힘 있게 쪽쪽 내리쏜다.

엘리자베스는 인력거에서 내렸다.

세 시간 동안이나 앉아서 온 그의 다리는 엘리자베스의 자유로 되지 않았다. 그는 취한 것같이 비틀비틀하며 마치 구름 위를 걷는 것같이 허둥허둥 낮은 대문을 들어섰다. 비는 용서 없이 엘리자베스의 머리에서 가는 모시 저고리 치마 구두로 내리쏜다.

대문 안에 들어선 엘리자베스는 어찌할지를 몰라서 담장에 몸을 기대고 우두커니 서 있었다.

그때에 마침 때 좋게 오촌모가 무슨 일로 밖에 나왔다.

"아주머니!"

엘리자베스는 무의식히 고함을 치고 두어 발짝 나섰다.

오촌모는 늙은 눈을 주름살 많은 손으로 비비고 잠깐 엘리자베스를 보다가 ──

"엘리자베스냐?"

하면서 뛰어와서 마주 붙들었다.

"어떻게 왔냐? 자, 비 맞겠다. 아이구, 이 비 맞은 것 봐라. 들어가자, 자."

"인력거가 있어요."

하고 엘리자베스는 땅에 발이 닿지 않는 것 같은 걸음으로 허둥허둥 인력거꾼에게 짐을 들여오라 명하고, 오촌모와 함께 어둡고 낮고 시시한 내음새 나는 방 안에 들어왔다.

"전엔 암만 오래두 잘 안 오더니 어찌 갑자기 왔냐?"

오촌모는 눈에 다정한 웃음을 띠우고 물었다.

엘리자베스는 진리 있는 거짓말을 한다.

"서울 있어야 이전 재미두 없구 그래서……."

"으 —— ㅇ!"

오촌모는 말의 끝을 높여서 엘리자베스의 대답을 비인(非認)한다.

"네 상에 걱정 빛이 뵌다. 무슨 걱정스러운 일이라도 있냐?"

'바로 대답할까?'

엘리자베스가 생각하는 동시에 입은 거짓말을 했다.

"걱정은 무슨 걱정요."

"쯧!"

엘리자베스는 혀를 가만히 찼다. —— 왜 거짓말을 해?…….

"그래두 젊었을 땐 남 모르는 걱정이 많으니라."

'대답할까?'

엘리자베스는 갑자기 생각했다. 가슴이 뛰놀기 시작한다. 하지만 기회는 또 지나갔다. 오촌모는 딴 말을 꺼낸다.

"그런데 너 점심 못 먹었겠구나? 채려다 주지, 네 촌밥 먹어 봐라. …… 어찌 맛있나."

오촌모는 나갔다.

"짐 들여왔습니다."

하는 인력거꾼의 소리가 나므로 엘리자베스는 나가서 짐을 찾고 들어와 앉아서 밖을 내다보았다.

뜰 움푹움푹 들어간 데마다 물이 괴었고 물 괸 데마다 비로 인하여 방울이 맺혀서 떠다니다가는 없어지고 또 새로 생겨서 떠다니다가는 없어지곤 한다. 초가집 지붕에서는 누렇고 붉은 처마물이 그치지 않고 줄줄 흘러내린다.

한참이나 눈이 멀거니 뜰을 바라보고 있을 때에 오촌모가 밥과 달걀 반찬, 김치 등 간단한 음식을 엘리자베스를 위하여 차려 왔다.

엘리자베스는 점심을 먹은 뒤에 또 뜰을 내어다보기 시작하였다.

── 뜰 한편 구석에는 박 넌출[10]이 하나 답답한 듯이 웅크러뜨리고 있었다. 잎 위에는 빗물이 괴어 있다가 바람이 불 때마다 잎이 기울어지며 괴었던 물이 땅에 쭈르륵 쏟아지는 것이 엘리자베스의 눈에 똑똑히 보였다.

그 잎들 아래는 허옇고 푸른 크담한 박 하나이 잎이 바람에 움직일 때마다 걸핏걸핏 보였다.

박 넌출 아래서 머구리[11]가 한 마리 우덕덕 뛰어나왔다. 본래부터 머구리를 무서워하던 엘리자베스는 머리를 빨리 돌렸다. 머구리에게 무서움을 가지는 동시에 엘리자베스의 머리에는 아깟걱정이 떠올랐다.

그는 낯을 찡그리고 한숨을 후 내쉬었다.

이것을 본 오촌모는 물었다.

"왜 그러냐? 한숨을 다 지으면서…… 네게 아무래도 걱정이 있기는 하구나?"

엘리자베스는 마음이 뜨끔하였다. 그러면서도 이 기회 넘겼다가

---

10) 넌출 ─ 길게 뻗어 나가 늘어진 식물의 줄기.
11) 머구리 ─ '개구리'의 옛말.

는…….

"아주머니!"

그는 흥분하고 떨리는 소리로 오촌모를 찾았다.

"왜, 왜 그러냐? 이야기 다 해라."

"서울은 참 나쁜 뎁니다그려……."

엘리자베스는 울기 시작하였다.

"자, 왜!"

"하…… 아!"

엘리자베스는 울음이 섞인 한숨을 쉬었다.

"아, 왜 그래?"

"아, 어찌할까요?"

"무엇을 어찌해? 자, 왜 그러느냐?"

"난 죽고 싶어요."

엘리자베스는 쓰러졌다.

"딴소리 한다. 왜 그래? 자, 이야기해라."

오촌모는 어른다.

엘리자베스는 끊었다 끊었다 하면서 무한 간단하게 자기와 남작의 사이를 이야기한 뒤에, 재판하겠단 말로 말을 끝내었다.

"너 같은 것이 강가 집에……."

엘리자베스의 말을 들은 오촌모는 성난 소리로 책망하였다.

괴로운 침묵이 한참 연속하였다. 아주머니의 책망을 들을 때에 엘리자베스는 울음소리까지 그쳤다.

한참 뒤에 오촌모는 엘리자베스가 불쌍하였던지 이제 방금 온 것을 책망한 것이 미안하였던지 말을 돌린다.

"그래도 재판은 못한다. 우리는 상것이고 저편은 양반이 아니냐?"

아직 채 작정치 못하고 있던 엘리자베스의 마음이 이 말 한 마디로 온전히 작정하였다. —— 그는 아주머니의 말을 우쩍[12] 반대하고 싶었다.

"재판에두 양반 상놈이 있나요?"

"그래두 지금은 주먹 천지란다."

엘리자베스는 눈살을 찌푸렸다. 양반 상놈 문제에 얼토당토 않은 주먹을 내어놓는 아주머니의 무식이 그에게는 경멸스럽기도 하고 성도 났다. 그렇지만 그 말의 진리는 자기의 지낸 일로 미루어 보아도 그르달 수가 없었다. 그래도 재판은 꼭 하고 싶었다.

"그래두 해요!"

"그리 하고 싶으면 하기는 해라마는……."

"그럼, 아주머니!"

"왜!"

"이 동리에 면소가 있나요?"

"응, 있다. 무엇 하려구?"

"거기 가서 재판에 대하여 좀 물어 보아 주시구려……."

"싫다야…… 그런 일은……."

"그래두…… 아주머니까지…… 그러시면……."

엘리자베스의 낮은 울상이 되었다. 이것이 불쌍하게 보였던지 오촌모는 면서기를 찾아갔다.

이튿날 엘리자베스는 남작을 걸어서 정조 유린에 대한 배상 및 위자료로서 오 천 원, 서생아(庶生兒) 승인, 신문상 사죄 광고 게재 청구 소송을 경성 지방 법원에 일으켰다.

---

12) 우쩍 — 단 번에 거침없이 나아가거나, 또는 갑자기 늘거나 줄어드는 모양.

8

늘 그렇지 않고 줄줄 내리붓던 비는 종시 조선 전지(全地)에 장마를 지웠다.

엘리자베스가 있는 마을 뒷뫼에서도 간직하여 두었던 모든 샘이 이번 비로 말미암아 터져서 개울가에 있는 집 몇은 집채같이 흘러내려오는 물로 인하여 혹은 떠내려가고 혹은 무너졌다.

매일 흰 물방울을 안개같이 내면서 왈왈 흘러내려가는 물을 보면서 엘리자베스는 몇 가지 일로 느끼고 있었다. —— 그 가운데는 반성도 없지 않았다.

—— 이번 이와 같이 큰 재판을 일으킨 것이 엘리자베스의 뜻은 아니었다. 법률을 아는 사람이 '그리하여야 좋다'는 고로, 엘리자베스는 으쓱하여서 그리할 뿐이다. 그에게는 서생아 승인으로 넉넉하였다.

"에이 쌍!"

그는 만날 이 일이 생각날 때마다 혀를 차며 중얼거렸다.

—— 서울서 떠난 것도 그의 느낌의 하나이다. —— 차라리 반성의 하나이다. 오촌모는 '에이구, 내 딸. 에이구, 내 딸.' 하며 커다란 엘리자베스의 궁둥이를 두드리며 사랑하였고, 엘리자베스는 여왕과 같이 가만히 앉아서 모든 일을 오촌모를 부려먹었지만, 그것만으로 그는 만족치는 못하였다. 그는 낮고 더럽고 답답하고 덥고 시시한 냄새나는 촌집보다 높고 정한 서울집이 낫고, 광목 바지 입고 상투 틀고 낯이 시커먼 원시적인 촌무지렁이들보다 맥고 모자에 궐련 물고 가는 모시 두루마기 입은 서울 사람이 낫다. 굵은 광당포 치마보다 가는 모시 치마가 낫고, 다 처진 짚신보다 맵시나는 구두가 낫다. —— 기름

머리에 맵시나게 차린 후에 파라솔을 받고 장안 큰 거리를 팔과 궁둥이를 저으면서 다니던 자기 모양을 흐린 하늘에 그려 볼 때에는 엘리자베스는 자기에게도 부끄럽도록 그 그림자가 예뻐 보였다.

장마는 걷혔다.

장마 뒤의 촌집은 참 분주하였다. 모를 옮긴다, 김을 맨다, 금년 추수는 이때에 있다고 각 집이 모두 늙은이 젊은이 할 것 없이 나서서 활동을 한다. 각 곳에서 중양가(重陽歌)의 처량한 곡조, 농부가의 웅장한 곡조가 일어나서 뫼로 반향하고 들로 퍼진다.

자농(自農) 밭 몇 뙈기와 뒤뜰에 텃밭을 가진 엘리자베스의 오촌모의 집도 꽤 분주하였다. 자농 밭은 삯을 주어서 김을 매고 텃밭만 오촌모 자기가 감자와 파 이종을 하기로 하였다.

뻔뻔 놀고 있기가 무미도 하고 갑갑도 한 고로 엘리자베스는 아주머니를 도와서 손에 익지 않은 일을 하고 있었다.

첫번에는 일하기가 죽게 어려웠지마는 좀 연습된 뒤에는 땀으로 온몸이 젖고 몸이 곤하여진 뒤에 나무 그늘 아래서 상추쌈에 고추장으로 밥을 먹고 얼음과 같은 찬 우물물을 마시는 것은 참 엘리자베스에게는 위에 없는 유쾌한 일이 되었다. —— 첫번에는 심심 끄기로 시작하였던 일을 마지막에는 쾌락으로 하게 되었다.

그러는 사이에도 틈만 있으면 그는 집 뒤 뫼에 올라가서 서울을 바라보고 한숨을 짓고 있었다.

보얀 여름 안개로 둘러싸여서 아침 햇빛을 간접으로 받고 보얗게 반짝거리는 아침 서울, 너무 강하여 누렇게까지 보이는 여름 햇빛을 정면으로 받고 여기저기서 김을 무럭무럭 내는 낮 서울, 새빨간 저녁놀을 받고 모든 유리창은 그것을 몇십 리 밖까지 반사하여 헤일 수 없는 땅 위의 해를 이루는 저녁 서울, 그 가운데 우뚝 일어서 있는 푸른 남산, 잿빛 삼각산, 먼지로 싸인 큰 거리, 울긋불긋한 경복궁, 동물원, 공원, 한강, 하나도 엘리자베스에게 정답게 생각 안 나는 것이 없고, 느낌 안 주는 것이 없었다.

　'아…… 내 서울아, 내 사랑아,
　나는 너를 바라본다……
　붉은 눈으로…… 더운 사랑으로……
　아침 해와 저녁놀 잿빛 안개
　흩어진 더움 아래서 나는 너를
　아 —— 나는 너를 바라본다.
　천 년을 살겠냐 만 년을 살겠냐
　내 목숨 다하기까지 내 삶 끝나기까지
　나는 너를 그리리라.'

처량한 곡조로 엘리자베스는 부르곤 하였다.

엘리자베스는 한 자리를 정하고 뫼에 올라갈 때에는 언제든지 거기 앉아 있었다. —— 뒤에는 큰 소나무를 지고 그 솔 그늘 아래 꼭 한 사람이 앉아 있기 좋으리만한 바위가 하나 있었다. 그것이 엘리자베스의 정한 자리다.

그 바위 두어 걸음 앞에는 여남은 길 되는 절벽이 있었다.

이 절벽을 내려다볼 때마다 그의 마음 속에는 한 기쁨이 움직였다.

종시 재판 날이 왔다.

9

재판 전날, 엘리자베스는 오촌모와 함께 서울로 들어와서 재판소 곁 어떤 객주집에 주인을 잡았다.

—— 서울을 들어설 때에 엘리자베스는 한 달밖에는 떠나 있지 않았으되, 그렇게 그리던 서울이므로 기쁨의 흥분으로 몸이 죽게 피곤하여져서 부들부들 떨면서 객줏집에 들었다.

'혜숙이나 만나지 않을까? 이환 씨나 만나지 않을까? S, 혹은 부인이나 혹은 남작이나 만나지 않을까?'

그는 반가움과 무서움과 바람으로 머리를 푹 숙이고 곁눈질을 하면서 아주머니와 함께 거리들을 지나갔다. —— 할 수 있는 대로는 좁은 길로.

그는 하룻밤 새도록 모기와 빈대와 흥분, 걱정들로 말미암아 잠도 잘 못 자고 이튿날 낮이 뚱뚱 부어서 제 시간에 재판소에 들어왔다.

아주머니는 방청석으로 보내고 자기 혼자 원고석(原告席)에 와 앉을 때에는 엘리자베스는 자기도 어찌 되는지를 모르도록 마음이 뒤숭숭하였다. —— 염통은 일 분 동안에 여든일곱 번이나 뛰놀고 숨도 일 분 사이에 스무 번 이상을 쉬게 되었다. 땀은 줄줄 기왓골에 빗물 흐르듯 흘러서 짠물이 자꾸 눈과 입으로 들어온다. 서울 들어오느라고 새로 갈아입은 엘리자베스의 빈자 저고리와 바지 허리는 땀으로 소낙비 맞은 것보다 더 젖게 되었다.

삼 분쯤 뒤에 그는 마음을 좀 진정하여 장내를 둘러보았다.

—— 방청석에는 아주머니 혼자 낯에 근심을 띄우고 눈이 둥그래져서 있었고, 피고석에는 남작이 머리를 저편으로 돌리고 있었다.

남작을 볼 때에 그는 갑자기 죄송스러운 생각이 났다.

'오죽 민망할까? 이런 데 오는 것이 남작에겐 오죽 민망할까? 내가 잘못했지, 재판은 왜 일으켜? 남작은 날 어찌 생각할까? 또 부인은?……'

그는 이제라도 할 수만 있으면 재판을 그만두고 싶었다. 짐짓 자기가 남작에게 져 주고 싶기까지 하였다.

—— 그는 머리를 좀더 돌이켰다. —— 거기는 남작의 대리인인 변호사가 엄연히 앉아 있었다. 만장을 무시하는 낯으로, 자기 혼자만이 재판을 좌우할 능력이 있다 하는 낯으로 변호사는 빈 재판석을 둘러보고 있었다.

변호사를 볼 때에 엘리자베스는 남 모르게,

"아?"

하는 절망의 소리를 내었다. 자기의 변론이 어찌 변호사에게 미칠까? 그의 머리에는 똑똑히 이 생각이 떠올랐다. 남작에 대한 미움이 마음속에 솟아 나왔다. 자기를 끝까지 지우려고 변호사까지 세운 남작이 어찌 아니꼽지를 않을까? 그는 외면한 남작을 흘겨보았다.

판사, 통변, 서기 들이 임석하고 재판은 시작되었다.

규정의 순서가 몇이 지나간 뒤에 원고의 변론할 차례가 이르렀다. 규정대로 사는 곳과 이름 들을 물은 뒤에 엘리자베스는 변론하여야 하게 되었다. 엘리자베스는 벌떡 일어서서 묻는 말에는 대답하였지만 변론은 나오지를 않았다. 재판소가 빙빙 도는 것 같고 낯에서는 불덩이가 나올 것 같았다. 그러다가,

'이래서는 안 되겠다. 용기를 내야지.'

생각할 때에 용기는 회복되었다.

그는 끊었다 끊었다 하면서 자기의 청구를 질서 없이 설명하였다.

"더 할 말은 없나?"

엘리자베스의 말이 끝난 뒤에 주석 판사가 물었다.

"없어요."

엘리자베스는 말이 하기 싫은 고로 겨우 중얼거리고 앉았다.

'겨우 넘겼다.'

엘리자베스는 앉으면서 괴로운 숨을 내어 쉬면서 생각하였다.

피고의 변론할 차례가 되었다. 변호사는 일어서서 웅장한 큰소리로, 만장을 누르는 소리로, 장내가 웅웅 울리는 소리로 말하기 시작하였다.

—— 원고의 말은 모두 허황하다. 그 증거가 어디 있는가? 있으면 보고 싶다. 잉태하였다 하니 —— 거짓말인지도 모르거니와 —— 설혹 잉태하였다 하여도 그것이 남작의 자식인 증거가 어디 있는가? 자기 자식이니까 떨어뜨리려고 병원에 데리고 갔다 원고는 말하지만, 주인이 자기 집 가정 교사가 병원에 좀 데려다 달랄 때 데려다 줄 수가 없을까? 피고가 자기 일이 나타날까 저퍼서[13] 원고를 내어쫓았다 원고는 말하지만, 다른 일로 내어보냈는지 어찌 아는가? 원고는 당시에는 학교에도 안 가고 가정 교사의 의무도 다하지 않고, 게다가 탈까지 났으니 누구가 이런 식객을 가만두기를 좋아할까? 어떻든 원고에게는 정신 이상이 있는 것을 잊어서는 안 된다.

엘리자베스는 변호사가 '원고의 말은 허황하다.' 할 때에 마음이 뜨끔하였다. '남작의 자식인지 어찌 알까?' 할 때에는 가슴에서 '툭' 하는 소리를 들었다. 병원 이야기가 나올 때에 머리가 어지러워지는 것을 깨달았다. 그 후에는 어찌 되었는지 몰랐다. 청각은 가졌지만 듣지는 못하였다. 다만 둥둥 하는 사람의 말소리가 한 백 리 밖에서 나

---

13) 저프다 — '두렵다' 는 뜻의 옛말.

는 것같이 들렸을 뿐이고 아무것도 의식하지를 못하였다. 유도에 목 끼운 때와 같이 온몸이 앙상스러워지는 것이 구름을 타고 하늘을 떠나 다니는 것 같았다.

그가 바른 의식 상태로 듣기 비롯한 때는 판사가 '더 할 말이 없느냐'고 물을 때이다.

판사의 묻는 말을 똑똑히 알아듣지 못하고 또 말하기도 싫은 엘리자베스는 다만,

"네."

하고 대답할 수밖에는 없었다. 그런 뒤에는 그의 눈앞에는 검은 물건이 왔다갔다, 움직움직하는 것만 보였다. 무엇인지는 똑똑히 알지 못하였다.

한참 있다가 판결은 났다. —— 원고의 주장은 하나도 증거가 없다. 그런 고로 원고의 청구는 기각한다.

이 말을 겨우 알아들은 엘리자베스는 가슴에서 두 번째 '툭' 하는 소리를 들었다. 그 뒤에는 아득하여지고 말았다.

몇 시간 동안을 혼미 상태로 지난 후에 겨우 정신이 좀 드는 때는 그는 이상한 방 안에 앉아 있었다. 껌껌한 그 방은 사면 칠 척 두 자 밖에는 안 되었다. 뿐만 아니라, 그 방은 들썩들썩 움직인다.

'흥 재미있구나!'

그는 생각하였다.

그렇지만 이와 같은 한가한 생각이 그의 머리에 오랫동안 머무르지를 못하였다. —— 높이 세 치, 길이 다섯 치쯤 되는 조그만 구멍으로 자기 아주머니가 보일 때에 엘리자베스는 펄떡 정신을 차렸다. 그때에 그는 자기 있는 곳은 보교(步較)[14] 안이고 벌써 아주머니의 집에다 이르렀고 아까 판결받은 것이 생각났다.

보교는 놓였다.

엘리자베스는 우덕덕 보교에서 뛰어내리다가 고꾸라졌다. —— 발이 저린 것을 잊고 뛰어내리던 그는 엎으러질 수밖에는 없었다.

"에구머니!"

아주머니는 엘리자베스가 또다시 기절을 한 줄 알고 고함을 치며 뛰어왔다.

엘리자베스는 '죽어라' 하고 발이 저린 것을 참고 일어서서 뛰어 방 안에 들어와 고꾸라졌다.

그는 울음도 안 나오고 웃음도 안 나왔다. 다만,

'야단났구만, 야단났구만.'

생각만 하였다.

그렇지만 어디가 야단나고 어떻게 야단났는지는 그는 몰랐다. 다만 어떤 큰 야단난 일이 어느 곳에 있기는 하였다.

오촌모가 들어와 흔드는 것도 그는 모른 체하고 다만 씩씩거리며 엎디어 있었다.

'야 —— 단, 야 —— 단.'

그의 눈에는 여러 가지 환상이 보인다. —— 네모난 사람, 개, 우물거리는 모를 물건, 뫼보다는 크게도 보이고 주먹만하게도 보이는 검은 어떤 물건, 아주머니, 연필. —— 이것이 모두 합하여 그에게는 야단으로 보였다.

오촌모가 펴준 자리에 누워서도 그는 이런 그림자들만 보면서 씩씩거리며 있었다.

———————————

14) 보교(步較) —— 가마의 하나. 정자 지붕 모양으로 가운데를 솟게 하고 사면을
　　　장막으로 둘러침.

10

이튿날 아침.

엘리자베스는 눈을 번쩍 뜨고 방 안을 둘러보았다. 아주머니는 방 안에 없었다. 부엌에서 덜컹거리는 고로 거기 있나 보다 그는 생각하였다.

전에는 그리 주의하여 보지 않았던 그 방 안의 경치에서 병인의 날카로운 눈으로 그는 새로운 맛있는 것을 여러 가지 보았다.

제일 눈에 뜨이는 것은 벽담 사면에 붙인 당지들이다. 일본 포속(布屬)들에서 꺼내어 붙인 듯한 그 당지[15]들을 엘리자베스는 흥미의 눈으로 하나씩 하나씩 건너보았다.

그 다음에 보인 것은 천장 서까래 틈에 친 거미줄들이다. 엘리자베스는 그 가운데 하나를 자세히 보았다. 그가 보고 있는 동안에 엥 하니 날아오던 파리가 한 마리 그 줄에 걸렸다. 거미줄은 잠깐 흔들리다가 멎고 어디 있댔는지 보이지 않던 거미가 한 마리 빨리 나와서 파리를 발로 움킨다. 거미줄은 대단히 떨렸다. 그렇지만 조금 뒤에는 파리는 죽었는지 거미의 줄의 흔들림은 멎고 거미 혼자서 발발 파리를 두고 돌아다닌다. 엘리자베스는 바르르 떨면서 머리를 돌이켰다.

'저 파리의 경우와…… 내 경우가…… 어디가 다를까? 어디가?……'

엘리자베스가 움직일 때에 파리가 한 마리 윙 날았다. 그 파리의

---

15) 당지(唐紙) — 예전에 중국에서 만든 종이의 하나. 표면은 황색으로 거치나 먹물을 잘 흡수함.

날기를 기다리고 있었던지 다른 파리들도 일제히 웅 날았다가 도로 각각 제자리에 앉는다.

엘리자베스는 눈을 감았다. 상쾌한 졸음이 짜르륵 엘리자베스의 온몸에 돌았다. 엘리자베스는 승천(昇天)하는 것 같은 쾌미를 누리고 있었다.

이때에 오촌모가 샛문을 벌컥 열며 들어왔다.

엘리자베스는 눈을 번쩍 떴다. 오촌모는 들어와서 물에 젖은 손을 수건에 씻은 뒤에 엘리자베스의 머리 곁에 와서 앉았다.

"좀 나은 것 같으냐?"

"무엇 낫지 않아요."

"어디가 아파? 어제 밤새도록 헛소릴 하더니……."

"헛소리까지 했어요?"

엘리자베스는 낯에 적적한 웃음을 띠우고 묻는 대답을 하였다.

"그런데 어디가 아픈지는 일정하게 아픈 데가 없어요. 손목 발목이 저릿저릿하는 것이, 온몸이 다 쏘아요. 꼭…… 첫몸할 때……."

"왜 그런고…… 원."

"왜 그런지요……."

잠깐의 침묵이 생겼다.

"앗!"

좀 후에 엘리자베스는 작은 소리로 날카로운 부르짖음을 내었다. 낯에는 무한한 괴로움이 나타났다.

"왜 그러냐?"

오촌모는 놀라서 물었다.

"봤다는 안 되어요."

엘리자베스는 억지로 웃으면서 말했다.

“그럼 보지 않을 것이니 왜 그러냐?”
“묻지두 말구요!”
“묻지두 않을 것이니 왜 그래?”
“그건 안 묻는 건가요?”
“그럼 그만두자…… 그런데 미음 안 먹겠냐?”
“좀 이따 먹지요.”
엘리자베스는 괴로운 낯을 하고 팔과 다리를 꼬면서 앓는 소리를 내고 있다가 참다 못하여 억지로 말했다.
“아주머니, 요강 좀 집어 주세요.”
오촌모는 근심스러운 낯으로 물끄러미 엘리자베스를 들여다보다가 말없이 요강을 집어 주었다.
엘리자베스는 요강을 타고 앉았다. 나올 듯 나올 듯하면서도 나오지 않는 오줌은 그에게 큰 아픔을 주었다. 한 십 분 동안이나 낯을 무한 찡그리고 있다가 내어 놓을 때에는 그 요강은 피오줌으로 가득 찼다.
“피가 났구나!”
오촌모는 놀란 소리로 물었다.
“……네.”
“떨어질래는 것이로구나.”
“그런가 봐요.”
말은 끊어졌다.
엘리자베스의 마음은 무한 술렁거렸다. —— 그 가운데는 저품과 반가움이 섞여 있었다.
“깨를 어떻게 먹으면 올라붙기는 한다더라만……”
잠깐 후에 아주머니가 말을 시작했다.

"그건 올라붙어 무엇 해요."

엘리자베스는 낯을 찡그리고 대답하였다.

"그래도 낙태로 죽는 사람도 있느니라……."

엘리자베스는 대답을 하려다가 말이 하기 싫은 고로 그만두었다.

말은 또 끊어졌다.

엘리자베스는 '죽어도 좋아요.'라고 대답하려 하였다.

'죽으면 멜 하나.'

그는 병적으로 날카롭게 된 머리로 생각하여 보았다.

'내게 이제 무엇이 있을까? 행복이 있을까? 없다. 즐거움은? 그것도 없다. 반가움은? 물론 없지. 그럼 무엇이 있을까? 먹고 깨고 자는 것뿐, 그 뒤에는? 죽음! 그 밖에 무엇이 있을까? 아무것도 없다. 그것뿐으로도 살 가치가 있을까? 살 가치가 있을까? 아, 아! 어떨까? 없다! 그러면? 나 같은 것은 죽는 편이 나을까? 물론! 그럼 자살? 아! 자살?(그는 사지를 부들부들 떨었다.) 모르겠다. 살아지는 대로 살아 보자. 죽는 것도 무섭지 않고 사는 것도 싫지도 않고…….'

이때에 오촌모가 말을 시작했다.

"내가 가서 물어 보고 올라."

"그만두세요."

그는 우덕덕 놀라면서 무의식히 날카롭게 말하였다.

"그래두 내 잠깐 다녀오지."

아주머니는 일어서서 밖으로 나갔다.

아주머니가 나간 뒤에 그는 또 생각하여 보았다.

'내 근 이십 년 생애는 어떠하였는가? —— 앞길은 그만두고 지난 일로…… 근 이십 년 동안이나 살면서 남에게 —— 사회에게 이익한 일을 하나라도 하였는가? 벗들에게 교과를 가르친 일 —— 이것뿐, 이것을 가히 사회에 이익한 일이라 부를 수가 있을까?(그는 입술을 부들부들 떨었다.)

응! 하나 있다 '표본!'(그는 괴로운 웃음을 씩 웃었다.) 이후 사람을 경계할 만한 내 사적! 곧 '표본'! 표본 생활 이십 년…… 아!…… 그러니 이것도 내가 표본이 되려서 되었나? 되기 싫어서도 되었지. 헛데로 돌아간 이십 년, 쓸데없는 이십 년, '나'를 모르고 산 이십 년, 남에게 깔리어 산 이십 년. 그 동안에 벌은 것은? 표본! 그 동안에 한 일은? 표본!'

그는 피곤하여진 고로 눈을 감았다. 더움과 추움이 그를 쏘았다. 그는 추워서 사지를 부들부들 떨면서도 이마와 모든 틈에는 땀을 줄줄 흘리고 있었다. 아래는 수만 근 되는 추를 단 것같이 대단히 무거웠다.

괴로움과 한참 싸우다가 오촌모의 돌아옴이 너무 더딘 고로 그는 그만 잠이 들었다. 자는 동안에 여러 가지 그림자가 그의 앞에서 움직였다.

── 네모난 사람이 어떤 모를 물건을 가지고 온다. 그 뒤에는 개가 따라온다. 방성 뒷산에서 뫼보다도 큰 어떤 검은 물건이 수없이 많이 흐늘흐늘 닐아오다가, 엘리사베스의 있는 방 안에 와서는 주먹만하게 되면서 그의 품 속으로 뛰어들어온다. 하나씩 하나씩 다 들어온 다음에는 도로 하나씩 하나씩 흐늘흐늘 날아가서 차차 커지며 뫼만하게 되어 도로 산 가운데서 스러져 없어진다. 다 나갔다는 도로 들어오고 다 들어왔다는 도로 나가고, 자꾸자꾸 순환되었다. ── 엘리자베스는 앓는 소리를 연발로 내면서 이 그림자를 보고 있었다.

── 이렇게 무서운 그림자를 한참 보고 있을 때에,

"애, 미음 먹어라."

하는 오촌모의 소리가 나는 고로 그는 눈을 번쩍 떴다.

그는 미음 그릇을 들고 들어오는 아주머니를 관찰하기 시작하였다.

'저런 큰 그릇을 원 어찌 들고 다니노? 키도 댓자밖에는 못 되는 노파가……'

오촌모가 미음 그릇을 놓은 다음에 엘리자베스는 그것을 먹으려고 엎디었다.

—— 아픔이 온몸에 쭉 돌았다.

"숟갈이 커서 어찌 먹어요?"

그는 놋숟갈을 보고 오촌모에게 물었다. —— 그는 '숟갈이 커서 들지를 못하겠다'는 뜻으로 한 말이다.

"어제두 먹던 것이 커?"

엘리자베스는 안심하고 숟갈을 들었다. 그것이 뜻밖에 크지도 않고 무겁지도 않았다. 그는 곁에 놓인 흰 가루를 미음에 치고 먹기 시작하였다.

"아이고 짜라."

그는 한 술 먹은 뒤에 소리를 내었다.

"짜기는 왜 짜? 사탕가루를 많이 치구……."

병으로 날카롭게 된 그의 신경은 그의 자유로 되었다 —— 마치 최면술에 피술자(被術者)가 시술자(施術者)의 명령을 절대로 복종하여, 단 것도 시술자가 쓰다 할 때에는 쓰다 생각하는 것과 같이 그의 신경도 절대로 그의 명령을 좇았다. 흰 가루를 소금이라 생각할 때에는 짜게 보였으나, 사탕가루라 생각할 때에는 꿀송이보다도 더 달았다. —— 그렇지만 그의 신경도 한 가지는 복종치를 않았다. 아픔이 좀 나았으면 하는 데는 조금도 순종치를 않았다.

미음을 먹는 동안에 오촌모가 투덜거렸다.

"시무 집이나 되는 동리 가운데서 그것 아는 것이 하나두 없단 말
인가 원……."
"무엇이요?"
엘리자베스는 미음을 삼키고 물었다.
"그 올라붙은 방문 말이루다. 원 깨를 어쩐대든지……."
엘리자베스는 성이 나서 대답을 안 하였다. 미음을 다 마신 다음에
돌아누우려다가 그는,
"앍!"
소리를 내고 그 자리에서 고꾸라졌다. —— 어디가 아픈지 똑똑히
모를 아픔이 온몸을 쿡 쏘았다. 정신까지 어지러워졌다.
"어째? 더하냐?"
"물이 쏟아져요."
엘리자베스는 똑똑한 말로 대답하였다.
"어째?"
"바람이 부는지요?"
"애, 정신차려라."
엘리자베스는 후덕덕 정신을 차리면서,
'내가 원 성신이 없어졌는가?'
하고 간신히 천장을 향하고 누웠다. —— 천장에는 소가 두 마리 풀을
뜯어먹고 있었다. 엘리자베스는 무서워서 부들부들 떨기 시작하였다.
—— 두 마리의 소는 싸움을 시작했다. '떨어지면……' 생각할 때에
한 마리는 그의 배 위에 떨어졌다. 일순간 뜨끔한 아픔 뒤에는 아무렇
지도 않았다.
'앍' 소리를 내고 그는 다시 천장을 보았다. 소는 역시 두 마리지만
이번은 춤을 추고 있다.

"표본 생활 이십 년!"

그는 중얼거리고 담벽을 향하여 돌아누웠다. —— 저기서는 남작과 이환이와 돼지와 파리가 장거리 경주를 하고 있었다.

'흥! 재미있다. 누가 이길 터인고?'

그는 생각하였다.

조금 있다가 그는 생각난 듯이 수군거렸다.

"표본 생활 이십 년!"

11

그가 눈을 아무 데로 향하든지 어떤 그림자는 거기 벌려 있었다. 그가 자든지 깨든지, 어떤 그림자는 거기서 움직였다. 이렇게 엘리자베스는 사흘을 지냈다.

그러는 동안 다함이 없는 철학이 감추어져 있는 것 같고도 아무 뜻이 없는 헛말같이도 생각되는 말귀가 흔히 무의식히 그의 머리에 떠올랐다 —— .

'표본 생활 이십 년!'

그는 이 말을 여러 번 거푸하였다.

이렇게 사흘째 되는 저녁 —— 복거리 낮보다도 훈훈하게 저녁 —— 등과 사지 맨 끝에서 시작하여 짜르륵 온몸에 도는 추위의 쾌미를 역증16)으로 받으면서 잠과 깸의 가운데서 돌던 엘리자베스는 오촌모의 소리에 놀라 흠칠하면서 깨었다.

---

16) 역증 — 역정.

"왜 그리 앓는 소리를 하냐? —— (혼잣말로) 탈인지 무엇인지 낫지
두 않구."

"아…… 유…… 죽겠다…… 하아……."

엘리자베스는 눈을 감은 채로 아주머니의 소리나는 편으로 돌아누
우면서 신음했다. 그렇지만 그에게는 아프리라 생각하는 데서 나온
아픔밖에는 아픔이 없었다.

"왜 그래? 참 앓는 너보다두 보는 내가 더 속상하다. 후!"

오촌모도 한숨을 쉰다.

"아이구, 덥다!"

오촌모는 빨리 부채를 집어서 엘리자베스를 부치면서 말했다.

"내 부쳐 줄 것이니 일어나서 이 오미잣물 마셔 봐라."

오미자라는 소리를 들은 그가 귀가 버썩하였다. 어렸을 때부터 오
미자를 좋아하던 그는 이불 속에서 꿈질꿈질 먹을 준비를 시작하였
다. —— 오늘은 그의 머리는 똑똑하여졌다. 그림자도 안 보였고 아픔
도 덜어졌다.

오촌모는 자기도 한 숟갈 떠먹어 본 뒤에 권한다.

"아이구 달다. 자 먹어 봐라."

엘리자베스는 눈을 뜨고 엎디어서 오미잣물을 마셨다. 새큼하고 단
가운데도 말할 수 없는 아름다운 냄새를 가진 오미잣물은 병인인 엘
리자베스에게 위없는 힘을 주었다. 그는 단숨에 한 사발이나 되는 물
을 다 마셔 버렸고 도로 누웠다.

"맛있지?"

"네."

"그런데 어떠냐…… 아프기는?"

엘리자베스는 다만 씩 웃었다. 다 큰 것이 드러누워서 다 늙은 아

주머니를 속상케 함에 대한 미안과, 커다란 것이 '욺욺' 않는 부끄러움이 합하여 나온 웃음을 그는 다만 감추지 않고 정직하게 웃은 것이다.

"오늘은 정신 좀 들었냐?…… 며칠 동안 별한 소릴…… 어더런 소릴 하든지?……응!……응! 무얼 '표분 생울 이십 년'이라든지?"

"표본 생활 이십 년!"

엘리자베스는 생각난 듯이 ── 무의식히 소리를 내었다.

"응! 그 소리, 그 소리!"

오촌모도 생각난 듯이 지껄였다.

"아이 덥다!"

엘리자베스는 이불을 차던지고 고함을 쳤다.

"응, 부쳐 주지."

어느덧 부채질을 멈추었던 오촌모는 다시 부치기 시작했다.

속에서 나오는 태우는 듯한 더움과 밖에서 찌르는 무르녹이는 듯한 더위와 사늘쩍한 부채 바람이 합하여 엘리자베스의 몸에 쪼르륵 소름이 돋게 하였다. 소름 돋을 때와 부채의 시원한 바람의 쾌미는 그에게 졸음이 오게 하였다. 그는 구름 타고 하늘에 올라가는 맛으로 잠과 깸의 가운데서 떠돌고 있었다.

몇 시간 지났는지 몰랐다. 무르녹이기만 하던 날은 소낙비로 부어 내린다. 그리 덥던 날도 비가 오면서는 서늘하여졌다. 방 안은 습기로 찼다. 구팡[17]에 내려져서 튀어나는 물방울들은 안개비와 같이 되면서 방 안으로 몰려 들어온다.

그는 눈을 번쩍 떴다. 어느덧 역한 냄새 나는 모기장이 그를 덮었

─────────────

17) 구팡 ─ '마루'의 방언.

고 그의 곁에는 오촌모가 번뜻 누워서 답답한 코를 구르고 있었다. 위에는 불티를 잔뜩 앉히고 그 아래서 숨찬 듯이 할락할락 하는 석유 램프는 모기장 밖에서 반딧불같이 반짝거리며 할딱거리고 있었다.

'가는 목숨으로라도 살아지는껏 살아라.'

그 램프는 소곤거리는 것 같다.

엘리자베스는 일어나서 요강을 모기장 밖에서 들여왔다.

한참 타고 앉았다가

"악!"

소리를 내고 그는 엎으려졌다. 가슴은 뛰놀고 숨도 씩씩하여졌다. 마음은 무한 설렁거렸다. 맥도 푹 났다.

한참 엎디어 있다가 그는 생각난 듯이 벌떡 일어나서 요강을 내어놓고 번갯불과 같이 빨리 그 속에 손을 넣어서 주먹만한 핏덩이를 하나 꺼내었다.

'내 것!'

그의 머리에 번갯불과 같이 이 생각이 지나갔다.

그의 머리에는 모순된 두 가지 생각이 일어났다.

'내 것!'

찬자시에 대힌 사링이 그 핏덩이에게 일어났다.

'이것 때문에……'

그는 그 핏덩이에 대하여 무한한 미움이 일어났다.

'이것도 저 아니꼬운 남작의 것, 나는 이것 때문에……'

이 두 가지 생각의 반사 작용으로 그는 핏덩이를 힘껏 단단히 쥐었다. —— 거기는 미움이 있고 사랑이 있었다.

그는 핏덩이를 씹어먹고 싶었다 —— 거기도 미움이 있고 사랑이 있었다. 그는 그것을 쥔 채로 드러누웠다. 맥이 나서 앉아 있을 힘이 없었다.

　드러누운 그에게는 얼토당토 않은 딴 생각이 두어 가지 머리에 났다. 이것도 잠깐으로 끝나고 잠이 들었다.

　이삼 분의 잠이 그를 스치고 지나간 뒤에 그는 눈을 번쩍 뜨면서 무의식으로 중얼거렸다.

　"표본 생활 이십 년!"

　그 다음 순간, 그에게는 별한 생각이 머리에 떠올랐다.

　'약한 자의 슬픔!'

　'천하에 둘도 없는 명언(名言)이로다.'

　그는 생각하였다.

　그는 이 문제를 두고 논문 비슷이, 소설 비슷이 하나 지어 보고 싶은 생각이 났다. 그는 생각하여 보았다.

　자기의 설움은 약한 자의 슬픔에 다름없었다. 약한 자기는 누리[18]에게 지고 사회에게 지고 '삶'에게 져서, 열패자(劣敗者)의 지위에 이르지 않았느냐? 약한 자는 이환에게 사랑을 고백지 못하고, S와 혜숙에게서 참말을 듣지 못하고, 남작에게 더 저항치를 못하고, 재판석에서 좀더 굳세게 변론치를 못하여, 지금 이 지경에 이르지 않았느냐?

　'그렇지만 이것은 밖이 약한 것이다. 좀더 깊이 —— 안으로!'

　그는 생각하였다.

　자기의 아직까지 한 일 가운데서 하나라도 자기께서 나온 것이 어디 있느냐? 반동(反動) 안 입고 한 일이 어디 있느냐? 남작 집에서 나온 것도 필경은 부인이 좀더 있으라는 반동에서 나온 것이 아니냐? 병원 안에 들어간 것도 필경은 집으로 돌아올 전차가 안 보임에 있지

---

18) 누리 — '세상'의 옛말.

않느냐? 병원으로 향한 것도 그렇다. 재판을 시작한 것은? 오촌모가 말리는 반동을 받았다. 모든 일이 다 그렇다.

"이십 세기 사람이 다 그렇다!"

그는 힘있게 중얼거렸다.

"어떻든…… 응! 그렇다! 문제는 '이십 세기 사람'이라고 치고, 첫 줄을 '약한 자의 슬픔'으로 시작하여 마지막 줄을 '현대 사람 다의 약함'으로 끝내자."

그는 자기 짓던 글을 생각하고 중얼거렸다.

'표본 생활 이십 년이란 구는 꼭 넣어야겠다.'

고 그는 생각하였다. 그리고 글을 속으로 생각하기 시작하였다.

이리 짓고 저리 지어서, 이만하면 완전하다 생각할 때 그는 마지막 구를 소리를 내어서 읽었다.

"현대 사람 다의 약함!"

그런 다음에는 그의 머리에 한 공허가 생겼다. 그 공허가 가슴으로 퍼질 때에 그는 맥이 나고 발끝과 손끝에서 그 공허가 일어날 때에 그는 눈을 감았다. 눈이 무한 무거워졌다. 공허가 온몸에 퍼질 때에 그는 후! 숨을 내어쉬면서 잠이 들었다.

12

"저런, 원 저런!"

이튿날 아침 엘리자베스에게 어젯밤 변동을 듣고 눈이 둥그래져서 그 핏덩이를 들여다보며 오촌모는 지껄였다.

엘리자베스는 탁 그 핏덩이를 빼앗아서 이불 아래 감춘 뒤에 낯을 붉히며 이유 없이 씩 웃었다.

"어떻든 네 속은 시원하겠다. 밤낮 떨어지면 하더니……."

오촌모는 비웃는 듯이 입살[19]을 주었다.

아깟번에 웃은 엘리자베스는 이번에도 웃지 않으면 안 되게 되었다. 그는 억지로 입과 눈으로만 일순간의 웃음을 웃은 뒤에 곧 낯을 도로 쪽 폈다. 그러고 미안스러운 듯이 오촌모의 낯을 들여다보았다. 오촌모의 낯에는 가련하다는 표정이 똑똑히 보였다.

'역시 가련한 것이루구나!'

그는 속으로 고함을 쳤다.

'그것도 내 것이 아니냐?'

어머니가 자식에게 가지는 육친의 정다움이 엘리자베스의 마음에 일어났다. 그는 몰래 손을 더듬어서 겁적겁적하고 흐늘거리는 그 핏덩이를 만져 보았다.

'어디가 엉덩이구 어디가 머리 편인고?'

그는 손가락으로 핏덩이를 두드리고 쓸어 주고 있었다. 차디찬 핏덩이에서도 엘리자베스는 따스한 맛이 올라오는 것을 깨달았다.

'사람이란 이런 것이로다!'

그는 생각하였다.

물끄러미 한참 그를 들여다보던 오촌모는 도로 전과 같은 사랑의 낯이 되며 생각난 듯이 말했다.

"잊었댔다. 오늘은 장날이 되어서 서울 잠깐 들어갔다 와야겠다. 무엇 먹고 싶은 것은 없냐? 있으면 말해라. 사다 줄 거니……."

"없어요."

---

19) 입살 ― '입술'의 방언.

엘리자베스는 팔딱 정신을 차리며 무의식히 중얼거렸다. '서울' 소리를 듣고 그는 갑자기 가슴이 뛰놀기 시작하였다.

'저런 노파가 다 서울을 다니는데 내가 어찌……'

그는 오촌모를 쳐다보면서 생각하였다. 그러다가 갑자기 오촌모를 찾았다.

"아주머니!"

"왜?"

"서울 들어가세요?"

그의 목소리는 흥분으로 떨렸다.

"응."

엘리자베스는 비쭉하여졌다. —— 오촌모의 '응'이란 대답뿐은 그를 만족시키지 못하였다. '응, 들어가겠다'든지 '응, 다녀올란다'든지 좀 더 친절히 똑똑히 대답 안 한 오촌모가 그에게는 밉게까지 보였다.

그렇지만 그의 정조(情調)는 그의 비쭉한 것을 뚫고 위에 올라오기에 넉넉하였다. 그는 좀더 힘있게 떨리는 소리로 오촌모를 찾았다.

"아주머니!"

"왜?"

오촌모는 또 그렇게 대답히였다.

"나두 함께 가요!"

"어딜?"

"서울!"

"딴소리 한다. 넌 편안히 누워 있어얀다."

오촌모의 낯에는 무한한 동정이 나타났다.

"그래두…… 가구 싶어요."

그의 눈에는 눈물이 괴었다.

"내 다 구경해다 줄 거니 잘 누워 있거라. 너 다 나은 다음에 한 번 들어가 실컷 돌아다니자. 그래두 지금은 못 간다."

"길 다 말랐어요?"

그는 뚱딴지 소리를 물었다.

"응, 소낙비니깐 땅 위로만 흘렀지, 속은 안 뱄더라."

"뒤뜰 호박두 익었지요? 인제 며칠 동안 나가 보지두 못해서……."

그의 목소리는 자못 떨렸다.

"아까 가 보니깐 아직 잘 안 익었더라."

잠깐 말은 끊어졌다. 조금 뒤에 엘리자베스는 떨리는 소리로 말했다.

"아…… 서울 가 보……."

"걱정 마라. 이제 곧 가게 되지."

"아주머니!"

"왜 그러냐?"

"그 애들이 아직 날 기억할까요?"

"그 애들이라니?"

"함께 공부하던 애들이오."

"하하!(한숨을 쉬고) 걱정 마라. 그저 걱정 마라. 내가 있지 않냐? 인젠 그깟것들이 무엇에 쓸 데가 있어? 나하구 이렇게 편안히 촌에서 사는 것이 오죽 좋으냐? 아……무 걱정 없이…… 지난 일은 다 꿈이다, 꿈이야! 잊구 말아라."

'강한 자!'

엘리자베스는 속으로 고함을 쳤다.

'아주머니는 강한 자이고 나는 약한 자이고…… 그 사이에 무슨 차별이 있을꼬?'

"내 다녀올 것이니 편안히 있거라."

오촌모는 말하면서 봇짐을 들고 나간다.

"무엇을 사다 줄꼬, 원? 복숭아나 났으면 사다 줄까…… 우리 딸을……."

엘리자베스는 자기 생각만 연속하여 하였다. ── 스스로 알지는 못하였으나 어떤 회전기(回轉期) 위기 앞에 선 그는 산후(産後)의 날카로운 머리를 써서 꽤 똑똑한 해결을 얻을 수가 있었다.

'그렇다! 나도 시방은 강한 자이다. 자기의 약한 것을 자각할 그때에는 나도 한 강한 자이다. 강한 자가 아니고야 어찌 자기의 약점을 볼 수가 있으리요? 어찌 알 수가 있으리요?(그의 입에는 이김의 웃음이 떠올랐다.) 강한 자라야만 자기의 약한 곳을 찾을 수가 있다.

약한 자의 슬픔!(그는 생각난 듯이 중얼거렸다.) 전의 나의 설움은 내가 약한 자인 고로 생긴 것밖에는 더 없었다. 나뿐이 아니라, 이 누리의 설움 ── 아니 설움뿐 아니라, 모든 불만족, 불평들이 모두 어디서 나왔는가? 약한 데서! 세상이 나쁜 것도 아니다. 인류가 나쁜 것도 아니다. 우리가 다만 약한 연고인밖에 또 무엇이 있으리요. 지금 세상을 죄악 세상이라 하는 것은 이 세상이 ── 아니, 우리 사람이 약한 연고이다. 거기는 죄악도 없고 속임도 없다. 다만 약한 것! 악함이 이 세상에 있을 동안 인류에게는 싸움이 안 그치고 죄악이 안 없어진다. 모든 죄악을 없이 하려면 먼저 약함을 없이 하여야 하고, 지상 낙원을 세우려면 먼저 약함을 없이 하여야 한다.

만일 약한 자는 마지막에는 어찌 되노?…… 이 나! 여기 표본이 있다. 표본 생활 이십 년(그는 생각난 듯이 웃으면서 중얼거렸다.) 나는 참 약했다. 일 하나이라도 내가 하고 싶어서 한 것이 어디 있는가? 세상 사람이 이렇다 하니 나도 이렇다, 이 일을 하면 남들은 나를 어찌 볼까? 이런 걱정으로 두룩거리면서 지냈으니 어찌 이 지경에 이르지 않았으리요.

하고 싶은 일은 자유로 해라. 힘써서 끝까지! 거기서 우리는 사랑을 발견하고 진리를 발견하리라.

그렇지만 강한 자가 되려며는?……'

그는 생각하여 보았다.

"내가 너희에게 새 계명을 주노니, 사랑하라."(그는 기쁨으로 눈에 빛을 내었다.) 그렇다! 강함을 배는 태(胎)는 사랑! 강함을 낳는 자는 사랑! 사랑은 강함을 낳고 강함은 모든 아름다움을 낳는다. 여기 강하여지고 싶은 자는…… 아름다움을 보고 싶은 자는…… 삶의 진리를 알고 싶은 자는 다 참사랑을 알아야 한다.

만약 참 강한 자가 되려며는? 사랑 안에서 살아야 한다. 우주에 널려 있는 사랑, 자연에 퍼져 있는 사랑, 천진 난만한 어린 아이의 사랑!

"그렇다! 내 앞길의 기초는 이 사랑!"

그는 이불을 차고 벌떡 일어나 앉았다. 그의 앞에는 끝없는 넓은 세계가 벌려 있었다. 누리에 눌리어 살던 그는 지금은 그 위에 올라섰다. 그의 입에는 온 우주를 쳐누른 기쁨의 웃음이 떠올랐다.

(1919년)

배따라기

좋은 일기이다.

　좋은 일기라도, 하늘에 구름 한 점 없는 —— 우리 '사람'으로서는 감히 접근 못할 위엄을 가지고, 높이서 우리 조그만 '사람'을 비웃는 듯이 내려다보는, 그런 교만한 하늘 아니고, 가장 우리 '사람'의 이해 자인 듯이 낮추 뭉글뭉글 엉기는 분홍빛 구름으로서 우리와 서로 손목을 잡자는 그런 하늘이다. 사랑의 하늘이다. 나는 잠시도 멎지 않고 푸른 물을 황해로 부어 내리는 대동강을 향한 모란봉 기슭 새파랗게 돋아나는 풀 위에 딩굴고 있있다.

　이 날은 삼월 삼질, 대동강에 첫 뱃놀이를 하는 날이다. 까맣게 내려다보이는 물 위에는, 결결이 반짝이는 물결을 푸른 놀잇배들이 타고 넘으며 거기서는 봄 향기에 취한 형형 색색의 선율이, 우단보다도 부드러운 봄 공기를 흔들면서 날아온다. 그리고 거기서 기생들의 노래와 함께 날아오는 조선 아악(雅樂)은 느리게, 길게, 유창하게, 부드럽게, 그리고 또 애처롭게, —— 모든 봄의 정다움과 끝까지 조화하지 않고는 안 두겠다는 듯이, 대동강에 흐르는 시꺼먼 봄 물, 청류벽에 돋아나는 푸르른 풀어음, 심지어 사람의 가슴속에 봄에 뛰노는 불붙는 핏줄기까지라도, 습기 많은 봄 공기를 다리 놓고 떨리지 않고는 두지 않는다.

봄이다. 봄이 왔다.

부드럽게 부는 조그만 바람이, 시꺼먼 조선솔을 꿰며, 또는 돋아나는 풀을 스치고 지나갈 때의 그 음악은, 다른 데서는 듣지 못할 아름다운 음악이다.

아아, 사람을 취케 하는 푸르른 봄의 아름다움이여! 열다섯 살부터의 동경(東京) 생활에 마음껏 이런 봄을 보지 못하였던 나는, 늘 이것을 보는 사람보다 곱 이상의 감명을 여기서 받지 않을 수 없다.

평양성 내에는, 겨우 툭툭 터진 땅을 헤치며 파릇파릇 돋아나려는 나무새기[1]와 돋아나려는 버들의 어음[2]으로 봄이 온 줄 알 뿐, 아직 완전히 봄이 안 이르렀지만, 이 모란봉 일대와 대동강을 넘어 보이는 가나안 옥토를 연상시키는 장림(長林)에는 마음껏 봄의 정다움이 이르렀다.

그리고 또 꽤 자란 밀보리들로 새파랗게 장식한 장림의 그 푸른 빛, 만족한 웃음을 띠고, 그 벌에 서서 내다보는 농부의 모양은 보지 않아도 생각할 수가 있다.

구름은 자꾸 하늘을 날아다니는 모양이다. 그 밀 위에 비치었던 구름의 그림자는 그 구름과 함께 저편으로 물러가며 거기는 세계를 아까 만들어 놓은 것 같은 새로운 녹빛이 퍼져 나간다. 바람이나 조금

---

1) 나무새기 — '나물'의 방언.
2) 어음(語音) — 말의 소리.

부는 때는 그 잘 자란 밀들은 물결같이 누웠다 일어났다, 일록 일청으로 춤을 춘다. 그리고 봄의 한가함을 찬송하는 솔개들은 높은 하늘에서 동그라미를 그리면서 더욱더 아름다운 봄의 향그러운 정취를 더한다.

"다스한 봄정에 솟아나리라. 다스한 봄정에 솟아나리라."

나는 두어 번 소리나게 읊은 뒤에 담배를 붙여 물었다. 담뱃내는 무럭무럭 하늘로 올라간다.

하늘에도 봄이 왔다.

하늘은 낮았다. 모란봉 꼭대기에 올라가면 넉넉히 만질 수가 있으리만큼 하늘은 낮다. 그리고 그 낮은 하늘보다는 오히려 더 높이 있는 듯한 분홍빛 구름은 뭉글뭉글 엉기면서 이리저리 날아다닌다.

나는 이러한 아름다운 봄 경치에 이렇게 마음껏 봄의 속삭임을 들을 때는 언제든 유토피아를 아니 생각할 수 없다. 우리가 시시각각으로 애를 쓰며 수고하는 것은 —— 그 목적은 무엇인가? 역시 유토피아 건설에 있지 않을까? 유토피아를 생각할 때는 언제든 그 '위대한 인격의 소유자'며, '사람의 위대함을 끝까지 즐긴' 진나라 시황(秦始皇)을 생각지 않을 수 없다.

우리가 어찌히면 죽지를 아니할까 하여, 소년 삼 백을 배를 태워 불사약을 구하러 떠나 보내며, 예술의 사치를 다하여 아방궁을 지으며, 매일 신하 몇천 명과 잔치로써 즐기며, 이리하여 여기 한 유토피아를 세우려던 시황은, 몇 만의 역사가가 어떻다고 욕을 하든, 그는 정말로 인생의 향락자며 역사 이후의 제일 큰 위인이라고 할 수가 있다. 그만한 순전한 용기 있는 사람이 있고야 우리 인류의 역사는 끝이 날지라도 한 '사람'을 가졌었다고 할 수 있다.

"큰 사람이었었다."

하면서 나는 머리를 들었다.

이때다. 기자묘 근처에서 무슨 슬픈 음률이, 봄 공기를 진동시키며 날아오는 것이 들렸다.

나는 무심코 귀를 기울였다.

'영유 배따라기'다. 그것도 웬만한 광대나 기생은 발꿈치에도 미치지 못하리만큼 —— 그만큼 그 배따라기의 주인은 잘 부르는 사람이었다.

비나이다, 비나이다.
산천 후토 일월 성신 하나님전 비나이다.
실낱 같은 우리 목숨 살려 달라 비나이다.
에 —— 야, 어그여지야.

여기까지 이르렀을 때에 저편 아래 물에서 장고(長鼓) 소리와 함께 기생의 노래가 울리어 오며 배따라기는 그만 안 들리게 되었다. 나는 이 년 전 한여름을 영유서 지내 본 일이 있다. 배따라기의 본고장인 영유를 몇 달 있어 본 사람은 그 배따라기에 대하여 언제든 한 속절없는 애처로움을 깨달을 것이다.

영유, 이름은 모르지만 ×산에 올라가서 내려다보면 앞은 망망한 황해이니, 그곳 저녁때의 경치는 한 번 본 사람은 영구히 잊을 수가 없으리라. 불덩이 같은 커다란 시뻘건 해가 남실남실 넘치는 바다에 도로 빠질 듯, 도로 솟아오를 듯 춤을 추며, 거기서 때때로 보이지 않는 배에서 '배따라기'만 슬프게 날아오는 것을 들을 때엔, 눈물 많은 나는 때때로 눈물을 흘렸다. 이로 보아서 어떤 원의 아내가 자기의 모든 영화를 낡은 신같이 내어 던지고 뱃사람과 정처 없는 물길을 떠났다 함도 믿지 못할 말이랄 수가 없다.

　영유서 돌아온 뒤에도 '배따라기'는 내 마음에 깊이 새기어져 잊을 수가 없었고, 언제 한 번 다시 영유를 가서 그 노래를 한 번 더 들어보고 그 경치를 다시 한번 보고 싶은 생각이 늘 떠나지를 않았다.

　장고 소리와 기생의 노래는 멎고 배따라기만 구슬프게 날아온다.
　결결이 부는 바람으로 말미암아 때때로는 들을 수가 없으되, 나의 기억과 곡조를 종합하여 들은 배따라기는 이 대목이다.

강변에 나왔다가
나를 보더니만,
혼비 백산하여
꿈인지 생시인지
생시인지 꿈인지
와르륵 달려들어
섬섬 옥수로 부처 잡고,
호천 망극하는 말이
'하늘로서 떨어지며
땅으로서 솟아났나.
바람결에 묻어 오고
구름길에 싸여 왔나.'
이리 서로 붙들고 울음 울 제,
인리 제인이며
일가 친척이 모두 모여.

여기까지 들은 나는 마침내 참지 못하고 벌떡 일어서서 소나무 가지에 걸었던 모자를 내려 쓰고, 그곳을 찾으러 모란봉 꼭대기에 올라섰다. 꼭대기는 좀더 노랫소리가 잘 들린다. 그는 배따라기의 맨 마지막, 여기를 부른다.

밥을 빌려서
죽을 쑬지라도
제발 덕분에
뱃놈 노릇은 하지 마라.
에 —— 야 어그여지야 ——

그의 소리로써 방향을 찾으려던 나는, 그만 그 자리에 섰다.
'어딘가? 기자묘? 혹은 을밀대?'
그러나 나는 오래 서 있을 수가 없었다. 어떻든 찾아보자 하고, 현무문으로 가서 문 밖에 썩 나섰다. 기자묘의 깊은 솔밭은 눈앞에 쫙 퍼진다.
'어딘가?'
나는 또 물어 보았다.
이때에 그는 또다시 배따라기를 시초부터 부른다. 그 소리는 왼편에서 온다.
왼편이구나 하면서, 소리나는 곳을 더듬어서 소나무 틈으로 한참 돌다가 겨우 기자묘치고는 그 중 하늘이 넓고 밝은 곳에 혼자서 뒹굴고 있는 그를 찾아 내었다. 나의 생각한 바와 같은 얼굴이다. 얼굴, 코, 입, 눈, 몸집이 모두 네모나고 —— 그의 이마의 굵은 주름살과 시꺼먼 눈썹은, 고생 많이 함과 순진한 성격을 나타낸다.

그는 어떤 신사가 자기를 들여다보는 것을 보고 노래를 그치고 일어나 앉는다.

"왜? 그냥 하지요."

하면서 나는 그의 곁에 가 앉았다.

"머……."

할 뿐, 그는 눈을 들어서 터진 하늘을 쳐다본다.

좋은 눈이었다. 바다의 넓고 큼이 유감 없이 그의 눈에 나타나 있다. 그는 뱃사람이라 나는 짐작하였다.

"고향이 영유요?"

"예, 머, 영유서 나기는 했디만, 한 이십 년 영윤 가 보디두 않았이요."

"왜, 이십 년씩 고향엘 안 가요?"

"사람의 일이라니, 마음대로 됩데까?"

그는 왜 그러는지, 한숨을 짓는다.

"거저, 운명이 데일 힘셉디다."

운명의 힘이 제일 세다는 그의 소리는 삭이지 못할 원한과 뉘우침이 섞여 있다.

"그래요?"

나는 다만 그를 건너다볼 뿐이나.

한참 잠잠하니 있다가 나는 다시 말하였다.

"자, 노형의 경험담이나 한 번 들어 봅시다. 감출 일이 아니면 한번 이야기해 보소."

"뭐, 감출 일은……."

"그럼 어디 들어 봅시다그려."

그는 다시 하늘을 쳐다보았다. 그러나 좀 있다가,

"하디요."

하면서 내가 담배를 붙이는 것을 보고 자기도 담배를 붙여 물고 이야
기를 꺼낸다.

"잊히디두 않는 십구 년 전 팔월 열하룻날 일인데요."

하면서 그가 이야기한 바는 대략 이와 같은 것이다.

그의 살던 마을은 영유 고을서 한 이십 리 떠나 있는 바다를 향한
조그만 어촌이다. 그의 살던 조그만 마을(서른 집쯤 되는)에서는 그는
꽤 유명한 사람이었다.

그의 부모는 모두 열댓에 났을 때 돌아갔고, 남은 사람이라고는 곁
집에 딴살림하는 그의 아우 부처와 그 자기 부처뿐이었다. 그들 형제
가 그 마을에서 제일 부자고 또 제일 고기잡이를 잘하였고, 그 중 글
이 있었고, 배따라기도 그 마을에서 빼나게 그 형제가 잘 불렀다. 말
하자면 그 형제가 그 동네의 대표적 사람이었다.

팔월 보름은 추석 명절이다. 팔월 열하룻날 그는 명절에 쓸 장도
볼 겸, 그의 아내가 늘 부러워하는 거울도 하나 사올 겸 장으로 향하
였다.

"당손네 집에 있는 것보다 큰 거이요, 잊디 말구요."

그의 아내는 길까지 따라나오면서 잊지 않도록 부탁하였다.

"안 잊어."

하면서 그는 떠오르는 새빨간 햇빛을 앞으로 받으면서 자기 마을을
나섰다.

그는 아내를(이렇게 말하기는 우습지만) 고와했다. 그의 아내는 촌에
는 드물도록 연연하고도 예쁘게 생겼다.(그는 나에게 이렇게 말하였다
— .)

"성내(평양) 덴줏골(갈보촌)을 가두 그만한 거 쉽디 않갔이요."

그러니까 촌에서는, 그리고 그 당시에는 남에게 우습게 보이도록 그 내외의 사이는 좋았다. 늙은이들은 계집에게 혹하지 말라고 흔히 그에게 권고하였다.

부처의 사이는 좋았지만 —— 아니, 오히려 좋으므로 그는 아내에게 샘을 많이 하였다. 그리고 그의 아내는 시기를 받을 일을 많이 하였다.

품행이 나쁘다는 것이 아니라, 그의 아내는 대단히 천진스럽고 쾌활한 성질로서 아무에게나 말 잘하고 애교를 잘 부렸다.

그 동리에서는 무슨 명절이나 되면, 집이 그 중 정결함을 핑계삼아 젊은이들은 모두 그의 집에 모이고 하였다. 그 젊은이들은 모두 그의 아내에게 '아즈마니'라고 부르고, 그의 아내는 '아즈바니 아즈바니' 하며 그들과 지껄이고 즐기며, 그 웃기 잘하는 입에는 늘 웃음을 흘리고 있었다. 그럴 때마다 그는 한편 구석에서 눈만 할끈거리며 있다가 젊은이들이 돌아간 뒤에는 불문 곡직(不問曲直)하고 아내에게 덤비어 들어 발길로 차고 때리며, 이전에 사다 주었던 것을 모두 걷어 올린다. 싸움을 할 때에는 언제든 곁집에 있는 아우 부처가 말리러 오며, 그렇게 되면 언제든 그는 아우 부처까지 때려 주었다.

그가 아우에게 그렇게 구는 데는 이유가 있었다. 그의 아우는 시골 사람에게는 쉽지 않도록 늠름한 위엄이 있었고, 매일 바닷 바람을 쐬었지만 얼굴이 희었다. 이것뿐으로도 시기가 된다 하면 되지만, 특별히 아내가 그의 아우에게 친절히 하는 데는 속이 끓어 못 견디었다.

그가 영유를 떠나기 반 년 전쯤 —— 다시 말하자면 그가 거울을 사러 장에 갈 때부터 반 년 전쯤 그의 생일날이었다. 그의 집에서는 음식을 차려서 잘 먹었는데 그에게는 괴상한 버릇이 있었으니, 맛있는 음식은 남겨 두었다가 좀 있다 먹고 하는 것이 습관이었다. 그의 아내도 이 버릇을 잘 알 터인데 그의 아우가 점심때쯤 오니까, 아까 그가 아껴서 남겨 두었던 그 음식을 아우에게 주려 하였다. 그는 눈을 부릅뜨고 '못 주리라'고 암호하였지만 아내는 그것을 보았는지 못 보았는지 그의 아우에게 주어 버렸다. 그는 마음 속이 자못 편치 못하였다. 트집만 있으면 이 년을…… 그는 마음먹었다.

그의 아내는 시아우에게 상을 준 뒤에 물러오다가 그만 그의 발을 조금 밟았다.

"이 년!"

그는 힘껏 발을 들어서 아내를 냅다 찼다. 그의 아내는 상 위에 거꾸러졌다가 일어난다.

"이 년, 사나이 발을 짓밟는 년이 어디 있어!"

"거 좀 밟아서 발이 부러텟쉐까?"

아내는 낯이 새빨개져서 울음 섞인 소리로 고함친다.

"이 년! 말대답이……."

그는 일어서서 아내의 머리채를 휘어잡았다.

"형님! 왜 이러십니까?"

아우가 일어서면서 그를 붙잡았다.

"가만 있거라, 이 놈의 자식."

하면, 그는 아우를 밀친 뒤에 아내를 되는 대로 내리찧었다.

"죽일 년, 이 년! 나가거라!"

"죽여라, 죽여라! 난 죽어도 이 집에선 못 나가!"

"못 나가?"

"못 나가디 않구. 뉘 집이게……."

이때다. 그의 마음에는 그 '못 나가겠다'는 아내의 마음이 푹 들이

박혔다. 그 이상 때리기가 싫었다. 우두커니 눈만 흘기고 있다가 그는,

　"망할 년, 그럼 내가 나갈라."

하고 그만 문 밖으로 뛰어나와서,

　"형님 어디 갑니까?"

하는 아우의 말에는 대답도 안 하고, 곁동네 탁주집으로 뒤도 안 돌아
보고 가서, 거기 있는 술 파는 계집과 술상 앞에 마주 앉았다.

　그 날 저녁, 얼근히 취한 그는 아내를 위하여 떡 한 돈어치 사 가지
고 집으로 돌아왔다. 이리하여 또 서너 달은 평화가 이르렀다. 그러나
이 평화가 언제까지는 계속될 수가 없었다. 그의 아우로 말미암아 또
평화는 쪼개져 나갔다.

　오월 초승부터 영유 고을 출입이 잦던 그의 아우는 오월 그믐께서
는 고을서 며칠씩 묵어 오는 일이 많았다. 함께, 고을에 첩을 얻어 두
었다는 소문이 퍼졌다. 이 소문이 있은 뒤로 아내는 그의 아우가 고을
들어가는 것을 벌레보다 더 싫어하고, 며칠 묵어서 오는 때면 곧 아우
의 집으로 가서 그와 담판을 하며, 심지어 동서 되는 아우의 처에게까
지 못 가게 하지 않는다고 싸우는 일이 있었다. 칠월 초승께 그의 아
우는 고을에 들어가서 열흘쯤 묵어 온 일이 있었다. 이때도 전과 같이
그의 아내는 그의 아우며 제수와 씨우다 못하여, 마침내 그에게까지
와서 아우가 그런 못된 데를 다니는 것을 그냥 둔다고, 해 보자 한다.
그 꼴을 곱게 보지 않았던 그는 첫마디로 고함을 쳤다.

　"네게 상관이 무에가? 듣기 싫다."

　"못난둥이. 아우가 그런 델 댕기는 걸 말리디두 못하고!"

분김에 이렇게 그의 아내는 고함쳤다.

　"이 년, 무얼?"

그는 벌떡 일어섰다.

"못난둥이!"

그 말이 채 끝나기도 전에 그의 아내는 악 소리와 함께 그 자리에 거꾸러졌다.

"이 년! 사나이에게 그 따윗 말버릇 어디서 배완!"

"에미네 때리는 건 어디서 배왔노? 못난둥이!"

그의 아내는 울음소리로 부르짖었다.

"상년 그냥? 나갈! 우리 집에 있디 말구 나갈!"

그는 내리찧으면서 부르짖었다. 그리고 아내를 문을 열고 밀쳤다.

"나가디 않으리!"

하고 그의 아내는 울면서 뛰어나갔다.

"망할 년!"

토하는 듯이 중얼거리고 그는 그 자리에 주저앉았다.

그의 아내는 해가 져서 어두워져도 돌아오지 않았다. 일단 내어쫓기는 하였지만, 그는 아내의 돌아옴을 기다리고 있었다. 어두워져도 그는 불도 안 켜고, 성이 나서 우들우들 떨면서 아내의 돌아오기를 기다렸다. 그러나 그의 아내의 참 기쁜 듯이 웃는 소리가 그의 아우의 집에서 밤새도록 울리었다. 그는 움쩍도 안 하고 그 자리에 앉아서 밤을 새운 뒤에, 새벽 동 터올 때 아내와 아우를 죽이려고 부엌에 가서 식칼을 가지고 들어와서 문을 벌컥 열었다.

그의 아내로서 만약 근심스러운 얼굴을 하고 그 문 밖에 우두커니 서서 문을 들여다보고 있지 않았더라면, 그는 아내와 아우를 죽이고야 말았으리라.

그는 아내를 보는 순간, 마음에 가득 차는 사랑을 깨달으면서 칼을 내어던지고 뛰어나가서 아내의 머리채를 휘어잡고, 이 년 하면서 들어와서 뺨을 물어뜯으면서 함께 이리저리 자빠져서 뒹굴었다.

그런 이야기는 다 하려면 끝이 없으되, 다만 '그', '그의 아내', '그의 아우' 세 사람의 삼각 관계는 대략 이와 같다.

각설 ──.

거울은 마침 장에 마음에 맞는 것이 있었다. 지금 것과 대보면, 어떤 때는 코도 크게 보이고 입이 작게도 보이는 것이지만. 그 당시에는 그리고 그런 촌에서는 둘도 없는 귀물이었다. 거울을 사 가지고 장을 본 뒤에 그는 이 거울을 아내에게 주면 그 기뻐할 모양을 생각하며 새빨간 저녁 햇빛을 받은, 넘치는 듯한 바다를 안고 자기 집으로 늘 들러 오던 탁주집에도 안 들러서 돌아왔다.

그러나 그가 그의 집 방 안에 들어설 때에는, 뜻도 안 하였던 광경이 그의 눈에 벌리어 있었다.

방 가운데는 떡상이 있고, 그의 아우는 수건이 벗어져서 목 뒤로 늘어지고, 저고리 고름이 모두 풀어져 가지고 한편 모퉁이에 서 있고, 아내도 머리채가 모두 뒤로 늘어지고, 치마가 배꼽 아래 늘어지도록 되어 있으며, 그의 아내와 아우는 그를 보고, 어찌할 줄을 모르듯이 움쩍도 안 하고 서 있었다.

세 사람은 한참 동안 어이가 없어서 서 있었다. 그러나 좀 있다가 마침내 그의 아우가 겨우 말했다.

"그 놈의 쥐 어디 갔나?"

"흥! 쥐? 훌륭한 쥐 잡댔구나!"

그는 말을 끝내지도 않고, 짐을 벗어 던지고 뛰어가서 아우의 멱살을 끌어 잡았다.

"형님! 정말 쥐가……."

"쥐? 이 놈, 형수하고 그런 쥐 잡는 놈이 어디 있니?"

그는 아우의 따귀를 몇 대 때린 뒤에 등을 밀어서 문 밖에 내어 던

졌다. 그런 뒤에 이제 자기에게 이를 매를 생각하고, 우들우들 떨면서
아랫목에 서 있는 아내에게 달려들었다.
　“이 년! 시아우와 그런 쥐 잡는 년이 어디 있어!”
　그는 아내를 거꾸러뜨리고 함부로 내리찧었다.
　“정말 쥐가…… 아이 죽겠다.”
　“이 년! 너두 쥐? 죽어라!”
　그의 팔다리는 함부로 아내의 몸을 오르내렸다.
　“아이 죽갔다. 정말 아까 적은이(시아우)가 왔기에 떡 자시라구 내
놓았더니…….”
　“듣기 싫다! 시아우 붙은 년이, 무슨 잔소릴…….”
　“아이, 아이, 정말이야요. 쥐가 한 마리 나…….”
　“그냥 쥐?”
　“쥐 잡을래다가…….”
　“상년! 죽어라! 물에래두 빠데 죽어!”
　그는 실컷 때린 뒤에, 아내도 아우처럼 등을 밀어 쫓았다. 그 뒤에
그의 등으로,
　“고기 배때기에 장사해라!”
하고 토하였다.
　분풀이는 실컷 하였지만, 그래도 마음 속이 자못 편치 못하였다. 그
는 아랫목으로 가서, 바람벽을 의지하고 실신한 사람같이 우두커니
서서 떡상만 들여다보고 있었다.
　한 시간…… 두 시간…….
　서편으로 바다를 향한 마을이라, 다른 곳보다는 늦게 어둡지만, 그
래도 술시(戌時)3)쯤 되어서는 깜깜하니 어두웠다. 그는 불을 켜려고
바람벽에서 떠나 성냥을 찾으러 돌아갔다.

　성냥은 늘 있던 자리에 있지 않았다. 그래서 여기저기 뒤적이노라니까, 어떤 낡은 옷뭉치를 들칠 때에 문득 쥐 소리가 나면서 무엇이 후덕덕 뛰어나온다. 그리하여 저편으로 기어 도망한다.

　"역시 쥐댔구나!"

　그는 조그만 소리로 부르짖었다. 그리고 그만 그 자리에 맥없이 털썩 주저앉았다.

　아까 그가 보지 못한 때의 광경이, 활동 사진과 같이 그의 머리에 지나갔다.

　아우가 집에를 온다. 아우에게 친절한 아내는 떡을 먹으라고 아우에게 떡상을 내놓는다. 그때에 어디선가 쥐가 한 마리 뛰어나온다. 둘(아우와 아내)이서는 쥐를 잡느라고 돌아간다. 한참 성화시키던 쥐는 어느 구석에 숨어 버린다. 그들은 쥐를 찾느라고 두룩거린다. 그럴 때에 그가 집에 들어선 것이다.

　"상년. 좀 있으믄 안 들어오리……."

　그는 억지로 마음먹고 그 자리에 드러누웠다. 그러나 아내는 밤이 가고 날이 밝기는커녕, 해가 중천에 올라도 돌아오지 않았다. 그는 차차 걱정이 나서 찾아보러 나섰다.

　아우의 집에도 없었다. 동네를 모두 찾아보아도 본 사람노 없다 한다.

　그리하여 낮쯤 한 삼사 리 내려가서 바닷가에서 겨우 아내를 찾기는 찾았지만, 그 아내는 이전 같은 생기로 찬 산 아내가 아니요, 몸은 물에 불어서 곱이나 크게 되고, 이전에 늘 웃음을 흘리던 예쁜 입에는 거품을 잔뜩 문, 죽은 아내였다.

---

3) 술시(戌時) — 열두 시의 열한째. 하오 일곱 시부터 아홉 시까지의 시각.

그는 아내를 업고 집으로 돌아오기까지 정신이 없었다.

이튿날 간단하게 장사를 하였다. 뒤에 따라오는 아우의 얼굴에는,

'형님, 이게 웬일이오니까?'

하는 듯한 원망이 있었다.

장사를 지낸 이튿날부터 아우는 그 조그만 마을에서 없어졌다.

하루 이틀은 심상히 지냈지만, 닷새가 지나도 아우는 돌아오지 않았다. 그래서 알아보니까, 꼭 그의 아우같이 생긴 사람이 오륙 일 전에 멧산자 보따리를 하여 진 뒤에 시뻘건 저녁 해를 등으로 받고 더벅더벅 동쪽으로 가더라 한다. 그리하여 열흘이 지나고, 스무 날이 지났지만, 한번 떠난 그의 아우는 돌아올 길이 없고, 혼자 남은 아우의 아내는 매일 한숨으로 세월을 보내게 되었다.

그도 이것을 잠자코 보고 있을 수가 없었다. 그 불행의 모든 죄는 그에게 있었다.

그도 마침내 뱃사람이 되어, 적으나마 아내를 삼킨 바다와 늘 접근하며, 가는 곳마다 아우의 소식을 알아보려고, 어떤 배를 얻어 타고 물길을 나섰다.

그는 가는 곳마다 아우의 이름과 모습을 말하여 물었으나, 아우의 소식은 알 수가 없었다.

이리하여 꿈결같이 십 년을 지내서 구 년 전 가을, 탁탁히 낀 안개를 꿰며 연안(延安) 바다를 지나가던 그의 배는, 몹시 부는 바람으로 말미암아 파선을 하여 벗 몇 사람은 죽고, 그는 정신을 잃고 물 위에 떠돌고 있었다.

그가 정신을 차린 때는 밤이었다. 그리고 어느덧 그는 물 위에 올라와 있었고, 그는 말리느라고 새빨갛게 피워 놓은 불빛으로 자기를 간호하는 아우를 보았다.

그는 이상히도 놀라지도 않고, 천연하게 물었다.

"너, 어딯게(어떻게) 여기 완?"

아우는 잠자코 한참 있다가 겨우 대답하였다.

"형님, 거저 다 운명이외다."

따뜻한 불기운에 깜빡 잠이 들려다가 그는 화닥닥 깨면서 또 말했다.

"십 년 동안에 되게 파리했구나."

"형님, 나두 변했거니와 형님두 몹시 늙으셨쉐다."

이 말을 꿈결같이 들으면서 그는 또 혼혼히 잠이 들었다. 그리하여 두어 시간, 꿀보다도 단 잠을 잔 뒤에 깨어 보니, 아까같이 빨간 불은 피어 있지만 아우는 어디로 갔는지 없어졌다. 곁의 사람에게 물어 보니까, 아까 아우는 형의 얼굴을 물끄러미 한참 들여다보고 있다가 새빨간 불빛을 등으로 받으면서 더벅더벅 아무 말없이 어두운 가운데로 사라졌다 한다.

이튿날 아무리 알아보아야, 그의 아우는 종적이 없어지고 알 수 없으므로, 그는 하릴없이 다른 배를 얻어 타고 또 물길을 떠났다. 그리하여 그의 배가 해주에 이르렀을 때, 그는 해주장에 들어가서 무엇을 사려다가, 저편 맞은편 가게에 얼핏 그의 아우 같은 사람이 있으므로 뛰어가서 보니 그는 벌써 없어졌다. 배가 해주에는 오래 머물지 않으므로 그는 마음은 해주에 남겨 두고, 또다시 바닷길을 떠났다.

그 뒤에 삼 년을 이리저리 돌아다녔어도 아우는 다시 볼 수가 없었다.

그리하여 삼 년을 지나서 지금부터 육 년 전에, 그의 탄 배가 강화도를 지날 날에, 바다를 향한 가파로운 뫼켠에서 바다를 향하여 날아오는 '배따라기'를 들었다. 그것도 어떤 구절과 곡조는 그의 아우 특식으로 변경된 —— 그의 아우가 아니면 부를 사람이 없는 그 배따라기였다.

배가 강화도에는 머무르지 않아서 그저 지나갔으나 인천서 열흘쯤 머무르게 되었으므로, 그는 곧 내려서 강화도로 건너가 보았다. 거기서 이리저리 찾아다니가, 어떤 조그만 객주집에서 물어 보니, 이름도 그의 아우요, 생긴 모습도 그의 아우인 사람이 묵어 있기는 하였으나, 사나흘 전에 도로 인천으로 갔다 한다. 그는 곧 돌아서서 인천으로 건너와서 찾아보았지만, 그 조그만 인천서도 그의 아우를 찾을 바가 없었다.

그 뒤에 눈 오고 비 오며, 육 년이 지났지만, 그는 다시 아우를 만나 보지 못하고 아우의 생사까지도 알 수가 없었다.

말을 끝낸 그의 눈에는 저녁 해에 반사하여 몇 방울의 눈물이 반짝인다.

나는 한참 있다가 겨우 물었다.

"노형 계수는?"

"모르디오. 이십 년을 영유는 안 가 봤으니까요."

"노형은 이제 어디루 갈 테요?"

"것두 모르디요. 정처가 있나요? 바람 부는 대로 몰려댕기디요."

그는 다시 한번 나를 위하여 배따라기를 불렀다. 아아, 그 속에 잠겨 있는 삭이지 못할 뉘우침, 바다에 대한 애처러운 그리움.

노래를 끝낸 다음에 그는 일어서서 시뻘건 저녁 해를 잔뜩 등으로 받고, 을밀대를 향하여 더벅더벅 걸어갔다. 나는 그를 말릴 힘이 없어서 멀거니 그의 등만 바라보고 앉아 있었다.

그 날 밤, 집에 돌아와서도 그 배따라기와 그의 숙명적 경험담이

귀에 쟁쟁히 울리어서 잠을 못 이루고, 이튿날 아침 깨어서 조반도 안 먹고 기자묘로 뛰어가서 또다시 그를 찾아보았다. 그가 어제 깔고 앉았던 풀은 모두 한편으로 누워서 그가 다녀감을 기념하되, 그는 그 근처에 보이지 않았다. 그러나 —— 그러나 배따라기는 어디선가 쟁쟁히 울리어서 모든 소나무들을 떨리지 않고는 안 두겠다는 듯이 날아온다.

'모란봉(牡丹峰)이다. 모란봉에 있다.'

하고 나는 한숨에 모란봉으로 뛰어갔다. 모란봉에는 사람이 하나도 없다. 부벽루(浮碧樓)에도 없다.

'을밀대(乙密臺)다.'

하고 나는 다시 을밀대로 갔다. 을밀대에서 부벽루를 연한, 지옥까지 연한 듯한 골짜기에 물 한 방울을 안 새이리라 빽빽이 난 소나무의 그 모든 잎잎은 떨리는 배따라기를 부르고 있지만, 그는 여기도 있지 않다. 기자묘의 하늘을 향하여 퍼져 나간 그 모든 소나무의 천만의 잎잎도, 그 아래쪽 퍼진 천만의 풀들도, 모두 그 배따라기를 슬프게 부르고 있지만, 그는 이 조그만 모란봉 일대에서 찾을 수가 없었다.

강가에 나가서 알아보니, 그의 배는 오늘 새벽에 떠났다 한다. 그 뒤에 여름과 가을이 가고 일 년이 지나서 다시 봄이 이르렀으되, 잠깐 평양을 다녀간 그는 그 숙명적 경험담과 슬픈 배따라기를 두었을 뿐, 다시 조그만 모란봉에 나타나지 않는다.

모란봉과 기자묘에 다시 봄이 이르러서, 작년에 그가 깔고 앉아서 부러졌던 풀들도 다시 곧게 대가 나서 자줏빛 꽃이 피려 하지만, 끝없는 뉘우침을 다만 한낱 '배따라기'로 하소연하는 그는, 이 조그만 모란봉과 기자묘에서 다시 볼 수가 없었다. 다만 그가 남기고 간 '배따라기'만 추억하는 듯이 모든 잎잎이 속삭이고 있을 따름이다.

(1921년)

유서(遺書)

1

　'있는 자에게는 더 주고 없는 자에게는 그 있다고 믿는 것까지 빼
앗느니라.'

—— 누가복음 8:18 ——

　O는 이번 전람회에 출품하려고 그림을 그리고 있었다. 그래서 나는
얼마 동안 그로 하여금 온 힘을 쓰게 하려고 찾아가지도 않았다. 그러
나 이 날은 너무 갑갑하고도 궁금하여 참다 못하여 찾아갔다.

　이젠 다 그렸을까, 이런 생각을 하며 그의 화실을 들어서서 보매,
그는 그림을 그리지 않고 캔버스 앞에 머리를 수그리고 앉아 있었다.
누가 들어오는지 나가는지도 모르고…….

　"O!"

　나는 가만히 그를 찾았다.

　그는 펄떡 놀라면서 천천히 머리를 들어서 나를 보고 교자를 손가
락질한다.

　"다 그렸나?"

“네.”

“어디 몸이 편찮은가?”

“머…….”

그는 대답하기도 시끄러운 듯이 이렇게 말하였다. 나는 그의 얼굴을 보았다. 하얗게 된 그의 낯에서는 고민과 괴로움과 미움을 볼 수가 있었다. 나는 그의 가까이 가서 그의 머리를 짚어 보았다. 즉 그는 시끄러운 듯이 내 손을 밀어 버리고, 머리를 저편으로 돌리고 말았다.

“O! 왜 그래?”

나는 다시 그를 찾았다.

그는 힐끗 곁눈으로 나를 보더니, 곧 일어서서 쾌활히,

“에, 머리 아파.”

하면서 담배를 꺼내어 내게 주었다. 그러나 나는 그것이 거짓 쾌활임을 알았다. 그의 마음 속에는 확실히 어떤 괴로움이 있었다.

“이 그림 좀 봐 주십쇼.”

그는 나를 이끌고 그림 앞에 가 섰다. 그러나 나는 그림을 보는 순간 마치 무엇으로 얻어맞은 것같이 멈칫 섰다.

그의 그림은 예수가 사십 일 동안을 광야에서 단식을 할 때에 마귀가 떡을 가지고 와서 꾀는 그 신이있다.

사람으로서의 극도의 주림과 괴로움과 그것을 쳐 물리치려는 경건한 넋을 O는 그리려고 하였다. 극도의 혼(魂)이면서도 또한 극도의 미(美)인 그 순간의 예수의 표정을 그려 보려 한 것이었다.

그러나 그 그림 속에 나타난 예수의 표정은 어떠하였나. 고민은 확실히 나타나 있었다. 괴로움도 확실히 나타나 있었다. 그러나 경건하고 참되고 굳세어야 할 예수의 표정에 의심과 증오와 악독함을 볼 때에 나는 오히려 놀랐다.

나는 얼빠진 것같이 잠깐 그것을 바라보다가 두말 없이 나가서 붓을 들고 거기 흰 기름을 발라서 그 예수의 얼굴을 지워 버렸다. 그리하여 그 그림에는 악독함과 간사함의 권위인 마귀와 (머리없는) 예수와 뒤로 멀리 보이는 요단 강과 거기 정렬되어 있는 양의 무리만 남아 있게 되었다.

O는 맥없이 나를 보다가, 다시 교자에 주저앉으며 머리를 숙여 버렸다. 그리고 그 다음 순간, 그의 입에서는 기다란 한숨이 나왔다.

나는 교자를 끌어 그의 앞에 가져다 놓고 앉아서 그의 손을 잡았다. 그는 머리를 숙인 대로 아무 말없이 앉아 있었다. 그러나 좀 뒤에 나는 내 손 잔등으로써 그의 눈에서 떨어지는 눈물을 깨달았다. 그는 눈물을 감추려는 듯이 빨리 머리를 돌려 버렸다.

"O! 웬일이야!"

그러나 그는 역시 대답이 없었다. 그의 다리는 무섭게 떨리기 시작하였다. 즉 다음 순간 그는 벌떡 일어나서 다른 방으로 가 버렸다. 난 웬셈인지 놀랐다. 어떠한 사건, 어떠한 일이 그로 하여금 이렇듯 슬픔에 빠지게 하였을까? 그에게는 과연 불만이라는 것이 있었을까? 그는 육신상의 만족으로 아무 일이라도 할 만한 재간이 있는 사람이었다. 아무 데를 가든 머리를 휘두를 만한 명예도 있는 사람이었다. 게다가 작년에 나의 중매로써 결혼한 사랑하는 아내까지 있는 사람이었다. 그에게 만약 불만함이 있다면 이것은 만족함에 겨운 사람의 헛소리로밖에는 볼 수 없는 것이었다. 그러한 O의 오늘 태도는 나는 무엇이라고 원인을 찾아 낼 수가 없었다. 나는 마침내 그의 아내에게 물어 보려고 그의 방을 찾아갔다. 그러나 나는 거기서 어이없고 우스움을 겨우 참고 나왔다. 그의 아내도 O와 같이 뚱뚱 부어 앉아 있었다.

"부처 싸움이로군."

나는 그 집 문 밖에서 그렇게 중얼거리고 참지 못하여 한 번 웃은
뒤에 나의 여관으로 돌아왔다. 이삼 일 뒤에 나는 어디 좀 여행을 할
일이 생겨서 떠났다가 한 달쯤 지나서야 돌아왔다. 돌아와서 곧 O를
찾아갔다. 그의 화실에 들어가 보매 그림은 벌써 다 그려서 틀에 넣어
두었다.

나는 그 그림 앞에 서는 순간, 뜻하지 않고 모자를 벗어 들었다. 오
—— 그 예수의 표정, 거기는 사람으로서의 가장 경건한 순간의 어떤
표정이 똑똑히 나타나 있었다. 가장 괴롭고 쓰라린 딜레마의 순간에
사람이 받는 고통과 회의(懷疑)와 아픔과 그것을 쳐물리려는 순간의
경건한 용기와 멀리 보이는 요단 강을 배경으로 뚜렷이(두드러져 있는
듯이) 나타나 있었다. 그 그림 속의 예수는 살아 있었다. 그 그림 속에
나타난 예수는 (O가 그리려던) 인신(人神)의 예수가 아니고 오히려
신인(神人)인 예수이었다.

한참 정신 없이 서 있던 나는,
"데카시다(てかした)!(잘 되었다!)"
고함치고 두어 걸음 물러서면서 겹지[1] 않고 그 그림을 바라보았다.
그러나 그 그림을 한참 이리 보고 저리 보는 동안에 나는 그 그림 속
의 예수의 얼굴에 아직껏 남아 있는(오히려 감추어 있는) 시기를 보았
다. 물건의 그림자와 같이 예수의 얼굴 뒤에 감추어져 있는 희미한 시
기의 그림자를 보았다.

"O!"
못 볼 것을 본 것같이 온몸에 소름이 쪽 끼치며 나는 주인을 찾았

---

1) 겹다 — 정도가 지나쳐 배겨 내기 어렵다. 감정이 북받쳐 누를 수 없다. 때가
    기울어서 늦다.

다. 그러나 아직껏 그림에 정신이 팔려서 몰랐지만 O는 그 방에 없었
다.

　나는 그를 찾으러 온 방을 다 돌아다녔다. 그러나 그는커녕 그의
아내까지 없었다.

　'동부인하고 산본가?'

　나는 한 번 씩 웃은 뒤에 나는 그 집을 나서서 O가 돌아오기까지
그 근처를 산보라도 할 모양으로 뒷대문으로 나가서 성 밖으로 가는
길로 향하였다. 그리하여 얼마 걸어서 거의 성 안을 벗어나게 되었을
때에 나는 거기서 뜻하지 않은 O를 만났다. 처음은(꼭 그는 부부가 함
께 산보 나간 줄 알므로) 혼자 오는 그를 보고 몰라 보고 거저 지나려
하였으나 그가 먼저 나를 보고 찾았다.

　"언제 오셨습니까?"

　"오…… 자넨가?"

　"혼자?"

　그는 억지로 웃음을 지었다. 그는 한 달 동안에 이렇게까지 여위었
나? 마치 이리와 같았다. 주린 이리가 이를 가는 것같이 그의 눈은 쌍
꺼풀이 지고 복스럽고 통통하던 코와 귀는 마치 송곳과 같이 되었다.
그가 먼저 나를 찾았기에 그를 알아보았지, 그렇지만 않았더면 모습
이 비슷한 딴 사람으로 보았을 것이다.

　그때에 나는 얼핏 깨달은 것이 있었다. 그와 그의 사랑하는 아내
사이에 무슨 문제가 일어난 것이었다. 한 달 동안에 이렇게 여윈 그를
보며 그림의 예수의 얼굴에서 떠나지 않는 시기와 고민을 생각할 때
에 난 이렇게 생각지 않을 수가 없었다. 나는 그를 등떠 볼 작정으로
물어 보았다.

　"부인도 잘 계신가?"

"부인? 우리 처요?"

그는 이렇게 말한 뒤에 머뭇머뭇하다가 머리를 저편으로 돌리고 말았다. 나는 그의 뒷목이 떨리는 것을 보고 그의 눈에서 눈물이 떨어지는 것을 알았다. 좀 있다가 그는 저편을 향한 채로 말하였다.

"좌우간 들어가시지요."

"오히려 돌아서서 산보하세."

나는 성 밖으로 향해서 걸었다. 그도 말없이 따라왔다. 우리는 먹먹히 걸었다. 나는 그의 입에서 무슨 이야기가 떨어지는 것을 기다렸다. 그러나 그는 이야기를 하기도 싫고 듣기도 싫은 듯이 머리를 푹 숙이고 걷고 있었다.

서늘한 —— 이라는 것보다 오히려 추운 바람이 성 밖에는 불고 있었다. 남쪽과 북쪽에 막혀 있는 뫼들도 푸른 빛을 다 잃고 이제는 갈색 잡풀이 찬 가을 바람에 거울거릴 뿐이었다. 뫼 등성이에서는 불을 때는지 불을 피우는지 푸른 내가 남쪽으로 헤어지면서 하늘로 퍼지고 있었다. 시야를 한 평면이라 하면 그 뫼의 땅들은 모두 그 평면에서 떨어져 나와서 만약 무서워 힘으로 그것을 떠밀면 다시 그(시야라는) 평면 위에 합할 것 같다. 그리고 눈으로 보는 경치로는 평범하다 할지 모르지만, 한 폭의 그림으로는 구하기 힘는 경치였다. 이것을 두루 살피다가 돌아서면서 지팡이로써 경치를 가리키며 O를 찾았다.

"O! 그림 안 되겠나?"

그러나 O는 내 말을 못 들었는지 아무 대답 없이 내 곁을 빠져서 지나가 버렸다.

"어때?"

나는 또다시 찾았다. 그러나 그는 내 말은커녕 내 존재도 모르는 듯이 먹먹히 걸어간다. 만약 그대로 내버려 두면 그는 원산(元山)까지라도 걸어갈 듯이 아무도 살피지 않고 머리를 숙이고 걸었다. 나는 어이가 없어서 한참 그의 등만 살피다가 뛰어가서 가만히 그의 어깨에 손을 얹었다. 그는 펄펄 뛰며 소리까지 내면서 놀랐다. 그리고 나를 돌아보았다.

"O, 정신 차리게."

"네?"

그는 희근하면서 부르짖었다.

"저리로 좀 들어가서 쉬세."

나는 그의 손목을 잡고 산 아래 자그마한 곁길로 들어서 한 여남은 걸음 가서 있는 바위 위에 걸터앉았다. 그런 뒤에 그의 입에서 무슨 이야기가 떨어지겠지 하고 잠자코 기다렸다. 잠깐의 잠잠한 시간은 흘렀다. 마침내 O는 나를 찾았다.

"형님!"

형이 없는 그는 나를 형으로 알고 있었지만 자존심이 많고 남에게 머리를 숙이기 싫어하는 O는 나를 형이라고 부르기는 이번이 처음이었다.

"난 아직껏 확증을 잡기 전에 이 일을 누구에게든 감추려 했어요."

나는 말없이 머리를 끄덕이고 그의 말의 뒤를 기다렸다. 그러나 좀 기다렸으나 그 말의 연속은 나오지 않았다. 그는 눈을 치뜨고 맞은편 뒤의 어떤 곳을 주시하고 있었다. 그래서 나는 그의 눈을 따라서 그 곳을 보았지만 거기는 갈색 잡풀이 무성하여 있을 뿐 아무것도 없었다. 그는 미치지나 않았나? 그는 무엇을 보고 있나? 그는 시작하였던 말을 잊어버리지나 않았나?

나는 잠깐 기다리다가 드디어 채근하였다.

"그래서?"

"네? 네, 네…… 형님, 비, 비밀이외다."

"알겠네."

"저……."

이뿐, 그는 다시 입을 닫고 말았다. 내가 아까 짐작하였던 일과 같은지 어떤지, 그것은 똑똑히 모르지만 어떻든 O에게는 차마 입 밖에 내기 힘든 부끄러운 일임을 알 수가 있었다. 나는 잠깐 그의 얼굴을 보다가 벌떡 일어섰다.

"돌아가고 마세."

그는 말없이 일어섰다. 우리는 아까 걷던 길을 다시 돌아왔다. 그러나 O의 근처까지 와서는 나는 인력거를 두 채 불러서 O도 태워 가지고 앞으로 달렸다. O는 물론 어디로 가는지를 모를 터이지만 아무 말 없이 올라탔다. 이리하여 한 반 시간쯤 뒤에는 우리는 어떤 중국 요릿집 조용한 조그만 방에서 마주 앉게 되었다. 나는 술로써 그를 취하게 하려 한 것이었다.

술을 그리 먹을 줄을 모르던 그가 어찌도 이렇게 많이 먹나? 마치 고래와 같이 마셨다. 말 한 마디 없이 이삼십 분 동안에 그는 혼자서 다섯 홉이나 먹은 뒤에 숨찬 기운을 연하여 내뿜었다. 나는 간간 한 잔씩 마시면서 그의 차차 취하는 모양을 호기심으로 보았다.

"취했구만"

"네? 흥 취했어요? 보이! 야 ― 늬 ― 야."

그는 팔을 두르면서 고함쳤다. 요릿집 사환애가 왔다.

"술! 술!"

"하이(대답 '예'의 일본말)."

보이는 술을 가지러 갔다.

"O, 취했네, 이제 그만두게."

"그만두어요? 그만두…… 술 없이는…… 술, 형님, 조금만 더 조금만, 이제 두 홉만 더 먹고는 또 다시는 다시는……."

"술 잘 먹네그려!"

"잘? 내가…… 어, 늬야, 술 가져와."

그는 유쾌한 듯이 한 번 웃었다. 사환애가 술을 가져왔다.

"형님, 한 잔 받으세요."

"받지."

"그 잘하는 솜씨에 왜 오늘은 술을 안 잡숩니까? 자, 술을 안 먹는단……."

"바보인가?"

"그럼요. 히히히 형님도 오늘은 바보외다."

나는 그의 잔을 받았다.

"그렇지, 내가 술을 먹기 시작한 거이."

그는 뜨거운 기운을 연하여 토하면서 이렇게 지껄여 오다가 뚝 그쳤다. 그리고 팔굽으로 팔을 짚고 턱을 손에 괸 뒤에 얼빠진 것같이 물끄러미 술병을 들여다보기 시작하였다. 이때에 그에게는 술을 먹게 된 동기가 생각난 것이다. 여기까지 오면 그 뒤는 나의 성공이나 다름 없었다. 술로써 그를 권한 뒤에 그의 마음의 비밀을 끌어 낸다는 것은 좀 재미 없는 것이지만 이것도 그를 위함이라 할 수 없는 일이다.

"그래, 술 먹게 된 동기는?"

그런즉 그는 펄떡 놀라면서 힐끗 나를 본 뒤에 자기 팔에 머리를 푹 묻고 말했다.

"형님, 분하외다. 그 년이……."

"그 년이란?"

"우리 처인가 하는 년이……."

그는 그 뒤는 차마 말하기가 어려운지 입을 다물어 버렸다. 나는 하는 수 없이 그의 말의 길을 인도하였다.

"좌우간 품행이 나쁘다든가 하는 일은 아니겠지?"

"품행? 사람에게 품행이고 무엇이고 있지, 그 짐승 같은 것에게……."

"O! 말을 주의하게."

"형님! 분해요."

그는 이를 악물었다.

"O, 머리를 정돈시켜서 말을 순서 있게 하게. 자네 말은 알아 들을 수가 없네. 그러면 자네 처의 품행이 그르단 말인가?"

그는 머리를 끄덕였다. 나는 잠깐 생각한 뒤에 입을 열었다.

"그것이 만약(만약 말이네) 사실이라면 이혼하지."

"이혼할 만한 긍지[2]는 없어요."

"없으면 의심은 그만두거나."

"의심할 만한 증거는 있습니다."

그는 갑자기 소리내어 울기 시작하였다. 나는 마치 어린애같이 매달려 우는 그를 내려다보면서 잠깐 생각한 뒤에 그를 흔들었다.

"O!"

"네."

그는 잠깐 뒤에야 대답했다.

"자네 의심이 한낱 의심에 지나지 못한다면 어쩌겠나?"

"그럴 리는……."

"없다고 단언 못하지? 증거가 있기 전에는…… 좌우간 사실 무근이

---

2) 긍지(肯志) — 찬성하는 뜻.

면 어쩔 텐가?"

"어쨌든…… 어쩔 건…… 없지요."

"그럼 만약 사실이면?"

"연놈을 죽이지요."

그는 벌떡 일어서서 무서운 눈으로 나를 흘겼다. 마치 내가 제 원수인 듯이…… 나는 한참을 말을 못하였다. 이런 경우를 당한 O를 위로를 하나 선동을 하나 그것은 쉽게 판단을 할 수가 없는 일이었다.

"O, 자네 언제부터 의심했나?"

"두 달 전."

"그럼 O, 내 말 듣게."

"네."

"자네 취했나?"

"네, 아니 말씀만 하세요. 정신은 똑똑하니깐."

"O! 자네는 벌써 두 달을 참지 않았나. 그처럼 얼마만 더 참게. 문제는 모두 내게 넘기고. 내가 얼마 동안을 각 방면으로 알아 가지고 그것이 사실이면 내가 자네 대신으로 그 두 사람을 넉넉히 벌하마. 만약 사실이 무근일 것 같으면 자네의 의심을 풀 만한 반증을 얻어 오마. 자네는 왜 곧 내게 이야기하지 않고 두 달 동안을 의심과 시기로만 보냈나?"

"……"

그는 또다시 입을 다물고 말았다. 그러나 기껏 취한 그의 얼굴에는 분함과 살기가 방 안을 서늘하게 할 만치 떠돌고 있었다.

좀 뒤에 그를 인력거로 집으로 보내고 나는 여관으로 돌아왔다.

2

잠깐 여관에 들어왔다가 나는 곧 다시 나섰다. 그것은 O에게서 O 자기에게 아내의 품행이 나쁜 것 같다고 가르쳐 준 사람이 A씨임을 들었으므로, A씨를 찾아가서 좀 구체적으로 알아보려 함이었었다.

그러나 전차로써 의주통(義州通)까지 이를 동안에 나는 A씨 방문을 그만두기로 하였다. 아직 알지도 못하는 A씨를 찾아가는 것도 싫었지만, 그것보다도 A씨에게 그런 일을 묻는 것은 O의 인격을 무시함과 같아서 재미 없는 일이다. 이제 O의 취할 길은 그 사건을 남에게 절대로 비인(非認)을 하여 얼마간이라도 남의 의심을 덜게 하는 것이지, 자기 스스로까지 제 아내의 품행을 의심한다는 것은 O의 명예를 위하여 결코 취할 길이 아니다. 그리고 나는 그 후막(後幕)에 숨어서 결코 O의 명예를 손상치 않게 사건을 해결하여야 할 것이다.

나는 전차를 내려서 곧 돌아서서 벗들과 약속하였던 극장에 가서, 그때 갓 조직된 어떤 극단의 연극을 구경하고 돌아와 자 버렸다.

그러나 이튿날 조반 뒤에는 (평생에 아무런 큰일이라도 그리 중대시하지 않던 나로도) 머리를 옴켜쥐고 어제 맡은 사건을 어찌 해결하여야 할지 생각하여 보았다. 나는 탐정이 아니다. 그런지라, 그 사건을 어떤 곳부터 탐정하여 나아가얄지는 알 수 없었다. 그러나 O의 아내보다 먼저 O를 어떻게든 하여야 할 것은 알 수가 있었다. O와 같은 사람은 아무런 비경(悲境)에 빠질지라도 자살할 만한 용기도 없는 사람이다. 그러매 그 같은 사람으로서 그 같은 경우에 빠지게 되면, 마치 피를 뱉기까지 우는 뻐꾸기와 같이 어쩔 줄 모르고 다만 헤매일밖에는 도리가 없는 것이었었다. 그러다가는 마침내는 정신적 타락경

(墮落境)에 떨어져서 그의 모든 아까운 재주와 지혜는 간지(奸智)와 몹쓸 수단으로 변하고 마는 것이다. O의 아내? 그런 변변치 않은 여편네 하나는 죽든 살든 아무 관계 없으되, 아까운 재주를 품은 O뿐은 결코 타락시키고 싶지 않았다.

'이 일을 어쩌나?'

나는 담배 내를 내어뿜었다. 그러나 하루 종일 생각하려고 들러붙었던 나는 담배를 겨우 여섯 가치 피운 뒤에 벌써 해결의 초보를 얻었다.

우리 친구 가운데 호떡이라는 별명을 가진 사람이 모레 동래온정(東萊溫井)으로 좀 가 있겠단 말을 어제 들은 것이 생각나므로, 나는 O를 그에게 위탁하여 같이 가서 얼마 동안 몸과 마음을 쉬게 하려 하였다. 그리고 그 동안에 나는 어떻게 하여든지 그의 아내의 몸 위에 생긴 모든 의심을 해결하여 보려 하였다. 그렇게 생각하고 곧 호떡을 찾아가서 말하여 보매, 그는 쾌히 O를 맡겠다 하였다. 그러나 놀란 것은, 호떡도 O의 아내를 의심의 눈으로 보는 점이었었다. 그래서 나는 곧 물어 보았다.

"자네 봤나?"

"무얼?"

"대체 어떤 점이 수상한가?"

"나두 보진 못했어. A씨에게 들었지."

어제는 O에게, 오늘은 호떡에게 A씨라는 이름을 들었지만, 나는 아직 A씨가 누구인지는 몰랐다.

"그 A씨라는 사람이 누구야?"

"A씨를 몰라?"

"사내인가, 여편네인가?"

"O군의 와이프의 육촌 오빠야. 오빠가 누이에게 무근지설(無根之說)로 훼방은 안 할 테지."

이 말을 듣는 순간, 나의 머리는 번개같이 빨리 움직였다. 나는 문득 고함쳤다.

"알겠네, 그럼 호떡……"

"그만두게, 호떡이 뭐야?"

"O(그의 본 이름도 O이었다), 알았네. 그 와이프가 처녀 적에 A씨가 러브를 던져 본 일이 있는데, 그때 거절했단 말을 O의 와이프에게서 들은 일이 있네. 그러니깐 훼방일세."

호떡은 반신 반의의 얼굴로 나를 보았다. 그러나 나의 얼굴이 참말 같으므로, 그는 머리를 끄덕이고 말았다.

그렇지만, 그 말은 나의 지어 낸 말에 지나지 못하였다. 온전한 증거가 나타나기 전까지는 나는 모든 일을 덮어 두려 하였다. 나는 다시 한번 그에게 O를 부탁한 뒤에 그 집을 나섰다. 그러고 그 뒤는 부러 여러 벗들을 찾아다니면서 방패막이를 하여 두었다.

—— 자네 A라는 사람 아나? O의 와이프의 육촌 오빠 말이네. 고약한 사람이야. 육촌 누이에게 러브를 하다가 퇴박맞고 그 뒤는 만날 누이 헌구에 분주하다네……

대개 이런 말로써 혀 끝을 놀려서 그들을 등떠 보았지만, 놀랄 일은 그들 모두가 A씨에게서 그런 말을 들은 것이었었다. 그런지라, 마지막에는 내가 지어 낸 말을 나 스스로가 믿게까지 되었다. 그리고 그들도 얼마간 나를 신용하던 터이라, 나의 말을 절반은 곧이들었다. 이리하여 우리 친구들 가운데서는 O의 아내에 대한 의심이 얼마간 덜어졌다.

3

호떡이 여행 떠나겠다던 날 아침에 나는 화가(畵家) O를 찾아가서, 그를 끌고 나의 여관으로 왔다. 그리고 (아직 아침 밥을 못 먹은) 그를 설렁탕을 한 그릇 먹인 뒤에, 나의 조그만 손가방 속에 간단한 여행 용구를 넣어 가지고 정거장으로 나왔다. 호떡은 벌써 나와서 기다리고 있었다.

이때야 아무 영문도 모르고, 눈이 휑하니 끌려 나온 O는, 잠깐 두리번두리번하다가 (오늘 아침 철로는 처음의) 이야기 비슷한 말을 하였다.

"어디 여행 떠납니까?"

"내가 가는 게 아니라 자네가 가네."

나는 가장 천연한 태도로 O의 얼굴에 나타나는 표정을 엿보면서 이렇게 대답했다.

O는 이상한 듯이 잠깐 눈살을 찌푸렸다가,

"어딜요?"

하고 근심스러이 물었다.

"동래 온정이네. 호떡 군이 좀 가 있겠다기에 자네도 같이 며칠 가 있으라고 오늘 데리고 나온 길이네. 가지?"

나는 거반 명령적 태도로 그에게 물었다. 그는 잠깐 머리를 수그렸다가 대답 없이 기다리는 방으로 들어가서 교자에 앉아 버렸다.

내가 가령 어제쯤 O를 찾아가서, 내일 여행을 떠나라고 하였더면, 그는 물론 이러니 저러니 하며 가지 않을 성격의 사람이었었다. 그러나 또한 막상 데리고 나와서 고압적(高壓的)으로 이렇게 눌러 놓으면 거절할 용기도 없는 사람이었었다. 이러한 그의 심리를 유리와 같이 꿰어서 들여다보는 나는, 오늘 아침과 같은 고압적 태도로써 그를 여행을 떠나게 하려 한 것이었다…….

나는 차표를 사서, 교자에 걸터앉아 있는 O를 주고, 그의 곁에 걸터앉아서, 이제 그가 떠나 있는 동안에 모든 시끄러운 문제를 다 바로잡아 줄 것이니, 마음놓고 가 있으라고 여러 가지로 위로를 한 뒤에, 개찰구에서 표 찍기를 기다리고 호떡을 찾아가서 O를 지배하는 수완이며 방법을 똑똑히 일러 주고, 그들이 차 타는 것은 보지 않고 돌아와 버렸다. 그것은 O가 가기 싫다는 의사를 내게 나타내기 전에 그를 피하려 함이었었다…….

4

원래 나는 아무런 일이든지 낙관을 하는 사람이었었다.

어떤 대단히 시끄러운 문제가 생겨서, 이것 야단이로다, 하고 비관을 하고 있노라면, 며칠 뒤에는 저절로 그 사건이 바로 펴져서 추호도 시끄러운 문제가 아니고 한 경험만 가지고 있고, 소위 절체 절명(絶體絶命)이란 경우를 당하여 보지 못한 나는, 아무런 일을 만날지라도 다만 어물어물하여 버린다. 그러면 (내 경험으로는) 얼마 뒤에는 문제가 정로(正路)로 들어서고 하였다. 어디 물어 주어야 할 빚이 있는데, 손에 돈이 한푼 없다. 야단이다 하고 걱정하노라면, 어떤(주머니 속에 돈 넣은) 친구가 찾아오고, 오늘은 꼭 X씨를 만나 보아야 할 텐데 비가 와서 야단이다 하고 있노라면, 그 X씨가 찾아오고…… 과연 근 삼십 년의 나의 생활사는, 다시 말하자면 광의(廣義)의 성공사(成功史)에

다름없었다. 보나파르트가,

"세상의 옥편 가운데서 '할 수 없다'라는 글자를 없이 하여 버리
라."

고 선언한 것을 유명하게 말하지만, 나도 양심에 부끄럽지 않게 그맛
선언은 할 수가 있다.

그런지라, 내가 O를 동래 온정(東萊溫井)에 보낸 것은, 특별한 깊은
계획 아래서가 아니다. 다만 쓰라린 마음으로서 만날 괴롭게 날을 보
내는 O를, 한가스러운 온정에 보내어 두면, 저절로(라면 좀 말이 별하
기는 하지만, 이렇게밖에는 말할 수가 없다.) 사건의 모든 비밀이 내게
알게 될지도 모르겠다. 혹은 그 의심은, 한낱 O의 꿈에 지나지 못하
고, 그런 일은 당초에 없는지도 알 수 없다, 이러한 박약한 개념의 아
래서다.

그러나 막상 O를 떠나 보낸 뒤에는 나는 마음 속에 책임 관념이
일어나는 것을 깨닫지 않을 수가 없었다.

'어떻게든 알아보아야지.'

나의 가슴을 스치고 지나간 생각은 이런 것이었었다.

그러나 어찌할까? 형사와 같이 변장을 하고, O의 아내의 뒤를 밟아
다닐 수도 없는 일이요, 그렇다고 O의 아내에게 직접 물어 볼 수도
없는 일이다. 아니, 첩경이 있기는 있다. A씨를 찾아가서 똑똑히 물어
보면, 혹은 어떤 단서를 얻을는지도 모른다. 그러나 나는 왜 그런지,
아직 보지도 못한 A씨라는 사람이 무엇보다도 싫어서, 만나 볼 생각
이 없었다.

아무리 싫어도 O를 위함이라 꾹 참고 A씨를 찾아보나? 나는 몇 번
이렇게 생각하여 보았지만, 한 번 A씨를 찾아가기보다는, 나는 오히
려 십 년 동안을 절간에 들어가서 중이 되는 것을 고맙게 알겠다.

‘대체 어쩌면 좋은가?’

나는 캄플을 한 덩어리 집어삼키면서 생각하였다.

5

　마침내 나는 하는 수 없이 형사와 같은 노릇을 하기로 결심을 하였다. 그리고 이튿날 점심을 먹은 뒤에 O의 집 근처까지 가서, O의 집에서 전차길까지 나오는 길에 있는 (내가 아는) 어떤 잡화점에 들어갔다. 나는 그 집에서 O의 아내의 나오는 것을 보려 함이었었다.

　몸집이 조그만 잡화점 주인은 반갑게 나를 맞았다.

　“O씨한테 가십니까?”

　“아니, 저 잉크 한 병 사려구……”

　“잉클 사시랴 예까지 오세요?”

하면서 그는 일어서서 잉크를 한 병 가져왔다.

　“자, 워터맨.”

　나는 주머니 속에서 돈을 꺼내어 준 뒤에 그의 회계상 앞에 걸터앉아서 가끔 길 가는 사람들을 주의하면서, 흥정이 어떠냐, 날이 꽤 추워졌거니, 이런 이야기로 한 반 시간 동안을 보냈다. 그러나 이야기의 가음[3]이 다 끝난 뒤에는, 나는 곤란한 경우에 빠졌다. 이제 여관으로 돌아가기도 싱겁고, 핑계 없이 우두커니 앉아 있을 수도 없고…… 이리저리 생각하다가 나는 그에게 장기를 둘 줄 아느냐고 물었다.

---

3) 가음 — ‘감’의 방언. 어떤 일을 하거나 무엇을 만드는 데 재료 또는 바탕이
　　되는 사물.

“장기 말씀이에요? 잘은 못 둡지요만, 본시 좋아는 합니다.”

“그럼 한판 놓아 볼까요?”

“네 저…… 여보게 ○○, 저 댁에 가서 장기판 좀 얻어 오게.”

우리들 앞에 장기판은 놓였다. 나는 길로 향한 편에 자리를 잡고, 장기 쪽을 벌여 놓은 뒤에, 때때로 길 가는 사람을 주의하면서 승부를 시작하였다.

그러나 처음 한참은 길을 주의하면서 두었지만, 장군 멍군으로 ‘차(車)’가 떨어지고 ‘포(包)’가 위태하게 될 때에는 길이고 ○이고, 모두 내 머리에서 사라지고 말았다. 친구 딴의 생명보다는 장기판 위에서 뛰노는 ‘마(馬)’를 죽여 버리노 하는 생각만 북끓게 되었다.

결국의 승리는 내 것이 되었다. 그러나 몇 번을 이기는 긴장된 너댓 시간 동안에, 나의 품고 온 목적은 헛데로 돌아가고 말았다. 이리하여 전등불이 어둑신한 가을의 거리를 장식하게 될 때야, 나는 펄떡 정신을 차리고 한 번 싱겁게 씩 웃은 뒤에, 내일 또 오마 하고 나의 여관으로 돌아왔다.

이튿날은 아침 열시쯤 거기를 가서, 곧 장기를 시작하였다. 그러나, 첫째를 시작하여 거궁(居宮)이 겨우 끝났을 때에 문득 밖을 보매, ○의 아내가 성장을 하고 오페라백을 두르면서 가벼운 발걸음으로 그 앞을 지나갔다. 나는 한순간, 뜻하지 않고 일어섰으나 다시 태연히 주저앉아서 모른 체하고 그 판을 어름어름 허투로 끝을 내어 버렸다. 그런 뒤에 시계를 한 번 꺼내어 보고, 어디 급한 일이 있다고 한 뒤에 그 집을 나섰다.

물론 이제부터 ○의 아내를 따라가려던 작정은 아니었었다. 그러나, 그가 나간 뒤에까지 그 집에 앉아 있을 필요가 없었다.

‘이러니간 오늘도 할 수 없다.’

나는 나 스스로를 속이는 듯한 마음상으로 생각한 뒤에, 한 번 씩 웃고 전찻길로 나와 버렸다.

며칠 동안을 그와 비슷비슷한 일 때문에 O의 아내를 보면서도 그냥 넘겼다. 그러나, 그 동안에 깨달은 것은 O의 아내는 매일 아침 열한 시쯤은 어디로 간다 하는 점이었었다.

그리고 그 이튿날은 거의 열한 시가 되어서, 그 잡화점을 찾아가서, 부리나케 장기를 시작하자는 주인에게, 오늘은 긴한 일이 있어서 장기를 못 두겠다고 말하여 둔 뒤에, 바깥을 내어다보면서 잡담을 시작하였다.

그러나, 얼마 지나지 아니하여, 나는 앞을 지나가는 O의 아내의 가벼운 걸음을 보았다. 나는 그가 두세 집쯤 더 지나갔을 때를 짐작하여, 곧 시계를 꺼내어 본 뒤에 그 집을 작별하고 나서서 그의 뒤를 밟았다.

그는 전찻길까지 나가서는, 전차를 기다리려고 정류장에 섰다. 그것을 바라보면서, 나는 어떤 담뱃집에 들어가서, 담배를 한 갑 사서 천천히 성냥을 그어서 붙여 가지고, 역시 천천히 정류장을 향하여 걸었다.

이때에 전차가 한 대 와 닿으며 O의 아내는 파라솔을 접고 전차를 타 버렸다.

나는 문득 담배를 떨어뜨리고, 얼빠진 것같이 O의 아내를 태워 가지고 달아나는 전차를 바라보았다.

이제라도, 물론 뛰어가서 그 전차를 잡아 타려면 못 탈 바는 아니다. 그러나 탐정 소설에 나오는 탐정과 같이 변장을 못한 나는 O의 아내 모르게 같은 전차 안에 함께 탈 수는 없는 바였었다. 그렇다고 이 모양대로 그를 미행한다는 것은 마치 그에게,

‘나는 그대를 미행합니다.’

하고 통지하는 것과 마찬가지로서, 또한 할 수 없는 바였었다.

나는 다만 저편으로 달아나는 전차를 원망스러이 바라보고 서 있었다.

‘탐정 노릇도 못해 먹을 게다.’

나는 마침내 억지의 웃음을 웃고 돌아섰다.

6

그 날 밤에 곰곰 생각하여 보았지만, 이러한 일로써 O의 아내가 어디를 다니는 지는 십 년이 지나도 알 길이 없었다. 어찌하여서든 한 번 그와 같은 전차를(우연히 된 것같이 보이게) 타고, 그가 어디로 가는지를 밟아 보아야 하겠다. 그렇지 않으면, 다만 실패의 역사를 거듭하는 것에 지나지 못할 뿐, 아무 효과가 없을 것이다.

이렇게 생각하고 이튿날 난 O의 아내가 전차를 타는 다음 정류장에 가서 전차의 오기를 기다리고 있었다. 전차는 저편 끝에서 한 대 이리로 향하고 달아온다[4]. 나는 똑똑히 정신을 차리고 O의 아내가 늘 전차를 타는 정류장만 바라보고 있었다. 전차는 그 정류장에서 잠깐 머물렀다가 내리는 사람도 오르는 사람도 없이 다시 떠났다. 나는 나의 앞에까지 와서 머무른 전차를 한 번 힐끗 본 뒤에,

“음, 용산행(龍山行)이로군.”

마치 의주통(義州通)으로 가려는 듯이 이렇게 중얼거리고 물러섰다. 전차는 싱거운 듯이 다시 달아났다.

---

4) 달아오다 — ‘달려오다’ 의 방언.

의주통으로 가는 전차가 다시 이르렀다. 그러자 O의 아내를 보지 못한 나는 용산행 전차를 기다리는 듯이 다시 물러서고 말았다. 이리하여 전차가 서너 대 거저 지나간 뒤에 문득 O의 아내의 화려하게 차린 모양이 그 정류장에 나타났다.

'나왔구나.'

나는 씩 웃은 뒤에 머리를 딴 편으로 돌리고 말았다. 전차는 응──하는 소리를 내며 달아왔다. O의 아내의 있는 정류장을 바라보니 그는 벌써 없었다. 이 전차를 탄 것이었다. 나는 서슴지 않고 전차를 올라탔다. 그러나 놀란 것은 올라타고 보매 거의 전차가 만원이므로 O의 아내는 내게서 한 자의 상거[5]도 되지 않는 곳에 있는 것이었었다. 나는 첫눈에 그에게 들켰다. 나는 그래도 모른 체할 양으로 다른 편을 향하여 돌아섰다.

그러나 생각하여 보매 벌써 그에게 들켰는지라 그에게 모르게 그의 뒤를 밟는다는 것은 할 수 없는 일이었다. 설혹 그는 그런 일은 뜻도 하지 않는다 할지라도 우연히 자기 뒤를 따라오는 나를 발견하면 그는 필연 경계를 할 것이었었다. 전차가 종로에 이르렀을 때에 나는 그를 내어 버리고 전치를 내리고 말았다.

'오늘도 실팬가?'

나는 저편 앞으로 북을 치면서 지나가는 구세군들을 무심히 바라보면서 씩 웃고 나의 여관으로 향하였다. 미행에 대하여 그리 큰 기대를 품고 있지 않았던 나는 그리 낙심도 되지는 않았으나, 그러나 내일 할 행동에 대하여서는 적지 않게 노심하였다.

나는 그 이튿날 다시 한번 방침을 바꾸어서 미행을 하여 보려고 생

---

5) 상거(相距) ── 서로 떨어져 있는 것. 또는, 떨어져 있는 두 곳의 거리.

각하였다. O의 아내의 늘 타는 정류장 앞을 지나가는 전차는 대개는 만원이었다. 나는 O의 아내의 타는 정류장에서 한 정류장 전에 가서 그의 나오는 것을 보아서 미리 전차에 올라 복판 가운데 사람들 틈에 숨어서 그의 행동을 엿보려 하였다. 전차가 만원만 되었으면 이것은 실패를 안 할 것이었었다.

나는 정류장에 우두커니 전차가 지나갈 때마다 다음 정류장을 바라보면서 담배를 먹고 있었다. 한 대가 지나갔다. 두 대가 지나갔다. 세 대가 지나갔다. 다섯 대, 여섯 대 하며 열 대가 지나갔다. 그러나 O의 아내는 아직 보이지 않았다. 나는 시계를 꺼내어 보았다. 열한 시 사십 분.

'오늘은 안 나오나? 벌써 갔나?'

나는 조급하여져서 아직껏 먹고 있던 담배를 땅에 힘껏 내어 던지고 다음 정류장만 바라보고 있었다. 전차는 또 지나갔다. 또 한 대, 두 대, 세 대, 여섯, 일곱…… 열두 시도 벌써 지나 버렸다.

전차는 또 한 대, 지나갔다. 승강대에 빈 틈이 조금 있을 뿐, 미리 올라타서 가운데 숨어 있기에는 가장 너절한 전차였었다. 나는 혀를 한 번 차고 담배를 꺼내어 붙여 물었다. 그런 차에 O의 아내의 타는 정류장 앞에서 잠깐 멎었다가 다시 떠났다. 그러나 한 칸을 나가지 않아서 그 전차는 다시 멎었다. 나는 무심히 먹기 시작한 담배를 내어 던지고 그편을 향하여 돌아섰다.

새 골목에서 반만큼 접은 파라솔과 함께 어떤 여편네가 전차를 향하여 뛰어와서 올라탔다. O의 아내였었다.

'또 졌다. 공연히 담배만 한 개비 먹지도 않고 내어 던졌군.'

역시 나는 탐정은 못 될 재료로다, 생각하면서 O의 집에 가는 골목에 있는 잡화점으로 장기라도 둘 양으로 향하였다. 그러나 가는 동안

에 나는 O의 집으로 가 보려고 마음을 돌이켰다. O의 아내가 나간
다음에는 (몸채에서 멀리 떨어져 있는) 행랑방에 귀머거리 할멈 하나
밖에는 그 집에는 아무도 없을 것이었다. 아무도 없는 집에 들어가서
마음대로 O의 아내의 물건을 찾아보면 어떤(나의 찾으려는) 것이 나
올지도 모를 일이었었다.

　굳게 닫힌 행랑방에서는 귀머거리 할멈의 기침 소리가 연하여 들렸
다. 나는 그 앞을 그림자 안 띄게 지나가서 이젠 잎이 다 떨어진 파골
라를 지나서 몸채 문을 가만히 열고 들어섰다. 그러나 들어서는 순간
나는 깜짝 놀라면서 나의 귀를 의심하였다. O의 아내의 화장실 근처
에서 가벼운 발걸음 소리가 들린 것이었다. 여편네의 발걸음 소리였
었다. 나는 빨리 거기 있는 병풍 뒤에 숨어 섰다.

　누구였을가? O의 아내는 집에 안 있을 것이고, 할멈은 아까 행랑에
있는 것을 기침 소리로 알았다. 뿐만 아니라 (그 발소리는 구두를 신은
것이었는데) 할멈은 구두는 안 신을 터이다.

　‘어디 보자.’

　나는 호기심으로 병풍 뒤에서 나와서 (이제 누가 나오면 숨을 자리
를 미리 보아 두면서) O의 아내의 화장실로 향하였다.

　그러나 화장실까지 채 미치지 못하여서 나는 우뚝 섰다. 화장실 안
에서 분주히 왔다갔다 하던 발소리는 멎고 작으나마 똑똑한 노랫소리
가 울리어 나왔다.

　내 스위트 하트를
　더욱 사랑
　엎디어 비는 말
　들으소서
　내 진정 소원이

내 스위트 하트를

더욱 사랑

더욱 사랑

이것은 O의 아내의 소리였었다. 나는 망치로 머리를 한 대 얻어 맞은 것같이 눈이 휑하니 화장실 문을 바라보고 서 있었다. 이것이 어쩐 일인가? O의 아내가 두 사람이 되었다는 이상한 일이 여기 돌기(突起)되었다. 그러면 아까 그것은 그와 비슷한 딴 여편네였던가, 이렇게 설명하면 이 일은 해석된다. 그러나 그의 노래는 대저 어떤 것인가. 예수교 학교의 출신인 그가 찬미를 한다는 것은 결코 이상한 일이 아니다. 그러나 찬송가에는 '내 구주 예수를 더욱 사랑'이라고는 하였지만 '내 스위트 하트'라고는 안 하였다. 대체 그 스위트 하트는 누구인가?

즉 내 온몸의 힘은 차차 주먹으로 모여들기 시작하였다. 스위트 하트가 무엇이냐? 사랑이 무엇이냐? 그에게는 'O'라고 하는 가장 착하고 귀엽고 재주 있고 훌륭한 그 지아비가 있지 아니한가? 어디를 내어 놓아도 부끄럽지 않은, 가장 그를 사랑하여 주던 'O'라는 사람이 있지 않냐. 스위트 하트? 대저 스위트 하트는 누구란 말인가. 나는 차차 충혈되고 흥분되어 오는 머리를 우쩍 눌렀다.

'가만! 모든 일은 좀더 알아본 뒤에……'

나는 아까 보아 두었던 숨어 있을 자리로 들어가서 숨었다. 흥분되었던 것이 좀 내려앉을 때에 내 가슴이 무섭게 들썩거리는 것을 나는 발견하였다. 나로서 가령, 보통 사람만큼만 자제심이 없었더면 O의 아내는 벌써 내 쇳덩어리와 같은 주먹을 먹고 그 자리에 고꾸라졌을 것이다.

내가 숨어 있는 자리는 라디에이터의 곧 앞이었었다. 불을 얼마나 피웠는지, 온수(溫水) 라디에이터에 꼭 등을 대고 있는 나의 이마에는 구슬땀이 수없이 맺히었다. 가뜩이나 마음 속이 북끓을 때에 이 더위는 참기가 힘들었다. 나는 참다 못하여 자리를 옮기려고 일어서려 할 때에 화장실 문이 덜컥 열리며 입 속으로 노래를 흥얼거리는 그가 나왔다.

　이전에 세상 낙
　기뻤어도
　지금 내 기쁨은
　오직 그대
　다만 내 비는 말
　……

찬미는 그가 문 밖으로 나서면서 안 들리게 되었다. 나는 곧 일어서서 그가 저편 대문 밖으로 스러지는 것을 똑똑히 본 뒤에 그의 화장실로 들어갔다. 화장실에는 분내와 향수내가 머리 아프도록 차 있었다. 본시 분이나 향수를 좋아하지 않는 나는 얼굴을 찌푸리고 곧 새 시를 열어 버린 뒤에 그리로 머리를 내어밀고 (더위와 향내와 흥분으로) 어지럽게 된 머리를 좀 식히려 하였다.

좀 뒤에 흥분된 것을 다 삭이고 나는 문을 도로 닫은 뒤에 교자를 하나 끌어다가 방 안 복판 가운데 놓고 거기 앉아서, 담배를 꺼내어 붙여 물고 이제 방 안을 뒤져 볼 순서를 순서 있게 머릿속에 분류하여 놓고 모두 뒤적여 보려고 다시 일어섰다.

화장탁, 세면대, 그 밖 서랍이라는 서랍은 꺼내어 놓고 그의 옷 주머니까지 다 뒤지어 보았지만 편지 같은 것이나 그런 것은 하나도 없었다. 쓰레기통에도 없었다. 그러나 쓰레기통에서 나는 O의 아내의 글씨로 A씨의 이름뿐을 수십 개 쓴 종이 조각을 하나 얻어 내었다.

우연히고 또한 무심히 —— 였었다. 그러나 나의 눈은 그 종이 조각에 딱 붙어서 떨어지지를 않았다. A씨? 그의 몇 촌 오빠이고 또한 그의 품행이 나쁘다고 온갖 곳에 돌아다니면서 퍼쳐 놓은 A씨는 이 사건의 후막에 숨어 있는 가장 큰 광대의 한 사람이 아닐까? O의 의심을 받지 않고 그의 집에 자유로 드나들 수 있는 A씨, 아무튼 언제든 발각될 사실을 O의 의심을 다른 편으로 돌리기 위하여, 자네의 아내의 품행이 나쁘다고 비웃어 주는 것은 어떤 성격의 사람에게는 할 수 있는 일일 것이다. 호떡의 말에 의지하면 A씨는 자기의 아내를 자기의 누이라고 하고 딴 집에 시집을 보내었다 한다.

이때에 나의 머리에는 O의 아내의 소위 '스위트 하트'는 A씨임을 의심치 않고 긍정하였다.

7

'A씨를 찾아보자.'

나는 그 종이 조각을 접어서 주머니에 넣은 뒤에 그 집을 나섰다.

이전에 호떡에게 들어 두었던 A씨의 집은 아주 찾기가 쉬웠다.

대문간에서 안을 잠깐 엿보았지만 안 대문에 가리워서 안은 들여다보이지 않았다. 나는 안에서는 들리지 않을 만한 작은 소리로 '이리 오너라' 찾았다. 행랑에서 한 오십 살쯤 나보이는 코미디언 같은 사람이 껌벅거리면서 나왔다.

"A씨 계신가?"

"네, 저……."

"저…… 안손님이 오셨단 말인가?"

나는 웃으면서 그의 말을 미리 넘겨짚었다. 그는 연하여 눈을 껌벅거리며 씩 웃었다.
"안손님은 젊은이인가?"
"네."
"하이칼라지?"
그는 또 씩 웃었다.
"이즈음 매일 오지?"
"네, 매일 와서 이야기하시다가는 자정경에야 가시지요. 히히히……."
"일가 되는 이가 아닌가?"
"전 몰라요."
그는 또 한 번 히히히 웃고 말을 계속하였다.
"일가이면 대단히 가까운 일가입니다."
"왜?"
"왜란…… 히히히 좌우간 우린 늙은이니깐 젊은이로서의 속사정을 몰라요."
"그럼 이따가 안손님 간 다음에 또 오지."
나는 돌아섰다.
"아침 일찍이 오셔야 안손님 안 계실 때 만나십니다."
그는 돌아서는 나에게 이렇게 말하고 들어가 버렸다.
사건의 내용은 다 알았다. 언제부터? 언제부터 그와 A씨의 관계가 생겼는지 그것은 모를 일이다. 그러나 그와 A씨의 사이에 더러운 관계가 있는 것은 이제는 조금도 의심할 여지가 없다.
'짐승이다.'
나는 침을 탁 뱉으면서 소리까지 내어서 중얼거렸다.

"사람이 아니고 짐승이다."

8

카페 로열에서 간단한 점심을 먹고 나는 남산으로 올라갔다. 날이 꽤 서늘한 까닭인지 꼭대기에는 사람이 없었다. 저편에 보이는, 잎이 다 떨어져서 답쌀비[6]를 거꾸로 세운 것 같은 포플러는 바람에 남쪽을 기웃거리고 있었다. 뫼 아래로 보이는 빈민굴에서도 겨울이 이르렀다고 새로 하얀 종이를 바른 문을 굳게 닫고들 있었다.

나는 어떤 벤치에 가서 고즈너기 걸터앉았다. 머리가 천근이나 같이 무거웠다. O의 아내가 그런 짓을 하였으리라고는 참으로 뜻도 안 하였던 일이었었다. 과연 나의 천려(千慮)의 일실(一失)이었다.

작년 O가 한참 마음이 들떠서 어떤 이성을 자기의 아내로 삼으려고 했을 때에 이 여자이면 O에게 맞으리라고 내가 발견하여 온 것이 그이었었다. 교만하면 극도로 교만한 것은 괜찮지만, 교만하고도 마음이 약하고 의심 많고 시기 잘하고 감격되고 눈물 흘리기 쉬운 O는, 임시로는 이성(異性)의 사랑을 받을지 모르지만 영속적 사랑을 결코 받지 못할 종류의 사람이었었다. 그러나 그로서 한 번 실연(失戀)이라는 괴로운 자리에 떨어지게 되면 그는 또한 사람으로서 다시 일어서지 못할 만한 큰 타격을 받으니만큼, 마음이 폐라운 사람이었었다. 이러한 O를 그래도 겹지 않고 영구히 사랑할 만한 여자, 나는 그것을 구하려고 나의 아는 온갖 여성을 다 마음 속으로 점검하여 보았다. 그

---

6) 답쌀비 — '댑싸리'를 이르는 듯함.

리하여 그 가운데서 얻어 낸 것이 그였었다. 좀 바보 —— 천치(天痴)에 가깝고도 애교 있고 온순하고 학교를 우등으로 졸업하였다는 명색을 가지고, 게다가 한 가지 일에 늙어 죽도록 겨움증이 안 생길 만한 성격을 가진 그뿐이 O라 하는 그 말째인 그 지아비라도 사랑하기만 시작하면 끝까지 연속할 사람이었었다.

그들은 결혼하였다. 좀 바보인 듯한 아내의 모양이 O에게는 한없이 예뻤다. 아내는 남편을 그리 사랑하는 것 같게는 보이지 않았지만, 그리 싫어하는 것 같지도 않았다. 나는 그 동안에 몇 번을 그에게 이렇게 말하려 하였다.

—— 자네는 자네 아내를 좀 미워하는 듯한 양을 보이게. 너무 미워하는 듯하면 그는 자네를 원수로 알 테지. 그러나 알맞추 미워하면 더욱 자네를 사랑하고 자네를 잠시라도 놓치지 않으리…….

그러나 온 하늘을 얻은 듯이 기뻐하는 O에게 나는 이런 말을 하지 않았다. 그것이 오늘날 이런 결과를 이룬 것이었었다.

이때에 나는 (탐정적 흥미에 취하여서 거반 잊어버렸던) O를 생각하고 벌떡 일어섰다. O의 아내의 사건을 알아보는 것도 나의 의무의 하나이지만 불붙은 시기를 마음 속에 품고 동래 온정에 가 있는 O를 어떻게든 하는 것이 더 긴하고 급한 일이었었다.

나는 곧 시가를 향하여 내려왔다.

9

'호떡에게 아는 것을 물어 보자.'
이렇게 생각하고 집에 돌아와서 호떡에게 보낼 편지를 썼다.

이 편지를 O 안 보는 데서 혼자서 읽게.

웃음 낙관으로 세상을 보내려는 자네이매 그 사이 잘 있었나 어쨌나 하는 인사는 하지도 않고, 곧 부탁할 말을 쓰네.

O는 지금 어떻게 지내나? 아침에 깨서와 낮에와 밤 잘 때의 O의 모양을 똑똑히 알게 하여 주게. O는 웃는 때도 있나? 늘 성을 내어 가지고 있나? 자기 아내의 이야기라도 간혹 하나? 음식 잘 먹나? 가끔 탕(湯)에 들어가나? 자네와 싸우지나 않나? 서울로 돌아오겠다지 않나? 그리고 O에게 나한테서 편지 왔단 말하지 말게. 자네의 회답을 기다리네.

서울 ○○는

그러나 편지는 써 놓았지만 보내는 것이 난처한 일이었었다. 호떡에게 오는 편지든 무엇이든 보내는 사람이 나일 것 같으면, O가 먼저 받을 것 같으면 먼저 뜯어 볼 것이었었다. 우리 친구들 사이에는 서로 비밀이라는 것을 가지고 있지 않는 것이 우리의 불문율(不文律)이라 '要親展'이라고라도 쓰면 O의 의심과 시기의 불에 기름을 붓는 것과 마찬가지의 일로서 오히려 더욱 그가 뜯어 보는 동기를 만들지도 모르겠다.

생각하다가 나는 호떡의 아내에게 가서 봉투를 써달라려고 작정하였다.

이렇게 생각하고, 곧(벌써 저녁때였지만) 호떡의 집을 찾아가서 '마님'을 찾았다. (이전 처녀 적에 나를 퍽 러브하여 본) 호떡의 아내는 나와서 나를 보고 얼굴이 새빨갛게 되며 어떻게 왔느냐고 물었다. 잠깐 무슨 부탁할 일이 있어서 왔노라니까 그는 얼굴을 더욱 붉히며 들어

오라고 자기의 방으로 인도하였다.

"O군(호떡)한테서 편지나 옵니까?"

"하, 한 번 왔어요."

그는 숨찬 듯한 소리로 대답하였다. 자기가 이전 한때 대단히 사모하였지만 그때는 아는 체도 안 하던 사람이 지금(남편이 어디 가 있는) 갑자기 혼자서 찾아온 것이 그의 마음을 대단히 격동시킨 듯하였다.

"재미있게 지내노랍디까?"

"네, 퍽 재미나다구요. 선생님은 왜 안 가셨어요?"

"나요?"

나는 그의 얼굴을 피하여 방바닥을 내려다보면서 대답하였다.

"가면 무얼 합니까? 온정 안 가도 몸이 철석(鐵石) 같은데…… 신혼 생활이 재미가 어때요?"

즉 그는 이제라도 얼굴에서 피가 쏟아지리만큼 새빨갛게 되며 머리를 수그리고 말았다. 나는 재미스러워서 한 마디 더 보태어 보았다.

"O군은 비길 데 없이 재미난다는데요."

그의 머리는 더욱 수그러졌다. 머리를 넘어서 보이는 목까지 새빨갛게 되었다. 보이지는 않았지만 눈에서는 부끄러워서 눈물이 나오려고 하는 것까지 알았다. 나는 이 사기(邪氣) 없고 사랑스러운 어린 여인을 너무 부끄럽게 한 것을 깨닫고 나의 요구를 말하였다.

"그런데요, 오늘 갑자기 와서 뵌 것은 좀…… 이상한 청구를 하려구 그랬는데요……"

"네……"

좀 있다가 모기 소리만한 그의 소리가 들렸다.

"O군 호떡한테 보낼 편지 봉투 하나 써 주십쇼. 딴 친구에게 뵈지 않아야 할 O군과 내 비밀 편지가 있는데 봉투에 내 이름이나 내 필적으로 보내면 함께 있는 친구가 뜯어 볼지도 모르겠습니다. 그래서 오늘……."

그는 내 말을 채 듣지도 않고 머리를 수그린 대로 문갑에서 꽃 봉투를 하나 꺼내어 예쁜 필적으로 하나 써서 나를 주었다. 나는 그것을 받아 가지고 한 두어 마디 이야기를 더 하고 일어섰다.

"큰 수고는 아니겠지만 폐 끼쳤습니다. 나가서 편지를 부쳐야겠습니다.…… 애라 씨는 참 행복이외다. O군(호떡)도 행복이고…… 좋은 그 지아비와 좋은 그 지어미를 맞고…… 결혼한 뒤에 후회 안 하는 사람이 쉽지 않은 가운데……."

나는 말을 중도에서 끊고 그 집을 나섰다.

10

이틀 뒤에 호떡에게서 회답이 왔다. —— 간단하지만 요령을 얻을 만한 편지 —— 였었다. 그 편지에 의지하면, O는 깨어 있는 동안은 온갖 애를 다 써서 쾌활한 듯이 보이려고 물론 웃기도 하나 성도 잘 내어서 여관 하녀들은 그를 무서워한다 하며, 밤에는 잠을 대개 잘 못 자며 음식도 잘 못 먹고, 서울로 돌아가고 싶은 생각은 어떻게 보면 없는 듯하고 어떻게 보면 있는 듯하여 알 수가 없고, 간혹 아내의 이야기가 나오면 무섭게 성을(예를 들자면 어떤 날 호떡이 우연히 그 이야기를 하매, 그는 두말 없이 앞에 놓였던 찻잔을 호떡에게 던진 일이 있다.) 잘 낸다 한다.

나는 이 편지를 보고 O의 성격으로는 그럴 듯한 일이다 하였다.

11

나는 O의 아내도 동래 온정으로 보내려 하였다. O에게 물어 보면 물론 싫다고 할 일이었었다. 아내가 가 있으면 그는 그 꼴을 보기도 싫다고 할 것이었었다. 그의 아내로서 만약 간부(奸婦) 타입으로 태어나서 그에게 잘 아양을 부리면 —— 여니와 성나는 일이 있으면 같이 우둘거리는 아내가 같은 온정에 있다가는 O에게는 역정나는 일에 다름없을 것이었다.

그러나 아내를 서울에 내버려 둔 뒤에, 혼자 받는 시기와 괴로움에 비기건대 오히려 그편이 참을 수 있지 않을까?

그의 아내를 A씨에게서 떼려는 것도 목적의 한 가지겠지만, O 그를 무서운 시기의 불길에서 증오의 권내(圈內)로 구원하여 올리는 것이 더 급한 일이었었다. 한 사람을 한 사람의 증오의 대상물이 되게 하려고 한다 하는 것은, 어떻게 보면 잔혹한 일이라 할 수 있지만, 한 귀한 사람을 구원키 위하여 한 변변치 않은 사람을 희생하는 것은, 결코 그른 일이 아니라 생각한다. 더구나 O를 이와 같이 아프게 한 것은 그의 아내 그가 아닌가. 나는 곧 O에게 편지를 썼다.

자네의 아내를 만나니 그는 자네 있는 온정에 데려다 달라네. 자네는 그를 미워하는 모양이나 그가 자네의 안부를 들어 물을 때에 나는 눈물까지 흘렸네. 불쌍하지 않나? 근터리 없는 공연한 시기로써 자네는 그를 몇 달을 괴롭게 하였다. 게다가 온다 간다 말도 없이 혼자서 외따른 데 가 있으니깐 그인들 오죽 마음이 아프겠나. 내일 데리고 갈 게 잘 사랑하여 주게.

12

이튿날 아침에 나는 첫째로는 O의 아내가 나가기 전에, 둘째로는 차 시간에 꼭 맞게 찾아가려고 아홉 시쯤 그 집을 찾아갔다.

아침 밥을 방금 끝낸 그는 놀라는 듯한 수줍은 듯한 얼굴로 나를 맞아서 O의 그 전의 화실로 데리고 들어갔다. 나는 교자에 앉지도 않고 곧 그에게 지금 O가 어디 있는지 아느냐고 물었다.

"모르겠어요. 며칠 전에 선생님과 나가신 뒤엔 일체 소식도 없고……."

"지금 동래 온정에 가 있습니다. 오늘 봉선 씨(그의 이름) 좀 온정으로 보내어 달라고 전보가 왔어요. 아마 혼자서 외로운 모양이지요."

나는 그의 얼굴에 나타나는 표정을 하나도 넘기지 않으려고 주의하면서 이렇게 말하였다. 그의 예쁜 얼굴에는 아무 표정도 나타나지 않고 눈만 껌벅껌벅하고 있었다.

"온정, 가 있기 좋지요. O군도 기다리는 모양이니깐 가 보시게 하십시오."

"이삼 일 내로 가게 되면 가지요."

그는 방긋 웃으면서 이렇게 대답하였다.

"이삼 일 내? O군한테서 편지가 아니고 전보로 한 걸 보면 이제 곧 떠나는 편이 좋지 않아요? 한 시간쯤 뒤에 남행 열차가 있는데 그 차로……."

“그래도……:”

“그래도 일이 있단 말씀이어요? 여행 준비를 못했단 말씀이어요? 일이 있으면 내가 대신으로 맡으리다. 여행 준비는 머 여행 가방에 화장구나 하고 옷이나 한 벌 더 가지고 가면 그뿐이지요. 그 손가방……:”

하면서 나는 그가 무슨 말을 할 틈이 없이 저편으로 가서 O의 자그마한 손가방을 갖다가 그의 앞에 벌려 놓은 뒤에 차 시간이 바쁘다고 그를 부리나케 재촉하였다.

그는 내가 덤비는 바람에 정신이 절반은 빠져 나간 모양이었다. 아무 대답이나 반항이 없이 저편 방으로 가서 향수랑 분이랑 그런 것들을 무슨 낡은 곽에 담아 가지고 왔다. 나는 그것을 빼앗듯이 하여 차례로 손가방에 넣은 뒤에,

“자, 옷 갈아입고 가지고 갈 옷도 한 벌 가지고 오십시오.”

하였다. 그는 다시 나갔다. 나는 그의 뒷모양을 보고 한 번 씩 웃고 속으로 중얼거렸다.

‘어때? 음? 무엇이 무엇인지 모르겠지? 서울을 떠나기가 싫어?’

좀 뒤에 그는 옷을 갈아입고 한 벌을 손에 들고 돌아왔다. 그러나 그 옷을 받으려고 내가 손을 내어밀매 그는 손을 훔치며 또 시작하였다.

“참말, 오늘은……:”

“오늘은 못 떠날 일이 있어요? 이전에 O군은 제게 가장 긴한 일을 내게 늘 위탁하고 했습니다. 난 결코 남의 비밀을 누설치 않는 사람이어요. 봉선 씨는 O군만큼 날 신용치 않습니까? 그렇진 않아요? 그렇지 않으면 왜 모든 뒷일을 내게 위탁하고 곧 떠나시려 안 합니까? O군이 기다릴 생각도 해야지요. 자 옷 이리 주십쇼.”

나는 그의 옷을 받아서 가방에 넣은 뒤에 그에게 모든 열쇠를 받아서 각 문을 다 채운 뒤에 가방을 들고 그와 함께 그 집을 나섰다.

우리는 하마터면 기차를 못 탈 뻔하였다. 부리나케 기차표를 사 가지고 기차 안에 들어가 앉을 때에 기차는 벌써 고동을 틀었다. 나는 안심의 한숨을 쉰 뒤에 맞은편에 앉아 있는 그를 보았다. 예쁘기는 하지만 아무 표정도 없는 그의 눈은 뜻없이 나의 어깨에 향하여 있다.

'내 천려(千慮)의 일실(一失)이로다. 내가 너를 잘못 보기 때문에 나의 가장 사랑하는 O를 오늘날 이렇듯 괴로운 경우에 빠지게 하고 또 너까지 한 희생물이 되게 하누나. 너도 한 비극의 주인공이다.'

나는 고즈너기 주머니에서 담배를 한 개비 꺼내어 붙여 물었다.

13

밤이 들어서 기차는 부산에 닿았다.

O의 아내는 기차를 내리면서 매우 싱거운 웃음을 한 번 씩 웃으면서 나를 쳐다보았다. 나는 날카로운 눈으로 힐끗 그를 본 뒤에, 그의 눈을 피하여 머리를 돌리고, 앞서서 정거장 밖으로 나왔다. 온정 가는 손님을 기다리는 자동차가 서너 대 어두운 정거장 앞에서 손님을 기다리고 있었다. 나는 그를 끌고 그 자동차 가운데 한 대에 올라탔다. 자동차는 몇 사람을 더 태운 뒤에 부산 정거장을 떠났다.

이리하여, 우리들의 자동차가 O와 호떡이 묵어 있는 B관(館) 앞에 이른 때는, 여관의 손님들은 벌써 자는지, 대단히 여관은 조용하였다. 나는 먼저 자동차를 뛰어내려서, 맞으러 나오는 하녀들을 밀어 버리고, 달음박질하다시피 O가 묵어 있는 구호실(九號室)로 갔다. O는 이

불 속에 드러누워서, 눈만 껌적껌적하고 있다가, 제 방으로 안내도 없이 뛰어 들어오는 어떤 침입자를, 펄떡 놀라며 돌아보았다.

"O, 나일세."

"응? 아! 언제 오셨습니까?"

"시방 오는 길이네. 내 편지 봤지? 자네 부인도 동행이네. 일어나서 부인이나 맞게."

그는 희끈 머리를 돌려 버리고 말았다. 그의 눈은 대단히 낭패한 듯이 한 군데 머물러 있지 않고, 담벽에서 천장으로, 천장에서 후스마(사잇문)로 왔다갔다 하였다.

"우리 처요?"

"음!"

잠시도 한 군데 머물러 있지 않고 왔다갔다하던 그의 눈은, 잠깐 담벽과 천장의 모퉁이에 머물렀다가 고즈너기 나에게로 구을러 왔다.

"무얼 하러……?"

"무얼 하러? 아내가 남편께로 왔는데 무얼 하러?"

나는 정다운 듯하고도 날카로운 눈으로 그를 흘겼다. 그의 눈은 다시 낭패한 듯이 저편으로 달아났다. 그러나 그의 눈에 나타난 분노의 불덩어리를, 나는 거저 넘기지 않았다.

그의 얼굴에 각각으로 나타나며 변하는 모든 표정은 모두 내가 미리 생각하였던 바와 같은 것이었었다. 시방 그의 얼굴에 나타난 노여움은, 결코 나의 행동이나 혹은 아내의 동래 출현에 대한 노여움이 아니었었다.

'이맛 때 무슨 면목으로!'

그의 성난 눈은 이렇게 소곤거리는 듯하였다. 그러나 나는 그 눈 속에 감추어 있는 (작으나마) 안심의 빛을 또한 발견하였다.

"여기외다."

나는 홀로 향한 장지를 열고, 저편에서 하녀의 인도로써 이리로 오는 O의 아내에게 손짓을 하였다. 그는 전등 불빛에 눈을 가리우며, 저퍼하는 듯한 모양으로 O의 방 앞에까지 와서 머물렀다.

"O, 일어나서 환영하세. 자, 들어오시지요."

O의 아내는 얌전한 태도로 손을 읍하고 들어왔다. O는 한순간 힐끗 제 아내의 얼굴을 본 뒤에 눈을 감아 버렸다. 그냥 드러누운 대로.

그들의 침묵의 연극은 잠시 동안 연속되었다. O의 숨소리도 자못 높았으나, 그의 아내의 숨소리도 또한 고즈넉지는 않았다. O는 자기의 아내에게 원망의 한 마디라도 하고 싶은 듯하였다. 그의 여윈 눈꺼풀 아래서는, 눈알이 방향 없이 구으르고 있었다.

나는 잠깐 그들의 행동을 엿보다가 입을 열었다.

"자 앉으시지요. 피곤하실 텐데…… O도 일어나 앉게. 그러구 호떡은 어느 방에 있나?"

"여기 있네."

내 말이 떨어지자, 곁방에서 응얼거리는 소리가 들렸다.

"결혼 일 주년 기념 여행? 좋지!"

나는 그들에게 들리도록 중얼거리고 호떡의 방으로 건너갔다.

14

사흘 지나서 나는 그들 부처를 남겨 두고, 호떡과 함께 서울로 돌아왔다.

그러나 이것으로 나의 의무는 다하였을까?

대단히 아파하는 병인에게 아편 주사를 하는 것은, 고식적 치료법은 될지라도 결코 온건한 치료법은 안 된다. 임시로 아픔뿐을 멈춘단들 무엇 하랴? 그 뒤에 다시 일어날 아픔은 결코 덜게 할 수는 없지 않은가?

그들 부처를, 온전히 A씨라는 사람이 없는 세상에서 생활케 하면 모를 일이려니와 그렇기 전에는 그들 사이에 잠겨 있는 병의 뿌리는 언제까지든 남아 있을 것이었었다.

A씨와 O의 아내의 관계가, O와 아내가 결혼한 뒤에 생겼는지, 혹은 그 전부터 있었는지, 그것은 그리 탐색할 필요가 없다. 그러나 좀 천치에 가까운 O의 아내로서 보드랍고 나약하고 애상적인 O의 사랑에 만족지 못하였을 것을 짐작할 수가 있다. 그로서 만약 한때라도 자기의 지아비를 O를 사랑하였다 하면, 무엇이든 한 번 시작한 뒤에는 결코 겨움증이 안 생기는 성격의 주인인 그인지라, 어떤 장해와 괴로움이 있을지라도 결코 마음 변할 리는 없을 것이었었다.

그와 동시에, 그 반대의 경우도 또한 생각할 수가 있다.

그러한 O의 아내를 A씨에게서 떼어서 O에게 보낼 수는 도저히 없는 일이다.

그러면 어떤 방책을 쓰나?

'봉선이를 죽여 버릴까?'

물론 O를 이렇듯 괴롭게 한 그의 아내를 죽여 버리는 것은 한 복수는 되겠지만, 그것이 과연 얼마나 중한 일일까? O의 마음 속에 찍히어 있는 시기와 노여움은 영구히 사라질 길조차 없는 것이 아닌가? 피어 오르려던 젊은 순을 잘라 버린 O의 아내는, 그 잘라 버린 순이 다른 곳으로라도 뻗어 나아갈 길을 만들어 놓을 의무가 있다. 그를, 그 길을 닦아 놓기 전에 죽여 버리면 도저히 안 된다.

'그럼 A씨를 죽일까?'

더욱 안 될 일이었었다. 만약 A씨가 불의에 죽어 버리면, 그(O의 아내)는 만날 소복하고 A씨의 무덤에 가서 울기라도 할 만치 어리석고도 정직한 계집이다. 그러면 그것은 아직껏 확실히 알지 못하던 O에게, 자기의 아내의 사랑하는 사람이 A씨임을 가르치는 일에 지나지 못할 것이다.

'마지막으로 사내와 계집을 다 죽이나?'

그러나, 그것은 무엇 할까? 그것 또한 O의 머리에 영구히 '의심'을 남겨 두는 재미 없는 일에 지나지 못한다.

'그러면 어쩌나? 이 일은 내게는 넘치는 일인가?'

나는 온갖 경우를 생각하여 보았지만, 온갖 경우에 다 해결할 길을 얻지 못하였다.

15

내게 만약 아내라는 것이 있고, 내가 지금 O의 처지에 이르렀으면, 나는 그 일을 처치하여 나아갈 여러 가지의 방책을 쓸 수가 있다.

'암도야지는 숫도야지에게로 가라.'

이 한 마디로 이혼하여 버리는 것도 한 방책이다.

그렇지 않으면 온갖 지혜와 재간을 다 부려서 아내의 마음을 애부(愛夫)에게서 떼어서 내게로 돌리게 한 뒤에, 아내가 마음껏 나를 사랑하게 되었을 때에, 한 발로 아내를 차던지는 것도 한 방책이다.

이렇듯, 나는 이러한 경우를 당할지라도 결코 걱정이 없으되, O는 그렇게 볼 수가 없었다.

나는 O를 위하여 걱정하였다. 언제든 잠들려는 마음으로 드러눕기만 하면, (그것이 아침이든 낮이든 저녁이든) 마음대로 잘 수가 있던 나도, 지금은 때때로 밤에도 잠이 못 들 때가 있었다. 모든 몸의 피곤함이 눈에 모여서 깜박 잠이 들려다가도 'O' 한 마디가 번쩍 생각나면서 그냥 잠이 깨어서 세 시간 네 시간을 담배를 피우며 눈을 껌벅거리는 일이 간간 생기게 되었다. 음식을 먹다가라도 젓가락을 쥔 채로 눈이 멀거니 한참씩 앉아 있는 일도 생기게 되었다. 전차를 탈지라도 내릴 정류장을 거저 넘기는 일이 흔히 있게 되었다.

나는 나의 양심이며 O를 위하여서 뿐 아니라, 나의 건강을 위하여서도, 하루 바삐 O의 일을 어떻게든 바로 펴놓지 않으면 안 되었다.

그러나 어찌할까? 백 가지로 천 가지로 생각하여 보았지만, 나의 힘뿐으로써는 어찌할 수가 없었다.

그러나 O에게, 자네의 아내의 러브가 A씨라고 가르쳐 주면 어찌될까? 나는 그 뒷일을 틀리지 않게 짐작할 수가 있다. 아직껏 자기의 아내의 품행이 나쁘다는 온전한 증거를 그가 잡지 못하였기에 여망이 있지, 그것만 그가 알 것 같으면, 그는 다시는 여망 없는 바보가 될 것이다.

그를 가장 안전하게, 이 무서운 시기의 구넝넝이에서 끌어올릴 방책은 과연 어떤 것일까? 나의 머리도 더욱 어지러워졌다.

<h1 style="text-align:center">16</h1>

동래서 서울로 돌아올 때에, 나는 그 B관(館)의 그 중 영리하게 보이는 하녀를 하나 몰래 찾아서 돈 십 원을 내어 주고, O부처의 지나

는 모양을 간간 통기[7]하여 달라고 부탁을 하였다.

그 편지가 오늘 이르렀다. 그 통기에 의지하면, 그 부처는 그리 이야기도 서로 안 하고, 뚱뚱 부은 듯이 지난다 한다. 그리고 '생소한 사람들끼리와 같이 서로 밥을 전하며, 목욕도 각각(가족탕에서 하지 않고) 따로 한다' 하였다.

'한동안은 마음을 놓을 수가 있지.'

나는 그 편지를 봉투에 집어넣으면서 씩 웃었다.

17

크리스마스가 가까운 어떤 날이었었다. 나는 이 날 책방을 보는 T군에게 돈을 좀 물어 줄 것이 있으므로, 은행에 잠깐 들러서 돈을 찾아 가지고 T군의 책사로 갔다.

들어가서 점원에게 T군을 찾으니 T군은 손님과 같이 안방에 들어갔다 한다.

"손님? 누구요?"

"A씨예요."

"A씨."

나는 깜짝 놀랐다. 그리고 A씨를 만나기가 싫어서 도로 나가려 할 때에, 안에서 T군의 소리가 들렸다.

"그럼 A씨, 이따가 저녁이고 내일 아침이고 다시 한번 들러 주세요."

---

7) 통기(通奇) — 통지(通知).

"네, 꼭 부탁합니다. 자, 이젠 추운데 들어가시지요."

나는 이 굵은 소리에 뜻하지 않고 돌아보았다.

'화장(火葬) 가마에 들어가서 한 절반은 타져 나온 얼굴…….'

이것이 이전 그 호떡이 A씨의 얼굴을 형용한 말이었지만, 어두운 곳에서 쑥 나오는 A씨의 얼굴은 그 호떡의 형용이 오히려 부족하다는 느낌을 안 받을 수가 없었다. 몸이 여섯 자에 가까운 대남자(大男子)로, 얼굴이 끝까지 검고, 우둘투둘하고, 그 시꺼먼 얼굴 가운데 하얗고 커다란 두 눈이 빛을 받아서 어른거린다. 전설에 나오는 '거인(巨人)'은 이러한 것이 아닐까? 나는 아직껏 어떠한 사람 앞에서든 우월감은 느꼈지만 위압감(威壓感)을 받아 본 적이 없었는데, 이 A씨 앞에서는 나의 어깨가 저절로 쭈그러지는 것을 깨달았다. 좀 바보인 듯한 O의 아내와 같은 여편네가, O의 센티멘털한 부드러운 품에서 이 힘있고 의지할 만한 거인의 굳센 품으로 돌아오는 것은, 결코 이상한 일이 아니겠다. 나는 힘있는 발자국으로 걸어가는 그의 뒷모양을 몰래 돌아보았다.

"야! ○○씨, 언제 오셨어요?"

A씨를 보낸 T군은 나를 보고 찾았다. 나는 목례를 하고, 그와 함께 그의 안방으로 들어갔다.

"이제, 그이가 A씨지요?"

나는 앉으면서 곧 주인에게 물어 보았다.

"네!"

"어이구 무서워!"

나는 엉청스럽게 몸을 한 번 떨었다.

"밤에 외딴 길에서라도 만나면 상길하겠는걸."

"하하하하하!"

주인은 쾌활히 웃었다.

"A씨와 오래 전부터 아셨습니까?"

"네, 한 삼사 년 전부터예요."

"간간 여기 옵니까?"

"자기 일이나 있으면 매일도 오고, 그렇지 않으면 수삭을 안 올 때도 있고……."

"그럼 오늘은 일이 있는 모양이외다그려."

"네, 뭐 돈이 좀 쓸 데 있다나요."

"돈, 그런 사람에게도 돈의 필요가 있을까? 밤중에 길 모퉁이에 서 있기만 하면, 지나가는 사람이 저 혼자서 돈을 놓고 달아날 터인데."

"하하하하!"

주인은 또 쾌활히 웃었다.

"뭐 기생의 해의채라도 준답디까?"

"옳은 말씀이외다. 그 비슷한 데 쓸 모양입니다."

"그럼 그 준비금인가요?"

"아니 온정을 간다나요."

"온정?"

나는 갑자기 얼굴에 솟아오르는 핏기운을 억지로 누르면서 물어 보았다.

"네, 동래인가를 간답니다."

"기생이라도 데리고?"

"하하하하! 우습지요. 어떤 가련한 여자를 구원하러 간다나요."

"하하하하! 구원?"

나도 억지로 소리쳐서 웃었다.

"네, 남편한테 학대받는 어떤 가련한 여자를 구원 간다고요. 좌우간,

A씨의 일이니깐, 어떤 유부녀와 관계나 하여 놓고 그 여편네가 온정
에 가 있으니까 뒤쫓아가는 모양이지요. 돈 백 원만 꾸라구……."
　"품행이 그리 나쁩니까?"
　"A씨 말이에요? 뭐 더 말할 수 없는 사람이지요. 여편네라기만 하
면, 친구의 아내구 친척의 아내구 혹은 여학생이구 과부구 구별을 안
하지요. 지금까지도 몇 번 문제가 났었는데…… 어떻든 주변은 좋은
사람이에요. 문제가 일어날 때마다 여기저기로 돌아다니며 운동해서,
매번 슬쩍 삭이고 말지요. 천재 연애 기술사라고나 할까요."
　"내게도 그런 천재가 좀 있으면……."
　나는 머리로는 딴 생각을 하면서 입으로만 대답하였다.
　그러나 이 문제를 어떻게 해결하나? 이제 A씨가 텀벙 동래로 뛰쳐
갈 것이면 그야말로 만사는 끝나고, O는 다시 일어서지 못할 사람이
되고야 말 게다. 나는 어떻게 하여서든 A씨와 O의 아내를 당분간 O
의 눈앞에서 만나지 않게 하지 않으면 안 되겠다. 나는 머리를 돌이키
고 T군에게 물었다.
　"온정은 언제 간답디까? 나도 좀 가 있을 생각이 있던 차에, 가게
되면 A씨와 같이 가서 희극의 한 막이라도 구경했으면 좋겠는데요."
　"오늘 저녁이구 내일 아침이구, 돈만 생기면 살 모양입디다."
　"돈 주셨습니까?"
　"손에 돈이 없어서 저녁에 오라고 그랬지요."
　나는 뜻하지 않고 안심의 한숨을 내어쉬었다.
　"저, 그 돈은 나한테 받으시면 주실 작정인가요?"
　"뭐, 그뿐두……."
　T군의 말은 '그뿐도 아니라'지만, 나는 그의 눈치로써 내게 받은
돈으로써 A씨에게 꾸어 주려던 것을 알았다.

"만약 나한테 받은 돈으로 주실 작정이었더면 참 미안하게 됐습니다. 내게도 돈이 오늘은 꼭 될 줄로 믿었더니, 하루가 연기돼서 내일이 아니면 안 되게 됐습니다. 뭐 A씨한테 하루만 더 기다리라지요."

나는 천연스러이 머리를 들고 T군을 바라보았다.

"그럼요, A씨두 하루야 기다리겠지요. 그럼……."

"내일은 꼭 됩니다…… 가만 계십쇼. 내일 내가 직접 A씨한테로 백 원만 보내지요. 네? 천만에, 수고는 무슨 수고요. 이리로 가져오거나 A씨에게로 가지고 가거나, 가져가기는 일반이니깐요. 그럼 이따가 A씨가 오거든, 내일 아침 꼭 아홉 시에 내가 A씨 댁으로 돈을 가지고 갈게, 어디 출입하지 말고 기다려 주면 좋겠다고, 말씀 좀 들려 주십시오. 그런 호걸과 이야기라도 한 번 해 볼 겸……."

"하하하하! 호걸? 참 호걸이에요."

나는 T군과 이야기를 몇 마디 더 한 뒤에 그 책방을 나섰다.

18

'전보를 하나, 편지로 하나?'

나는 T군의 집을 나서면서 생각하였다.

O를 어떻게 하나? 물론 A씨의 동래행을 막지 못할진대, O부처를 서울로 데려라도 와야겠다. A씨가 서울서 기차를 타는 동시에, O부처는 부산서 기차를 타게 해야겠다.

'무얼, 무대 감독이 이 나인데…… 여러분, 이 무대 감독 ○○씨가 지휘하는 일장의 희극을 보아 주십시오. 사건이 교묘하게 끝이 나거든 박수 갈채를 원합니다. 닭 쫓던 개 모양으로 지붕만 쳐다볼 A씨.

무의식(無意識)히 일장의 희활극(喜活劇)을 연출할 O. 자, 어떻습니까?'

나는 입으로 휘파람을 불면서 우편국으로 향하였다. 십여 분 뒤에는 동래 O에게 나의 병이 위급하니 부인 동반하여 오라는 말과, 떠날 때에 내게 전보를 치라는 전보를 종로 우편국에 넘겼다.

19

이튿날 아침 벌떡 일어나면서 사환애에게 어디서 전보가 안 왔느냐고 물으니, 아무것도 없다 한다. 나는 그를 방 안에 불러들여서, 이제 A씨라는 손님이 오시거든, 나는 '어디 돈 갚을 곳이 있어서 나갔다'고 하라고 부탁을 한 뒤에 조반을 먹었다.

A씨는 기다리다 못하여 열한 시쯤 왔다. 나는 문틈으로 사환애와 이야기하는 A씨를 내다보면서 웃고 있었다. 사환애에게서 돈 갚으러 갔단 말을 듣고 A씨는 곧 돌아서 나갔다. 나는 담배를 붙여 물고 A씨의 뒤를 밟았다.

무엇 하러 밟았는지는 나도 모른다. 나는 디만 호기심으로 그의 뒤를 보이지 않으리만큼 따라갔다.

A씨는 잠깐 자기 집에 들러서 행랑아범과 두어 마디 이야기를 하더니 다시 길로 나섰다.

'흥, 이번은 T군의 책방이로구나.'

나는 모른 체하고 A씨의 집까지 가서 이리 오너라고 찾았다. 이전에 한 번 본 일이 있는 아범이 눈을 껌벅거리며 나왔다.

"A씨 계신가?"

"방금 조, 조리로 가셨지요."

"어디루 가셨는지 모르겠나?"

"그건 모릅지요만 쫓아가시면 만납니다."

"응, 돈 좀 갚으러 왔는데…… 오후 두 시에 다시 오지."

나는 돌아섰다.

나는 곧 여관으로 돌아와서 전보 온 것이 없느냐고 물었다. 역시 아직 안 왔다 한다.

어쩐 셈인가? 옳게 생각하자면 어제 저녁에 떠난다는 전보가 이르러야 될 것이었다. 그것이 오늘 아침은커녕 아직 안 온 것은 어쩐 셈인가? A로 하여금 오늘 오후 두 시까지는 나의 돈을 기다리게 하여 놓았다. 그러나 그때까지 내가 그를 피하면, 그는 나의 돈을 믿지 않고 다른 곳에서 변통하여 가지고 오늘 밤차로 내려갈지도 모르겠다. O로서 만약 그때까지 부산에 있기만 하면 나의 모든 계획은 틀려 버린다.

'O! 왜 안 떠나! 바보, 엣, 자식!'

나는 다시 담배를 한 개 피워 물고 힘껏 성냥을 땅에 던지며 여관을 나섰다.

원래 낙관적으로 생기고, 무슨 계획이든 하여 놓기만 하면, 성사되는 경험뿐을 가지고 소위 '불성공'이라는 것을 알지 못하는 나는, 이러한 불가항력이라도 옳을 만한 착오를 만나 놓으면, 어찌 처치하여야 할지 머리가 섞바뀌고 만다. 어떻게 할까? 나는 정처 없이 본정에서 명치정으로, 명치정에서 황금정으로, 남대문통으로, 또 다른 곳으로 헤매었다. 체부는 편지며 전보를 돌리고들 있다. 그러나……. 나는 자동 전화에 뛰쳐 들어가서 여관에 전보가 안 와 있느냐고 물었다. 아직 안 왔다 한다. 낮 열두 시.

한 시가 되었다. 전보는 아직 안 왔다.

나는 어떤 자그마한 카페에 들어가서 점심을 먹고 또 전화로 물어 보았다. 아직 안 왔다. 나는 카페에서 나왔다.

'바보! 바보! 너는 너 스스로 자멸의 길을 취하는가? O! 어서 떠나라!'

아침부터 흐리던 날은 마침내 눈을 퍼붓기 시작하였다. 그러나 나는 A씨에게 들킬까 봐서 여관에도 못 돌아가고 거리 거리를 헤매었다.

두 시가 지났다. 세 시도 이르렀다. 즉 그때에 나는 내 여남은 칸〔間〕 앞에 묏더미와 같이 커다란 몸집을 분주히 움직여 가는 A씨를 보았다. 나는 담배를 내어 던지고 (마치 퍼붓는 눈을 피하려는 듯이) 모자와 외투 목으로 얼굴을 가리고 그의 뒤를 밟았다.

벌써 세 시라고, 저편에 보이는 한성 은행도 덧문을 닫으려 하고 있었다. 그 앞까지 분주히 가던 A씨는 뛰어가서 그(덧문을 닫으려는) 급사를 밀었다. 급사는 반항하였다.

"어서 닫아라! 닫아라!"

나는 거의 소리까지 내며 급사에게 손짓을 하였다. 그러나 마침내 A씨는 은행 안으로 들어갔다.

"아아!"

나는 실망의 탄성을 내었다. 무슨 불행이냐! 모든 일이 순서대로 되어 나가는데 마지막에 이르러서 이런 불행이 어디 있나? 일 분, 그렇다! 그 마지막 일 분이 이런 불행을 낳았다.

나는 얼빠진 듯이 은행 모퉁이에 서 있었다. 잠깐 뒤에 A씨는 나왔다. 나는 눈을 딱 바로 뜨고 A씨의 얼굴을 보았다. 실망이냐, 기쁨이냐. A씨는 저편으로 태연히 걸어갔다. 그의 얼굴에는 실망이며 기쁨의 아무 표정도 나타나 있지 않았다. 묏더미와 같은 몸집을 움직여서

가는 A씨의 얼굴은, 다만 이 흐리고 눈 오는 날이 성가신 듯할 뿐이
었다.

20

날이 저물면서 아직껏 오던 눈은 부스럭비로 변하였다. 전등도 이
젠 모두 켜졌다.

그러나, 나는 그래도 여관에도 안 돌아가고 거리 거리를 헤매었다.
물론 어디든 들어가서 쉴 곳이 없는 바는 아니다. 그러나 나의 설렁거
리는 마음은 잠시도 쉴 수가 없이 몸을 끄을고 다녔다.

여섯 시도 지났다. 나는 이젠 전보 일도 단념하고——아니, 바로 말
하자면 O의 일도 온전히 잊어버리고, 다만 무슨 커다란 '실패'에 넘
어진 것 같은 무거운 마음으로 머리를 수그리고 비를 맞으면서 돌아
다니고 있었다. 나는 무겁고 피곤한 다리를 무교 다리에서 쉬었다. 비
는 그냥 부스럭부스럭 내린다. 비 때문에 젖은 난간에 팔을 의지하고,
나는 정신 없이 다리 아래를 내려다보았다.

'바보, 바보! 이 세상에 O와 같은 바보는 다시 없으렷다.'

그러나, 이 나로 말하더라도 어지간한 바보 —— 였었다. 자기의 역
량을 너무 심하게 믿는 나는, 이 세상에는 나의 힘으로도 당치 못할
'되어 가는 대로의 힘'이라는 것을 몰랐다. O의 아내와 A씨가 만나
게 되어? 그런 일은 제 이의 문제이다. 첫째로, 나는 나의 계획이 모
두 깨어져 나간다는 파천황[8]의 일을 처음으로 발견하였다. 동시에 나

---

8) 파천황(破天荒) — 이전에 아무도 하지 못한 일을 처음으로 함.

의 자존심은 모두 부스러져 나갔다.

즉 나의 자존심은 다시 분연히 머리를 들었다.

'무얼? 내 계획이 깨어져 나가? 그런 바보의 소리가 어디 있어? 이 세상의 모든 다른 힘을 짓부수고 내가 성공의 무대에 올라서는 것을 보아라. 오늘 밤 A씨가 부산으로 간다면 나도 따라갈 뿐이다. A씨가 O 일행과 만날 때는 나도 또한 O 일행과 만날 테다. 지금이 몇 신가?'

"난 모르겠시다. 해해해!"

뒤에서 황해도 여인인 듯한 대단히 젊은 소리가 날카롭게 나며 가브여운 발걸음 소리가 나의 뒤를 달아난다. 동시에,

"지랄할 것, 달아나깅 와 달아낭고?"

하면서 그 여편네를 따라가는 미투리의 소리가 질벅질벅 났다.

'되지 않은 것, 모르긴 무얼 몰라. 난 모든 것을 다 안다. 맨 마지막의 성공자는 암만 하여도 이 나밖에는 없을 것을. —— 전보가 왔으렷다.'

나는 난간을 떠나서 바삐 여관으로 돌아왔다. 나의 방으로 들어가려 할 때에 사환애가 전보를 한 장 내 손에 쥐어 주었다.

'내일 아침 출발. O.'

21

나는 시계를 꺼내어 보았다. 그리고 곧 A씨를 찾아보려 우산을 가지고 다시 나섰다. 만약 A씨가 정거장으로 갔으면 곧 돌아서서 정거장까지 나가 볼 작정으로……

A씨는 아직 떠나지 않고 집에 있었다. 초대면의 인사가 끝난 뒤에 그는 시커먼 눈을 휘두르며 나를 흘겼다.

"여보, 하루 종일 기다렸소."

"미안하게 되었소이다. 어느 친구네 집에를 갔다가 트럼프를 시작하기 때문에 그만 거기 정신이 팔려서 잊었습니다."

"당신의 도박 때문에 하루를 공연히 허비했소. 허허허! 어이가 없어……."

"아까 뉘 말을 들으니깐 은행에서 돈을 마련하셨다구요?"

"마련? 이 분 늦었다고 못했소이다."

나는 주머니에서 돈을 꺼내어 A씨를 주었다. 그는 그것을 받아서 헤어 보지도 않고 주머니 속에 잡아넣었다.

"세어 보시지요."

"뭐……."

"오늘 밤 떠나십니까?"

그는 시계를 꺼내어 보았다.

"내일 아침……."

"네, 그러면 평안히 다녀오시지요."

나는 그의 집을 나섰다. 내일 A씨가 떠난다 하면, O와 서로 중도에서 기차가 어긋날 것이었다. 그러나 만일에, 기차가 어기는 데서 서로 만난다 할지라도, 그런 것은 걱정이 없는 일이다. O의 아내가 반갑게 A씨에게 웃음을 던진단들 기차의 어기는 데서 만난 육촌 오누이의 인사가 어찌 (시기로) 마비된 O의 신경을 자극하랴. A씨는 역시 닭 쫓던 개일밖에는 수가 없을 것이었다.

나는 씩 웃으면서 우산을 폈다.

22

이튿날 저녁에 O의 부처가 왔다. 나는 잠깐 관격[9]으로 앓았노라고 핑계를 대었다.

또 이틀 지나서 닭 쫓아갔던 개인 A씨가 서울로 돌아왔다.

O는 잠시도 나의 곁을 떠나려 하지 않았다. 잠잘 때만 할 수 없이 집에 가서 자고는 깨기만 하면 곧 내게로 오고 하였다. 나도 또한 그를 혼자 두고 싶지 않았다. 내가 같이 있을 동안은 설혹 그의 아내와 A씨가 O의 눈앞에서 만난다 할지라도 (나를 두려워하여) 마음놓고 덤비지 못한다. 그러므로 O가 나와 같이만 있으면 제 아내의 수상한 점은 당분간 발견치 못할 것이었다. 더구나 슬픔으로 말미암아 온갖 기관이 마비된 그로서는 조그만 수상한 점이 있다 할지라도 거저 넘길 처지이니까…….

그러나 나의 눈으로서는 그는 너무도 참혹한 사람이었다. 언제든 정신 없는 듯이 눈이 멀찐멀찐하여 묻는 말에도 뚱딴지 대답을 하기가 에사이며, 불쌍하도록 모든 말을 순종 잘하는 사람이 되었다.

"거리에나 나가 볼까?"

"네."

그는 눈을 내리뜬 대로 대답한다.

"뭐, 추운데 그만둘까?"

"네."

---

9) 관격(關格) — 먹은 음식이 갑작스럽게 체하여, 가슴이 꽉 막히고 정신을 잃는 위급한 병.

"갑갑하니 무엇이나 하자나?"

"……."

"응?"

"네? 그저 형님 마음대로……."

"내 마음대로란? 자네 말하게."

"그럼(하면서 그는 눈을 휘둘러 본다.) 저기 저 트럼프라도……."

이전의 그는 결코 이러한 순종 잘하는 청년이 아니었다. 이런 광경을 볼 때마다 나는 속에서 흘러 나오는 눈물을 막을 수가 없었다. 동시에 A씨와 O의 아내에게 어떻게든 원수를 갚아야겠다는 결심은 나날이 굳어 갔다.

그러나, 옛적과 같이 일문이 몽치[10]를 들고 나서서 두 연놈을 쳐 죽일 수도 없는 바이며, 그들의 간통의 증거를 잡아서 검사국에 고소를 하자니 그것도 또한 O의 명예를 위하여 못할 일이 아닌가.

아니, 원수는 그만두고라도 O를 이전과 같이 어린애로 다시 만들 수가 있다 하면, 그것뿐이라도 하여야겠다.

나는 O의 상심한 여윈 얼굴을 들여다보면서, 언제든 그 뒤에서 비웃는 A씨와 O의 아내의 얼굴을 보았다. 그럴 때마다 나는 속으로 부르짖었다.

'O, 기다리게. 하나님은 옳은 자를 구원한다네. 설혹 하나님이 못 구원한다 할지라도 이 ○○는 꼭 구원해 줄게, 마음놓고 기다리게. 다만 시기네, 시기야. 엑, 짐승들…….'

---

10) 몽치 — 짤막하고 단단한 몽둥이.

23

해는 바뀌었다.

새로운 해를 맞은 이 도회는 잠깐 기쁨으로 욱 끓었다. 그러나 O의 상심한 얼굴에서는 조금의 빛도 발견할 수가 없었다.

어떤 날 아침, O는 나를 찾아와서 머뭇거리다가 이런 말을 물었다.

"형님, 바로 말씀해 주세요. 우리 처가 어떻습니까?"

나는 그의 얼굴을 보았다. 그리고 그에게 담배를 내어 주었다. 그런 뒤에 대답하였다.

"왜?"

"이런 생활을 이제 석 달만 더 하라면 죽는 편이 낫겠어요."

"자네, 누구한테 무슨 말을 들었나?"

그는 잠잠하였다. 그러나 잠시 지나서 그는 다시 입을 열었다.

"어젯밤 A씨가 왔는데 잔뜩 술에 취해서 날 들여다보면서 씩씩 웃고 있어요. 형님, 왜 웃었을까요? A씨는 무얼 아는 것 같아요."

"하하하하!"

나는 나의 눈물 나오는 얼굴을 그에게서 놀리면서 벌한 소리로 웃었다.

"O! 나는 아직껏 자네의 부인의 품행이 온전한 줄 믿네. 내가 모르는 걸 A씨가 어찌 알아. 나만 믿게. 나는 사내네. A씨보다 영리하고 지혜 있고 지식 있는 사람이네. 나만 믿게."

"그래도……."

"그래도 뭐야. 날 못 믿겠단 말인가?"

그는 다시 머리를 수그리고 말았다.

24

정월도 지나갔다.

나의 O에게 맡은 책임은 그냥 그 자리에 있어서 한 걸음도 진척 못 되었다.

나는 O를 다시 온양 온정으로 보내었다. 비통한 O의 얼굴을 만날 눈앞에 보는 것은 사실 나로도 견디기 힘든 일이었다.

(있으나 없으나 일반이겠지만, 그래도 조금 구속되던) O가 온양으로 떠난 뒤의 O의 아내의 행동은 더욱 못되게 되었다. A씨의 행랑아범의 말에 의지하면, 예쁜 아씨 한 분이 A씨의 집에 묵어 가면서 즐겁게 논다. O의 집을 찾아가면 언제든 행랑할멈밖에는 아무도 없었다.

잘들 놀아 두어라. 짐승들. 그러나 너희들이 잊어서는 안 될 점은, 사람이 짐승보다 지혜가 더 있다는 점이다. 마지막의 승리자는 사람 일밖에는 없다는 점이다.

나는 침을 탁 뱉으면서 이렇게 생각하고 하였다.

25

이월도 절반이나 지난 어떤 날, 나는 책방 보는 T군을 찾아갔다가, 거기서 우연히 A씨가 티푸스에 걸려서 위독하게 되어서 입원하여 있단 말을 들었다.

'이것이 시기다.'

그 말을 듣는 순간 나의 머리를 지나간 생각은 이런 것이었다.

조금이라도 그들(A씨와 O의 아내)의 생활 상태에 변동이 생기기만
하면 그것을 기회로 아직껏 그 자리에 있던 나의 책임을 다하려 하던
나는, 우연히 이른 이 기회를 거저 넘기지 않으려 하였다.

나는 곧 B의원에 전화로 A씨의 모양을 물어 보았다. 그리고 '힘써
는 보겠지만……' 이라는 대답을 얻은 나는 그 날 밤 집에 돌아와서
한잠을 이루지 못하였다.

물론 A씨나 O의 아내나 같은 사람인지라, 이 기회를 거저 넘긴다
할지라도 언제 다시 새로운 기회가 이르겠지만, 차차 타락경으로 빠
져 들어가는 O를 생각하면, 기회를 업수이 여길 수가 없었다.

하룻밤을 담배 여섯 갑으로 새우면서 나는 이제 연출될 일장의 비
극을 복안하여 놓았다. 그리고 이튿날 아침 온양 O에게 곧 서울로 돌
아오라는 전보를 놓았다.

이튿날 O가 돌아왔다. 나는 O의 아내에게 O가 오늘 온양서 돌아
온다는 기별을 한 뒤에 정거장에 나가서 O를 맞아서 곧 어떤 카페로
데리고 갔다.

26

술이 어지간히 취한 뒤에 나는 O의 어깨를 흔들었다.

"O, 내가 왜 갑자기 자네를 전보로 데려왔는지 알겠나?"

그는 힐끗 나를 보았다.

"알잖고요. 우리 처의 못된 짓을 발견하셨지요?"

"O, 흥분하지 말게. 아직 똑똑히는 모르지만, 좀 수상한 점이 뵈데.
자세히 듣게. 아직 똑똑히는 모른단 말이야."

그는 또다시 힐끗 나를 보았다. 그런 뒤에 다시 술을 잔에 부었다.

"O, 꼭 내 말을 듣고 내 명령을 복종하겠나? 흥분하지 않고 꼭 내가 말한 대로 실행할 수 있나? 있으면 맹세하게."

"……."

그는 머리를 끄덕였다.

"자네 가서 부인을 만나 보세!"

"예?"

그는 소리까지 내며 놀라면서 나를 쳐다보았다. 그의 눈에는 낭패한 빛이 떠돌았다.

"못하겠나?"

"그 개년을 만나면 무얼 합니까?"

그는 벽력같이 고함쳤다.

"흥분치 말래도 그냥 흥분하나?"

나는 그에게, 그가 이제 아내를 찾아가서 하여야 할 일을 천만 어로써 일러 주었다. 이제 아내를 찾아가서 잡담 제지하고 첫말로 모든 일은 다 증거가 나타났으니 자백하여 버리란 말과, 공연한 여러 소리를 하든지 흥분을 하든지 하면, 모든 (실행하려던) 계획은 물거품으로 돌아갈 테니까, 정신 차려서 흥분치 않도록 힘쓰라는 말을 열 번 스무 번 거푸 일러 주었다.

"자네에게 다른 일은 시키지 않겠네. 그 대신 그 일 하나는 책임 맡아 가지고 해야 하네. 자, 용기를 내어 가지고 해 보게. 자네의 일을 펴기 위해서 자네의 몫에 가는 역할은 자네가 책임 맡아 해야지 않나?"

그러나 그에게서는 아무 대답도 나오지 않았다.

"O, 못하겠나?"

나는 잠깐 기다리다가 물었다. 그에게서 역시 대답이 나오지 않았다. 그의 눈에는 눈물이 그렁그렁 괴었다.

"O, 똑똑히 말을 해! 하겠나, 못하겠나?"

즉 그는 이번은 내 말이 채 끊어지기 전에 고함치면서 벌떡 일어났다.

"가겠습니다. …… 가서 그년에게 물어 보고 대답이 변변치 못하면 이년을 죽이리다……"

"하하하하! 흥분하지 말게. 흥분했다가는 일을 그릇되게 하네. 자 나한테 맹세하게. 흥분하겠……"

"놓아 주세요."

그는 나를 뿌리치고 나가려 하였다.

"O, 자네 바보네, 바보야!"

"형님!"

그는 갑자기 내 팔에 늘어지면서 엉엉 울기 시작하였다.

"형님, 이런 분한 일은 내 평생에 처음이외다. 이런 수치가 어디 있겠습니까? 형님, 아이구 분해 분해. 참 이런 분한 일이……"

"나도 알겠네, 나도 알기에 내 침식까지 잊고 자네 일을 돌보아 주지 않나? 정신 차리고 내 말대로만 해 보게. 사, 흥분히지 말고 가서 부인을 만나 보게. 자 알겠나?"

"네!"

그는 목메인 조그만 소리로 대답하였다.

"그럼 잠깐 다녀오게. 그리고 가서 아까 말한 대로 하고 오늘 저녁 일곱 시에 식도원(食道園)으로 오게. 내 먼저 가서 기다릴게. 꼭 잊지 말고 와서 경과를 다 내게 알게 해 주게. 식도원 말이네. 그럼 가 보게."

나는 그를 내어보낸 뒤에 곧 전화실로 가서 전화로 O의 아내를 불러 내었다. 그리고 목소리를 잃어 죽어 가는 A씨처럼 하여 가지고,

"이제 O가 가서 무슨 일을 묻더라도 모른다고만 하라."

는 것과, O는 아무 똑똑한 증거는 못 잡았다는 말과, 지금 ○○(즉 나)가 이 병원 간호부를 매수한 모양이니 결코 병원으로 전화를 걸거나 찾아오지를 말 것과, 한 일 주일 이내로 퇴원할 수 있단 말을 O의 아내에게 말하였다.

그리고, 나는 한 번 씩 웃고 수파람을 불면서 그 집을 나섰다.

'여봅시오. 이제 전개될 ○○씨의 각색하고 감독하는 일장의 연극을 보아 주십시오. 희극이 될까, 비극이 될까, 활극이 될까는 미리 말하고자 아니 합니다. O와 그의 아내와 A씨 세 명 광대가 출연하는 이 연극은 마침내 막이 열렸습니다. 오늘 밤 늦어도 내일 아침으로는 이 일장의 큰 연극은 결말을 맺겠습니다. 결말이 상쾌하게 맺어지거든 박수 갈채를 원합니다.'

27

오후 다섯 시쯤하여 나는 호떡을 찾아가서, 오늘 밤 일곱 시에 식도원에서 O와 만날 약속을 하였지만 나는 무슨 급한 일이 있어서 인천을 잠깐 다녀와야겠으니, 내 대리로 식도원에 가서 O와 좀 있어 달라고 부탁하였다.

"내 열 시 차에는 꼭(개백장 치고) 올게, 그때까지만 어떤 일이 있든 O를 좀 식도원에 붙들어 두어 주게. 자네도 아는 바와 같이, 지금은 O를 잠시라도 내버려 둘 수가 없어. 그래서 자네에게 부탁하네. 일

156 ■ 김동인

곱 시부터 열 시까지 세 시간 동안만 붙들어 두어 주게. 부탁일세."

"범사(凡事)는 개재오지흉중(皆在吾之胸中)이라, 술값은 자네가 내야네."

"물론! 아까 식도원에 부탁했어. 칠 호실이네. 기생도……"

"가만 가만. 우리 부인께서 들으시면 큰일이네."

"하하하하! 내 대신이 무서운가? 그럼 부탁하네."

나는 호떡과 작별하였다.

<h1 style="text-align:center">28</h1>

일곱 시쯤 하여 O의 집 근처에 있는 잡화점을 찾아가서, 거기서 O가 식도원으로 향하여 가는 것을 본 뒤에, O의 아내 혼자 있는 그의 집으로 갔다.

O의 아내는 자기 방 교자에 한심한 듯이 걸터앉아 있었다. 나는 말없이 외투를 벗어 던지고 그의 맞은편에 가서 앉았다.

그는 뜻하지 않은 때의 나그네에게 놀랐는지 잠깐 머리를 들었다가 대단히 예쁜 웃음을 한 번 씩 웃고 인사를 한다. 아직껏 나는 그때 일을 생각할 때는 그 웃음을 눈앞에 볼 수 있도록 그 웃음은 요염한 것이었다. 나는 뜻하지 않고 눈을 한 번 흘긴 뒤에 담배를 꺼내어 붙여 물었다.

일 분, 이 분, 십 분 —— 나는 아무 말없이 뚫어지도록 그의 얼굴만 바라보고 있었다. 그의 눈과 머리는 차차 낭패하여 둘 곳이 없는 듯이 좌우로 왔다갔다하게 되었다. 그의 숨소리는 차차 높아 갔다. 즉 그는 다시 한번 머리를 돌이키면서 방긋 웃었다. 그러나 그 웃음 아래 괴어 있는 어지러운 눈물을 나는 발견하였다. 나는 고즈너기 입을 열었다.

"A씨가 세상 떠났습니다."

그는 벌떡 일어섰다. 뜻하지 않은 사건보다도 뜻하지 않은 나의 발언(영구의 침묵으로 알았더니)에 그는 놀란 듯하였다. 나는 다시 한번 그 말을 외었다.

"A씨가 세상 떠났습니다."

"오해시지요. 한 주일쯤 뒤에는 퇴원……."

그는 방긋 웃으면서 중얼거렸다.

"하하하! 아까 그 전화를 믿으십니까? 그 전화는 내가 걸은 것이에요. 놀랐습니까? 놀랄 만한 일이지요. '왜?' 봉선 씨의 눈은 '왜 그런 전화를 걸었느냐'고 묻습니다그려. 대답하리다. 아니, 거기 대해서는 대답할 필요가 없습니다. 다만 한 가지, 봉선 씨와 A씨의 새의 일은 이젠 나는 전부 다 안다는 말씀뿐은 드려야겠습니다. 가만, 가만 계십시오. 내 이야기가 다 끝난 뒤에 말씀하십시오. 봉선 씨가 아무리 아니라고 하더라도 이 ○○는 다 알았어요. A씨를 동래로 오라고 한 일이며, O군이 동래와 온양 온정에 가 있는 동안 봉선 씨가 밤낮을 할 것 없이 A씨의 집에 가 있던 일이며, 다 나는 압니다. 하니까, 아니 그런데 내가 오늘 밤 O군이 출타한 뒤를 타서 온 것은 봉선 씨의 변명을 듣고자 온 것이 아니고…… 무얼?"

나는 말을 뚝 그치고 그의 얼굴을 보았다. 그의 얼굴에는 증오의 표정이 불붙듯 피어 올라 있었다. 나의 주먹은 뜻하지 않고 힘있게 쥐어졌다. —— 그러나 나는 다시 주먹을 놓았다.

"내가 밉지요? 나도 또한 봉선 씨가 날 미워하는 만큼 봉선 씨가 밉습니다. 그러나 이보십시오, 봉선 씨. A씨는 이젠 세상 떠났습니다. 의심 나거든 자 지금 나가서 전화로 병원에 물어라도 보십시오. 탈이

완쾌될 여망이 어제는 있었는데, …… 그 사람의 버릇이라, 좀 낫는 것 같으니까, 그곳 좀 얼굴 빤빤한 간호부와 희롱하다가, 그 때문에 아까 여섯 시쯤 세상 떠났습니다."

나는 힐끗 그의 얼굴을 쳐다보았다. 그리고 그의 얼굴에 불붙는 시기를 본 뒤에 말을 계속하였다.

"봉선 씨, 이보십시오. 그러니깐 인제는 봉선 씨는 O군에게까지 신용을 잃으면 이 너른 세계에 외로운 홀몸이 되지 않겠습니까? 홀몸도 괜찮다고 속으로 생각하실지는 모릅니다. 그러나 지금 생각과 현실과는 완전히 달라요. 사고 무친이란 말이 말로는 쉬울지 모르나, 나도 경험한 바여니와 —— 견디기 힘듭니다. 게다가 나 같은 사내와도 달리, 젊은 여인의 홀몸이라는 것은 그것이야말로 개밥에 도토립니다. 시집? 가령 봉선 씨가 정당한 일로 O군에게 버리웠으면 모르겠지만, 이런 향기롭지 못한 일로 버리운 뒤에 누가 그런 여편네를 아내로 데려갑니까? 자, 내 말을 명심해서 들으십시오. A씨가 세상을 떠난 것이 사실이며(하며 나는 힐끗 그를 쳐다보았다.) 다시 말하자면 하늘과 같이 믿고 땅과 같이 믿던 A씨까지 세상을 떠났으매, 이제 봉선 씨가 취할 길이 두 가지밖에는 없습니다. 한 가지는 A씨에게 순사(殉死)를 하든지, 그렇지 않으면 마음을 돌이켜서 O군의 마음을 돌아서게 하든지…… A씨와 봉선씨의 새의 일을 아는 사람은 이 세상에 나밖에는 없습니다. 그러니깐 만약 이젠 봉선 씨가 마음을 돌이키겠노라고만 할 것 같으면 손가락 한 번 움직이기보다도 더 쉽게 O군의 마음을 돌아서게 할 수가 있습니다. 그 대신 —— 봉선 씨가 머리를 가로저을 것 같으면, 나는 곧 O군에게 온갖 증거를 다 제공해서, 봉선 씨를 검사국에 고소하게 하겠습니다. 자, 두 가지 가운데 한 가지 길을 어느 것이든 뽑으십시오. 어느 것을 뽑으시렵니까?"

그는 머리를 수그린 대로 아무 말도 없이 앉아 있었다.

나는 다 타진 담배를 내어 던지고 다시 한 개비 꺼내어 붙여 물면서 그의 대답을 재촉하였다. 그는 역시 아무 말도 없이 앉아 있었다.

29

천만 어를 다하여 몇 번을 말한 결과, 그는 마침내 머리를 끄덕였다. 그의 눈에서는 커다란 눈물이 떨어졌다.

'왜 울까? 분한 눈물일까? 부끄러움일까?'

"봉선 씨 알았습니다. 그러면 이제부터는 마음을 다시 먹고 O군을 섬기시겠단 말씀이지요?"

그는 대답 없이 머리를 끄덕였다.

나는 좀 뒤에 다시 말을 꺼냈다.

"그러면 이제부터는 결코 사념을 품지 않고 O군만을 섬길 수 있다고 맹세도 할 수 있습니까?"

그는 또 머리를 끄덕였다.

"그러면……."

나는 앞에 놓인 책상 귀삭이를 만져 보았다. 그리고 책상 다리를 만져 보았다. 그 뒤에 내 바지를 만지면서 말을 이었다 ── .

"유서를 쓰십시오."

"네?"

그는 튀어나듯 벌떡 교자에서 일어섰다.

"아니. 자살하시란 말씀이 아니외다. 자, 생각해 보십시오. 이제 갑자기 O군의 마음을 돌이키려니 어떻게 돌이킵니까? 한 가지 길은 봉선 씨가 유서를 쓰는 것밖에는 없습니다. 유서…… 당신이 너무 의심을 하니 제 마음을 알리고자 죽습니다…… 고 유서를 한 장 써서 집에 둔 뒤에 어느 시골에든지 한두 달 몸을 피해 있으면 그 동안에 내가 O군의 마음에 후회하는 생각이 나는 것을 보아 가지고 다시 봉선 씨를 서울 O군께로 데려오지요. 그 뒤에는 소위 천하태평춘(天下泰平春)이요, 사방무일사(四方無一事)라는 것이 아닙니까? 이러니저러니 할 것 없이 봉선 씨는 내 말만 꼭 들으시오. 아아! O군이 봉선 씨의 품행이 단정한 줄을 알고 보면 얼마나 기뻐할까? 자, 어서 쓰십시오. O군이 돌아오기 전에 어서…… 나도 아우와 같이 사랑하던 O군이 하루 바삐 기운이 돌게 되는 것이 기다려집니다. 자……."

그는 먹먹히 앉아 있었다.

나는 벌떡 일어서서 편지 종이와 잉크, 펜 들을 그의 앞에 갖다 놓았다.

"자, 붓 잡으시오. 부릅니다. 사랑하는 그 지아버님께…… 왜 붓 안 잡으십니까?"

그는 붓을 잡았다.

── 당신이 너무 의심하시니 이 제 마음을 보이기 위하여 젊은 목숨을 끊노라고, 그는 내가 부르는 대로 예쁜 필적으로 써 놓았다.

"봉투에……."

나는 작은 소리로 말한 뒤에 돌아서서 O의 가운의 허리띠를 몰래 뽑아 가지고 그의 뒤에 서서 어깨 너머로 그를 보았다. 그는 편지를 맵시나게 접어서 봉투 속에 넣은 뒤에, 겉봉투에 O의 이름을 썼다.

그러나 봉투의 '氏'자가 끝이 나자마자, 나의 손에 쥐어 있던 가운의 허리띠는 힘있게 그의 목에 얽히었다.

한 이십 분쯤 뒤, 나는 O의 아내의 하얗게 식은 몸을 내려다보면서, 방 안을 좀 정리한 뒤에 O를 만나러 식도원으로 향하였다.

(1924년)

감 자

싸움, 간통, 살인, 도둑, 구걸, 징역, 이 세상의 모든 비극과 활극의 근원지인, 칠성문 밖 빈민굴로 오기 전까지는, 복녀의 부처는(사농공상의 제 이 위에 드는) 농민이었었다.

복녀는 원래 가난은 하나마 정직한 농가에서 규칙 있게 자라난 처녀였었다. 이전 선비의 엄한 규율은 농민으로 떨어지자부터 없어졌다 하나, 그러나 어딘지는 모르지만 딴 농민보다는 좀 똑똑하고 엄한 가율이 그의 집에 그냥 남아 있었다. 그 가운데서 자라난 복녀는 물론 다른 집 처녀들같이 여름에는 벌거벗고 개울에서 멱 감고, 바지 바람으로 동네를 돌아다니는 것을 예사로 알기는 알았지만, 그러나 그의 마음 속에는 막연하나마 도덕이라는 것에 대한 저품[1]을 가지고 있었다.

그는 열다섯 살 나는 해에 동네 홀아비에게 팔십 원에 팔려서 시집이라는 것을 갔다. 그의 새서방(영감이라는 편이 적당할까)이라는 사람은 그보다 이십 년이나 위로서, 원래 아버지의 시대에는 상당한 농민

---

1) 저품 — '두려움' 의 옛말.

으로서 밭도 몇 마지기가 있었으나, 그의 대로 내려오면서는 하나 둘 줄기 시작하여서, 마지막 복녀를 산 팔십 원이 그의 마지막 재산이었었다. 그는 극도로 게으른 사람이었었다. 동네 노인의 주선으로 소작 밭깨나 얻어 주면, 종자만 뿌려 둔 뒤에는 후치[2]질도 안 하고 김도 안 매고 그냥 버려 두었다가는, 가을에 가서는 되는 대로 거두어서 '금년은 흉년이네' 하고 전주집에는 가져도 안 가고 자기 혼자 먹어 버리고 하였다. 그러니까 그는 한 밭을 이태를 연하여 붙여 본 일이 없었다. 이리하여 몇 해를 지내는 동안 그는 그 동네에서는 밭을 못 얻으리만큼 인심과 신용을 잃고 말았다.

복녀가 시집을 온 뒤, 한 삼사 년은 장인의 덕으로 이렁저렁 지내 갔으나, 이전 선비의 꼬리인 장인도 차차 사위를 밉게 보기 시작하였다. 그들은 처가에까지 신용을 잃게 되었다.

그들 부처는 여러 가지로 의논하다가 하릴없이 평양 성 안으로 막 벌이로 들어왔다. 그러나 게으른 그에게는 막벌이나마 역시 되지 않았다. 하루 종일 지게를 지고 연광정에 가서 대동강만 내려다보고 있으니, 어찌 막벌이인들 될까. 한 서너 달 막벌이를 하다가, 그들은 요행 어떤 집 막간(행랑)살이로 들어가게 되었다.

그러나 그 집에서도 얼마 안 하여 쫓겨 나왔다. 복녀는 부지런히 주인집 일을 보았지만, 남편의 게으름은 어찌할 수가 없었다. 매일 복녀는 눈에 칼을 세워 가지고 남편을 채근하였지만, 그의 게으른 버릇은 개를 줄 수는 없었다.

"벳섬 좀 치워 달라우요."

___

2) 후치 — '극젱이'의 방언. 극젱이란 농기구의 하나로, 쟁기와 비슷하나 보습 끝이 무디고 술이 곧게 내려감.

"남 졸음 오는데, 님자 치우시관."

"내가 치우나요?"

"이십 년이나 밥 처먹구 그걸 못 치워."

"에이구, 칵 죽구나 말디."

"이 년, 뭘!"

이러한 싸움이 그치지 않다가, 마침내 그 집에서도 쫓겨 나왔다.

이젠 어디로 가나? 그들은 하릴없이 칠성문 밖 빈민굴로 밀리어 오게 되었다.

칠성문 밖을 한 부락으로 삼고 그 곳에 모여 있는 모든 사람들의 정업은 거라지[3]요, 부업으로는 도둑질과 (자기네끼리의) 매음, 그 밖에는 이 세상의 모든 무섭고 더러운 죄악이었었다. 복녀도 그 정업으로 나섰다.

그러나 열아홉 살의 한창 좋은 나이의 여편네에게 누가 밥인들 잘 줄까.

"젊은 거이 거랑은 왜?"

그런 소리를 들을 때마다 그는 여러 가지 말로, 남편이 병으로 죽어 가거니 어쩌거니 핑계는 대었지만, 그런 핑계에는 단련된 평양 시민의 동정은 역시 살 수가 없었다. 그들은 이 칠성문 밖에서도 가장 가난한 사람 가운데 드는 편이었다. 그 가운데서 잘 수입되는 사람은 하루에 오 리짜리 돈뿐으로 일 원 칠팔 십 전의 현금을 쥐고 돌아오는 사람까지 있었다. 극단으로 나가서는 밤에 돈벌이 나갔던 사람은 그 날 밤 사백여 원을 벌어 가지고 와서 그 근처에서 담배 장사를 시

---

3) 거라지 — '거지'의 방언.

작한 사람까지 있었다.

복녀는 열아홉 살이었다. 얼굴도 그만하면 빤빤하였다. 그 동네 여인들의 보통 하는 일을 본받아서, 그도 돈벌이 좀 잘하는 사람의 집에라도 간간 찾아가면, 매일 오륙십 전은 벌 수가 있었지만, 선비의 집안에서 자라난 그는 그런 일을 할 수가 없었다.

그들 부처는 역시 가난하게 지냈다. 굶는 일도 흔히 있었다.

기자묘 솔밭에 송충이가 끓었다. 그때, 평양 '부'에서는 그 송충이를 잡는 데 (은혜를 베푸는 뜻으로) 칠성문 밖 빈민굴의 여인들을 인부로 쓰게 되었다.

빈민굴 여인들은 모두 다 지원을 하였다. 그러나 뽑힌 것은 겨우 오십 명쯤이었었다. 복녀도 그 뽑힌 사람 가운데 한 사람이었다.

복녀는 열심으로 송충이를 잡았다. 소나무에 사다리를 놓고 올라가서는, 송충이를 집게로 집어서 약물에 잡아 넣고, 또 그렇게 하고, 그의 통은 잠깐 사이에 차고 하였다. 하루에 삼십이 전씩의 품삯이 그의 손에 들어왔다.

그러나 대엿새 하는 동안에 그는 이상한 현상을 하나 발견하였다. 그것은 다른 것이 아니라, 젊은 여인부 한 여남은 사람은 언제나 송충이는 안 잡고, 아래서 지절거리며 웃고 날뛰기만 하고 있는 것이었다. 뿐만 아니라, 그 놀고 있는 인부의 품삯은, 일하는 사람의 삯전보다 팔 전이나 더 많이 내어 주는 것이다.

감독은 한 사람뿐이었는데, 감독도 그들의 놀고 있는 것을 묵인할 뿐 아니라, 때때로는 자기까지 섞여서 놀고 있었다.

어떤 날 송충이를 잡다가 점심때가 되어서, 나무에서 내려와서 점심을 먹고 다시 올라가려 할 때에 감독이 그를 찾았다 ——

"복네! 애, 복네!"

"왜 그릅네까?"

그는 약통과 집게를 놓고 뒤로 돌아섰다.

"좀 오나라."

그는 말없이 감독 앞에 갔다.

"애, 너, 음…… 데 뒤 좀 가 보자."

"뭘 하례요?"

"글쎄, 가야……."

"가디요…… 형님."

그는 돌아서면서 인부들 모여 있는 데로 고함쳤다.

"형님두 갑세다가레."

"싫다 애. 둘이서 재미나게 가는데, 내가 무슨 맛에 가갔니?"

복녀는 얼굴이 새빨갛게 되면서 감독에게로 돌아섰다.

"가 보자."

감독은 저편으로 갔다. 복녀는 머리를 수그리고 따라갔다.

"복네 좋갔구나."

뒤에서 이러한 조롱 소리가 들렸다. 복녀의 숙인 얼굴은 더욱 발갛게 되었다.

그 날부터 복녀도 '일 안 하고 품삯 많이 받는 인부'의 한 사람으로 되었다.

복녀의 도덕관 내지 인생관은, 그때부터 변하였다.

그는 아직껏 딴 사내와 관계를 한다는 것을 생각하여 본 일도 없었다. 그것은 사람의 일이 아니요, 짐승의 하는 짓쯤으로만 알고 있었다. 혹은 그런 일을 하면 탁 죽어지는지도 모를 일로 알았다.

그러나 이런 이상한 일이 어디 다시 있을까. 사람인 자기도 그런 일을 한 것을 보면, 그것은 결코 사람으로 못할 일이 아니었었다.

게다가 일 안 하고도 돈 더 받고, 긴장된 유쾌가 있고, 빌어먹는 것보다 점잖고……일본 말로 하자면, '삼박자(拍子)' 갖은[4] 좋은 일은 이것뿐이었다. 이것이야말로 삶의 비결이 아닐까. 뿐만 아니라, 이 일이 있은 뒤부터, 그는 처음으로 한 개 사람이 된 것 같은 자신까지 얻었다.

그 뒤부터는, 그의 얼굴에는 조금씩 분도 바르게 되었다.

일 년이 지났다.

그의 처세의 비결은 더욱더 순탄히 진척되었다. 그의 부처는 이제는 그리 궁하게 지내지는 않게 되었다.

그의 남편은, 이것이 결국 좋은 일이라는 듯이 아랫목에 누워서 벌신벌신 웃고 있었다.

복녀의 얼굴은 더욱 이뻐졌다.

"여보, 아즈바니. 오늘은 얼마나 벌었소?"

복녀는 돈 좀 많이 벌은 듯한 거지를 보면 이렇게 찾는다.

"오늘은 많이 못 벌었다."

"얼마?"

"도무지 열서너 냥."

"많이 벌었쉐다가레. 한 댓 냥 꿔주소고레."

"오늘은 내가……."

어쩌고 어쩌고 하면, 복녀는 곧 뛰어가서 그의 팔에 늘어진다.

---

4) 갖은 — 골고루 갖춘. 가지가지의.

"나한테 들킨 댐에는 뛰구야 말아요."

"나 원 이 아즈마니 만나믄 야단이더라. 자 꿰주디. 그 대신 응? 알아 있디?"

"난 몰라요. 해해해해."

"모르믄, 안 줄 테야."

"글쎄, 알았대두 그른다."

—— 그의 성격은 이만큼까지 진보되었다.

가을이 되었다.

칠성문 밖 빈민굴의 여인들은 가을이 되면 칠성문 밖에 있는 중국인의 채마밭에 감자(고구마)며 배추를 도둑질하러, 밤에 바구니를 가지고 간다. 복녀도 감자깨나 잘 도둑질하여 왔다.

어떤 날 밤, 그는 고구마를 한 바구니 잘 도둑하여 가지고, 이젠 돌아오려고 일어설 때에 그의 뒤에 시꺼먼 그림자가 서서 그를 꽉 붙들었다. 보니, 그것은 그 밭의 주인인 중국인 왕 서방이었다. 복녀는 말도 못하고 멀찐멀찐 발 아래만 내려다보고 있었다.

"우리 집에 가."

왕 서방은 이렇게 말하였나.

"가재믄 가디. 훤, 것두 못 갈까."

복녀는 엉덩이를 한 번 획 두른 뒤에, 머리를 젖히고 바구니를 저으면서 왕 서방을 따라갔다.

한 시간쯤 뒤에 그는 왕 서방의 집에서 나왔다. 그가 밭고랑에서 길로 들어서려 할 때에, 문득 뒤에서 누가 그를 찾았다.

"복네 아니야?"

복녀는 홱 돌아서 보았다. 거기는 자기 곁집 여편네가 바구니를 끼고, 어두운 밭고랑을 더듬더듬 나오고 있었다.

"형님이뎄쉐까? 형님두 들어갔뎄쉐까?"

"님자두 들어갔뎄나?"

"형님은 뉘 집에?"

"나? 눅(陸) 서방네 집에. 님자는?"

"난 왕 서방네…… 형님 얼마 받았소?"

"눅 서방네 그 깍쟁이 놈, 배추 세 페기……."

"난 삼 원 받았디."

복녀는 자랑스러운 듯이 대답하였다.

십 분쯤 뒤에 그는 자기 남편과, 그 앞에 돈 삼 원을 내어 놓은 뒤에, 아까 그 왕 서방의 이야기를 하면서 웃고 있었다.

그 뒤부터 왕 서방은 무시로 복녀를 찾아왔다.

한참 왕 서방이 눈만 멀찐멀찐 앉아 있으면, 복녀의 남편은 눈치를 채고 밖으로 나간다. 왕 서방이 돌아간 뒤에는 그들 부처는, 일 원 혹은 이 원을 가운데 놓고 기뻐하고 하였다.

복녀는 차차 동네 거지들한테 애교를 파는 것을 중지하였다. 왕 서방이 분주하여 못 올 때가 있으면 복녀는 스스로 왕 서방의 집까지 찾아갈 때도 있었다.

복녀의 부처는 이제 이 빈민굴의 한 부자였었다.

그 겨울도 가고 봄이 이르렀다.

그때 왕 서방은 돈 백 원으로 어떤 처녀를 하나 마누라로 사 오게 되었다.

“흥!”

복녀는 다만 코웃음만 쳤다.

“복녀, 강짜하갔구만.”

동네 여편네들이 이런 말을 하면, 복녀는 흥 하고 코웃음을 웃고 하였다.

내가 강짜를 해? 그는 늘 힘있게 부인하고 하였다. 그러나 그의 마음에 생기는 검은 그림자는 어찌할 수가 없었다.

“이놈 왕 서방. 네 두고 보자.”

왕 서방이 색시를 데려오는 날이 가까웠다. 왕 서방은 아직껏 자랑하던 기다란 머리를 깎았다. 동시에 그것은 새색시의 의견이라는 소문이 퍼졌다.

“흥!”

복녀는 역시 코웃음만 쳤다.

마침내 색시가 오는 날이 이르렀다. 칠보 단장에 사인교를 탄 색시가, 칠성문 밖 채마밭 가운데 있는 왕 서방의 집에 이르렀다.

밤이 깊도록, 왕 서방의 집에는 중국인들이 모여서 별한 악기를 뜯으며 별한 곡조로 노래하며 야단하였다. 복녀는 집 모퉁이에 숨어 서서 눈에 살기를 띠고 방 안의 동정을 듣고 있었다.

다른 중국인들은 새벽 두 시쯤 하여 돌아가는 것을 보면서, 복녀는 왕 서방의 집 안에 들어갔다. 복녀의 얼굴에는 분이 하얗게 발리어 있었다.

신랑 신부는 놀라서 그를 쳐다보았다. 그것을 무서운 눈으로 흘겨보면서, 그는 왕 서방에게 가서 팔을 잡고 늘어졌다. 그의 입에서는 이상한 웃음이 흘렀다.

“자, 우리 집으로 가요.”

왕 서방은 아무 말도 못하였다. 눈만 정처 없이 두룩두룩하였다. 복녀는 다시 한번 왕 서방을 흔들었다.

"자, 어서."

"우리, 오늘 밤 일이 있어 못 가."

"일은 밤중에 무슨 일."

"그래두, 우리 일이……"

복녀의 입에 아직껏 떠돌던 이상한 웃음은 문득 없어졌다.

"이까짓 것."

그는 발을 들어서 치장한 신부의 머리를 찼다.

"자, 가자우, 가자우."

왕 서방은 와들와들 떨었다. 왕 서방은 복녀의 손을 뿌리쳤다.

복녀는 쓰러졌다. 그러나 곧 다시 일어섰다. 그가 다시 일어설 때는, 그의 손에는 얼른얼른[5]하는 낫이 한 자루 들리어 있었다.

"이 되놈, 죽에라. 이 놈, 나 때렸디! 이 놈아, 아이구 사람 죽이누나."

그는 목을 놓고 처울면서 낫을 휘둘렀다. 칠성문 밖 외따른 밭 가운데 홀로 서 있는 왕 서방의 집에서는 일장의 활극이 일어났다. 그러나 그 활극도 곧 잠잠하게 되었다. 복녀의 손에 들리어 있던 낫은 어느덧 왕 서방의 손으로 넘어가고, 복녀는 목으로 피를 쏟으면서 그 자리에 고꾸라져 있었다.

복녀의 송장은 사흘이 지나도록 무덤으로 못 갔다. 왕 서방은 몇 번을 복녀의 남편을 찾아갔다. 복녀의 남편도 때때로 왕 서방을 찾아

---

5) 얼른얼른 ― '어른어른'의 센말.

갔다. 둘의 사이에는 무슨 교섭하는 일이 있었다. 사흘이 지났다.

밤중 복녀의 시체는 왕 서방의 집에서 남편의 집으로 옮겼다. 그리고 시체에는 세 사람이 둘러앉았다. 한 사람은 복녀의 남편, 한 사람은 왕 서방, 또 한 사람은 어떤 한방 의사 —— 왕 서방은 말없이 돈주머니를 꺼내어, 십 원짜리 지폐 석 장을 복녀의 남편에게 주었다. 한방 의사의 손에도 십 원짜리 두 장이 갔다.

이튿날, 복녀는 뇌일혈로 죽었다는 한방의의 진단으로 공동 묘지로 가져갔다.

(1924년)

시골 황 서방

황 서방이 사는 X촌은, 그곳서 그 중 가까운 도회에서 오백 칠십 리가 되고, 기차 연변에서 삼백여 리며, 국도(國道)에서 일백 오십 리가 되는, 산골 조그만 마을이었습니다.

금년에 사십여 세에 난 황 서방이, 아직 양복쟁이라고는 헌병과 순사와 측량 기수밖에는 못 본 만큼 그 X촌은 궁벽(窮僻)한 곳이었다. 그리고 또한 그곳에서 십 리 안팎 되는 곳은 모두 친척과 같이 지내며 밤에 마을을 서로 다니느니만큼 인가가 드문 곳이었었다. 산에서 호랑이가 내려와서 사람을 물어 갈지라도, 그 일이 신문에도 안 나리만큼 외딴 곳이었었다.

돈이라 하는 것은, 십 원짜리 지전을 본 것을 자랑삼느니만큼, 그 동리는 생활의 위협이라는 것을 모르는 마을이었었다.

한 마디로 말하자면, 그 동리는 순박하고 질소(質素)하고 인심 후하고 평화로운 원시인의 생활이라 하여도 좋을 만한 살림을 하는 마을이었었다.

이러한 X촌에, 이즈음 한 가지의 괴변이 생겨났다.

X촌에 이즈음, 소위 도회 사람이라는 어떤 양복쟁이가 하나 뛰쳐 들었다. 그 사람은 황 서방의 집에 주인을 잡았다.

그 동리 사람들은 모두 황 서방네 집으로 쓸어들었다. 그리고 그 도회 사람의 별스러운 옷이며 신이며 갓을(염치를 불구하고) 주물러 보며, 마치 그 사람은 조선말을 모르리라는 듯이 곁에 놓고 이리저리 비평을 하며 야단법석이었다.

황 서방은 자랑스러운 듯이(우연히 제 집으로 뛰쳐들어온) 그 손님 에게 구린내나는 담배며, 그때 갓 쪄 온 옥수수며를 대접하며, 모여드 는 동리 사람에게 그 도회 사람이 자기 집에 들어올 때의 거동을 설 명하며 야단하였다.

며칠이 지났다.

그 도회 사람이 모여드는 이 지방 사람에게 설명한 바에 의지하건 대, 그는 '흙냄새'를 그려서 이곳까지 왔다 한다.

여러분들은, 흙냄새라는 것을…… 그 향기로운 흙냄새를 늘 맡고 계셨기에 이렇게 몸이 튼튼합니다. 아아, 그 흙의 향내……. 여보시오, 도회에 가 보오. 에이구! 사람 냄새, 가솔린 냄새, 하수도 냄새, 게다가 자동차, 마차, 인력거가 여기 번썩, 저기 번쩍…… 참 도회에 살면 흙 냄새가 그립소. 땅이 활개를 펴고 기지개를 하는 봄날, 무럭무럭 떠오 르는 흙의 향내를 늘 맡고 사는 당신네들의 행복은 참으로 도회인은 얻지 못할 행복이외다. 몇 해를 벼르다가 나는 종내 참지 못하여 이렇 게 왔소. 이제부터는 나도 당신들의 동무요…….

도회 사람은 이렇게 말하였다.

황 서방은 이 도회 사람(우리는 그를 Z씨라 부르자)의 말 가운데서 세 마디를 알아들었다.

자동차와 인력거 ── 황 서방이 이전에 무슨 일로 백 오십 리를 걸어서 국도(國道)까지 갔을 때(그때는 밤이었는데), 저편에서 시뻘건 두 눈깔을 번득이며, 이상한 소리를 내면서 달려오는 괴물을 보았다. 영리한 황 서방은 물론 그것이 사람이 타고 다니는 것임은 짐작하였다. 그러나 X촌에 돌아온 뒤에는, 황 서방의 입을 통하여 퍼진 소문으로는 그것이 한 괴물로 보였다. 방귀를 폴싹폴싹 뀌며, 땅을 울리면서 달아나는 괴물로 소문이 퍼진 것이었다.

인력거라는 것은 그 이튿날 보았다.

그리고, 그 두 가지는 다(Z씨의 말을 듣고 생각하여 보매) 과시 사람의 생명을 위협하는 무서운 물건일 것이었었다.

또 한 가지, 사람의 냄새가 역하다는 것. 사실 X촌에 잔칫집이라도 있어서 수십 인씩 모이면, 역하고 고약한 냄새가 그 방 안에 차고 하던 것을 황 서방은 보았다. 그러매, 몇십 만(십만이 백의 몇 곱인지는 주판을 놓아 보지 않고는 똑똑히 모르거니와)이라는, 짐작컨대 억조 동그라미와 같이 우글거릴 도회에서는 상당히 역한 냄새가 날 것이었다.

그밖에는, 황 서방에게는 한마디도 모를 말이었다. 흙냄새가 그립다 하나, 흙냄새도 상당히 구린 것이었다. 봄날 흙냄새는(거름을 한 지 오래지 않으므로) 더욱 구린 것이다.

전차, 하수도, 가솔린, 이런 것은 어떤 것인지 황 서방은 짐작도 못하였다.

그러나, 황 서방은 Z씨의 말을 믿었다. 저는 시골밖에는 모르고, Z씨는 시골과 도회를 다 보고 한 말이매, 그 사람의 말이 옳을 것은 당연할 것이다. 흙냄새가 아무리 구리다 할지라도 도회 냄새보단 좋을 것이다 라고 황 서방은 믿었다.

길에 하루 종일 자빠져 있으니, 시골서는 자동차에 치일 걱정이 있겠소? 순사에게 쫓겨갈 걱정이 있겠소?

그것도 또한 사실이고 당연한 말이었었다. 황 서방은, 그러한 시골서 태어난 자기를 행복스럽다 하였다. 그러나, 서너 달 뒤에 그 Z씨는, '몰랐거니와 흙냄새도 매우 역하다' 하였다. 도회에서는, 하루 동안에 한나절씩만 주판을 똑딱거리면 매달 오천 냥(백 원)씩 들어오는데, 여기서는 땀을 뻘뻘 흘리며 손을 상하며 일을 하여야 일 년에 겨오 오천 냥 돌아오기가 힘드니 시골이란, 재간있는 사람이란 못 살 곳이라 하였다. 십 리나 백 리라도 걸어서밖에는 다닐 도리가 없으니 시골은 소, 말이나 살 곳이라 하였다. 기생이 없으니 점잖은 사람은 못 살 곳이라 하였다. 읽을 책도 없으니 학자는 못 살 곳이라 하였다. 양요리가 없으니 귀인은 못 살 곳이라 하였다.

이 말을 듣고, 황 서방은 Z씨가 간 다음 며칠 동안을 눈이 퀭하니 밥도 잘 안 먹고 있었다. Z씨의 말은 모두 다 또한 참말이었다. 아직껏 곁집같이 다니던 최풍헌의 집이, 생각하여 보면 참 진저리나도록 멀었다. 십오 리(十五里)! Z씨가 진저리를 친 것도 너무 과한 일은 아닐 것이다.

이야기로 들은 바, 기생이라는 것이 없는 것도 또한 사실이었다.

재미있는 책이라고는 《임진록》 한 권이(그것도 서두와 꼬리가 없는 것) X촌을 중심으로 한 삼십 리 이내의 다만 하나의 책이었다.

그러나 그 근처 일대에 주판 잘 놓기로 이름난 황 서방이 —— 도회에서는(Z씨의 말에 의하건대) 매달 오천 냥 수입은 될 황 서방이, 손에 굳은살이 박히며, 땀을 흘리며, 천신만고하여 일 년에 거두는 추수가 육천 냥 내외였었다. 게다가 감자를 먹고…… 거름을 주무르고……

두 달이 지났다.

그때는 황 서방은 자기의 먹다 남은 것이며 집이며 세간살이를 모두 팔아 가지고 도회로 온 지 벌써 한 달이나 된 때였다.

황 서방이 도회로 가지고 온 돈은 육천 냥이었다. 그 가운데서 집세로 육백 냥이 나갔다. 한 달 동안 구경하며 먹어 가는데 이천 냥이 나갔다.

여름밤의 도회는 과연 아름다웠다. 불, 사람, 냄새, 집, 소리, 모든 것은 황 서방을 취하게 하였다. 일곱 냥 반을 주고 아이스크림도 사 먹어 보았다. 또한 —— 소리, 불, 사람, 냄새…… 보면 볼수록 도회의 밤은 사람을 취하게 하였다. 아이스크림, 빙수, 진열장, 야시…… 아아, 황 서방은 얼마나 이런 것을 못 보는 최풍헌이며 김 서방을 가련히 생각했으랴.

동물원도 보았다. 전차도 잠깐 타 보았다. 선술집의 한잔의 맛도 괜찮은 것이고, 길에서 파는 밀국수의 맛도 또한 황 서방에게는 잊지 못할 것이었다.

도회로 오기만 하면 만나질 줄 알았던 Z씨를 못 만난 것은 좀 섭섭하였지만, 그것도 황 서방에게는 그다지 불편되는 일은 없었다.

아아, 도회, 도회…… 과연 시골은 사람으로서는 못 살 곳이었다.

황 서방이 도회로 온 지 넉 달이 되었다. 이젠 밑천도 없어졌다.

"이제부터!"

황 서방은 의관을 정히 하고 큰거리로 나가서 어떤 큰 상점을 찾아갔다. 그리고 자기는 주판을 잘 놓는데 써달라고 부탁을 하였다. 그러나 뜻밖으로 황 서방은 거절당하였다.

황 서방은 다른 집으로 찾아갔다. 그러나 거기서도 또한 거절당하였다.

저녁때 집에 돌아올 때는 그의 얼굴은 송장과 같이 퍼렇게 되었다.

이런 일이 어디 있나? 첫마디로 승낙할 줄 알았던 일이 오늘 처음으로 이십 여 집을 다녔으나 한 곳에서도 승낙 비슷한 것도 못 받고, 거지나 온 것같이 쫓겨 나왔으니, 이젠 어찌한단 말인가?

이튿날의 경과도 역시 같았다. 사흘, 나흘, 황 서방의 밑천은 한푼도 없어졌는데, 매달 오천 냥은커녕 오백 냥으로 고용하려는 데도 없었다.

굶어? 황 서방은 이젠 할 수 없이 굶게 되었다. 아직 당하여 보기는커녕 말도 못 들었던 ‘굶는다’는 것을 황 서방은 맛보게 되었다.

그런들 사람이 굶기야 하랴? 황 서방은 사람의 후한 인심을 충분히 아는 사람이었다. 아직껏 그런 창피스런 일은 하여 본 적이 없지만, X촌에서 이십 리 떨어져 있는 Q촌에 쌀 한 말 얻으러 갈지라도 꾸어 주는 것을 황 서방은 안다. 사람이 굶은다는데 쌀 안 줄 그런 야속한 놈은 없을 것이다.

황 서방은 곁집에 갔다. 그리고, 자기는 이 곁집에 사는 사람인데 여사여사하다고 사연을 말한 뒤에, 좀 조력을 하여 달라는 이야기를 장차 끄집어 내려는데, 그 집에서는 벌써 눈치를 챘는지,

“우리도 굶을 지경이오!”

하고 제 일만 보기 시작하였다.

황 서방은 그것도 그럴 일이라 생각하였다. 사실 그 집도 막벌이하는 집이었다.

황 서방은 다시 한 집 건너 있는 큰 기와집으로 찾아갔다. 그가 중대문 안에 들어설 때에 대청에 걸터앉아 양치를 하고 있던 젊은 사람(주인인지)이 웬 사람이냐고 꽥 소리를 질렀다.

"네? 저……뭐……."

　황 서방은 마침내 도회라는 것을 알았다. 도회에서 달아나던 Z씨의 심리도 알았다. 그러나 Z씨가 다시 도회로 돌아온 그 심리는? 그것도 Z씨가 도로 도회로 돌아올 때에 한 말을 씹어 보면 알 것이다. 도회는 도회 사람의 것이고, 시골은 시골 사람의 것이다. 천분, 천분을 모르고 남의 영분에 침입하였던 황 서방은 이렇게 실패하였다.

　황 서방은 이제 겨우 자기의 영분을 깨달았다. 그리고 사람은 저 할 일만 할 것임을 깨달았다.

　이튿날 새벽, 황 서방은 해를 등지고 주린 배를 움켜쥐고 K국도를 더벅더벅 X촌을 향하여 걷고 있었다.

(1925년)

광염(狂炎) 소나타

독자는 이제 내가 쓰려는 이야기를, 유럽의 어떤 곳에 생긴 일이라고 생각하여도 좋다. 혹은 사오십 년 뒤에 조선의 무대로 생겨날 이야기라고 생각하여도 좋다. 다만, 이 지구상의 어떠한 곳에 이러한 일이 있었는지도 모르겠다. 있는지도 모르겠다. 혹은 있을지도 모르겠다. 가능성(可能性)뿐은 있다 —— 이만치 알아 두면 그만이다.

그런지라, 내가 여기 쓰려는 이야기의 주인공 되는 백성수(白性洙)를, 혹은 앨버트라 생각하여도 좋을 것이요, 짐이라 생각하여도 좋을 것이요, 또는 호모(胡某)나 기무라모(木村某)로 생각하여도 괜찮다. 다만 사람이라 하는 농물을 주인공삼아 가지고, 사람의 세상에서 생겨난 일인 줄만 알면…….

이러한 전제로써, 자 그러면 내 이야기를 시작하자.

"기회(찬스)라 하는 것이, 사람을 망하게도 하고 흥하게도 하는 것을 아시오?"

"네, 새삼스러이 연구할 문제도 아닐걸요."

"자, 여기 어떤 상점이 있다 합시다. 그런데 마침 주인도 없고 사환도 없고 온통 비었을 적에 우연히 그 앞을 지나가던 신사가 —— 그 신사는 재산도 있고 명망도 있는 점잖은 사람인데 —— 그 신사가 빈 상점을 들여다보고 혹은 이렇게 생각할 수도 있지 않아요? 텅 비었으니깐 도적놈이라도 넉넉히 들어갈 게다. 들어가서 훔치면 아무도 모를 테다. 집을 왜 이렇게 비워 둔담…… 이런 생각 끝에 혹은 그 —— 그 뭐랄까, 그 돌발적(突發的) 변태 심리로써 조그만 물건 하나(변변치도 않고 욕심도 안 나는)를 집어서 주머니에 넣은 경우가 있을지도 모르지 않겠습니까?"

"글쎄요."

"있습니다. 있어요."

어떤 여름날 저녁이었었다. 도회를 떠난 교외 어떤 강변에, 두 노인이 앉아서 이런 이야기를 하고 있었다. 그 기회론을 주장하는 사람은, 유명한 음악 비평가 K씨였었다. 듣는 사람은 사회 교화자의 모씨였었다.

"글쎄, 있을까요?"

"있어요.…… 좌우간 있다 가정하고, 그러한 경우에 그 책임은 어디 있습니까?"

"동양 속담 말에, 외밭서는 신끈도 다시 매지 말랬으니, 그 신사가 책임을 질까요?"

"그래 버리면 그뿐이지만, 그 신사는 점잖은 사람으로서 그런 절대적 기묘한 찬스만 아니더라면 그런 마음은커녕 염도 내지도 않을 사람이라 생각하면 어찌 됩니까?"

"……"

"말하자면 죄는 '기회'에 있는데 '기회'라는 무형물은 벌을 할 수가 없으니깐, 그 신사를 가해자로 인정할 수밖에는 지금은 없지요."

"그렇습니다."

"또 한 가지…… 사람의 천재라 하는 것도, 경우에 따라서는 어떤 '기회'가 없으면 영구히 안 나타나고 마는 일이 있는데, 그 '기회'란 것이 어떤 사람에게서, 그 사람의 '천재'와 '범죄 본능'을 한꺼번에 끄을어 내었다면 우리는 그 '기회'를 저주하여야겠습니까, 축복하여야겠습니까?"

"글쎄요."

"선생은 백성수라는 사람을 아시오?"

"백성수?…… 자…… 기억이 없는데요."

"작곡가(作曲家)로서 그……."

"네, 생각납니다. 유명한…… '광염 소나타'의 작가 말씀이지요?"

"네, 그 사람이 지금 어디 있는지 아십니까?"

"모릅니다. …… 뭐 발광했단 말이 있는데……."

"네, 지금 ××정신 병원에 감금돼 있는데, 그 사람의 일대기를 이야기할게 들으시고, 사회 교화자(社會敎化者)로서의 의견을 말씀해 주십쇼."

——내가 이제 이야기하려는 백성수의 아버지도, 또한 천분 많은 음악가였습니다. 나와는 동창생이었는데 학생 시대부터 벌써 그의 천분은 넉넉히 볼 수가 있었습니다. 그는 작곡과(作曲科)를 전공하였는데, 때때로 스스로 작곡을 하여서는 밤중에 혼자서 피아노를 두드리고 하여서 우리들로 하여금 뜻하지 않고 일어나게 하고 하였습니다. 그리고 우리는 그 밤중에 울리어 오는 야성(野性)적 선율에 몸을 소스라치고 하였습니다.

그는 야인(野人)이었습니다. 광포스런 야성은, 때때로 비위에 틀리면 선생을 두들기기가 예사이며, 우리 학교 근처의 술집이며 모든 상점 주인들은, 그에게 매깨나 안 얻어맞은 사람이 없었습니다. 그러한 야성은 그의 음악 속에 풍부히 잠겨 있어서, 오히려 그 야성적 힘이 그의 예술을 빛나게 하는 것이었습니다.

그러나 그가 학교를 졸업하고 난 뒤에는 그 야성은 다른 곳으로 발전되고 말았습니다.

술 —— 술 —— 무서운 술이었습니다. 아침부터 저녁까지, 저녁부터 아침까지, 술잔이 그의 입에서 떠나지를 않았습니다. 그리고 술을 먹고는 여편네들에게 행패를 하고, 경찰서에 구류를 당하고, 나와서는 또 같은 일을 하고…….

작품? 작품이 다 무엇이외까? 술을 먹은 뒤에 취흥에 겨워, 때때로 피아노에 앉아서 즉흥(卽興)으로 탄주를 하고 하였는데, 지금 생각하면 그 귀기(鬼氣)가 사람을 엄습하는 힘과 야성(베토벤 이래로 근대 음악가에서 발견할 수 없던), 그건 —— 보물이라 하여도 좋을 것이 많았지만, 우리들은 각각 제 길 닦기에 바쁜 사람이라, 주정꾼의 즉흥악을 일일이 베껴 둔다든가 그런 일은 꿈에도 생각하지 않았습니다.

우리들은 그의 장래를 생각하여 때때로 술을 삼가기를 권고하였지만, 그런 야인에게 친구의 권고가 무슨 소용이 있겠습니까.

"술? 술은 음악이다!"
하고는 하하하하 웃어 버리고 다시 술집으로 달아나고 합니다.

그러한 칠팔 년이 지난 뒤에 그는 아주 폐인이 되고 말았습니다. 술이 안 들어가면 그의 손은 떨렸습니다. 눈에는 눈꼽이 끼었습니다. 그리고 술이 들어가면 —— 술만 들어가면 그는 그 광포성을 발휘하였습니다. 누구를 물론하고 붙잡고는 입에 술을 부어 넣어 주었습니다. 그러다가는 장소를 불문하고 아무 데나 누워서 잡니다.

사실 아까운 천재였습니다. 우리들 사이에는 때때로 그의 천분을 생각하고 아깝게 여기는 한숨이 있었지만, 세상에서는 그 장래가 무서운 한 천재가 있었다는 것은 몰랐었습니다.

그러는 동안에 그는 어떤 양가의 처녀와 어떻게 관계를 맺어서 애까지 뱄습니다. 그러나 그 애의 출생을 보지 못하고, 아깝게도 심장마비로 죽어 버리고 말았습니다.

그 유복자로 세상에 나온 것이 백성수였습니다.

그러나 우리는 백성수가 세상에 출생되었다는 풍문만 들었지, 그 애 아버지가 죽은 뒤부터는 그 애의 소식이며 그 애 어머니의 소식은 일체 몰랐습니다. 아니, 몰랐다는 것보다, 그 집안의 일은 우리의 머리에서 온전히 잊혀지고 말았습니다.

삼십 년이라는 세월이 흘렀습니다.

십 년이면 산천도 변한다 하는데 삼십 년 사이의 변천을 어찌 이루 다 말하겠습니까. 좌우간 그 동안에 나는 내 길을 닦아 놓았습니다. 아시다시피 지금 K라 하면 이 나라에서 첫손가락을 꼽는 음악 비평가가 아닙니까. 건실한 지도적 비평가 K라면, 이 나라의 음악계의 권위며, 이 나의 한 마디는 음악가의 가치를 결정하는 판결문이라 하여도 옳을 만치 되었습니다. 많은 음악가가 내 손 아래에서 자랐으며, 많은 음악가가 내 지도로써 이름을 날렸습니다.

재작년 이른 봄 어떤 날이었습니다.

그때 나는 조용한 밤중의 몇 시간씩을 ㅇㅇ예배당에 가서, 명상으로 시간을 보내는 것이 습관이 되어 있었습니다. 언덕 위에 홀로 서 있는 집으로서, 조용한 밤중에 혼자 앉아 있노라면 때때로 들보에서,

놀라서 깬 비둘기의 날개 소리와, 간간이 기둥에서 뚝뚝 하는 소리밖에는 아무 소리도 들리지 않는, 말하자면 나 같은 괴상한 성미를 가진 사람이 아니면 돈을 주면서 들어가래도 들어가지 않을 음침한 집이었습니다. 그러나 나 같은 명상을 즐기는 사람에게는, 다른 데서 구하기 힘들도록 온갖 것을 가진 집이었습니다. 외따르고 조용하고 음침하며, 간간이 알지 못할 신비한 소리까지 들리며, 멀리서는 때때로 놀란 듯한 기적(汽笛) 소리도 들리는…… 이것뿐으로도 상당한데, 게다가 이 예배당에는 피아노도 한 대 있었습니다. 예배당에는 오르간은 있을지나 피아노가 있는 곳은 쉽지 않은 것으로서, 무슨 흥이나 날 때에는 피아노에 가서 한 곡조 두드리는 재미도 또한 괜찮았습니다.

그 날 밤도 (아마 두 시는 지났을걸요.) 그 예배당에서 혼자서 눈을 감고 조용한 맛을 즐기고 있노라는데, 갑자기 저편 아래에서 재재 하는 소리가 납디다. 그래서 눈을 번쩍 뜨니까 화광이 충천하였는데, 내다보니까 언덕 아래 어떤 집에 불이 붙으며 사람이 왔다갔다 야단이었습니다.

이렇게 말하면 어떨지 모르지만, 그다지 멀지 않은 곳에서 불붙는 것을 바라보는 맛도 괜찮은 것이었습니다. 일어서는 불길이며, 퍼져나가는 연기, 불씨의 날아나는 양, 그 가운데 거뭇거뭇 보이는 기둥, 집의 송장, 재재거리는 사람의 무리, 이런 것은 어떻게 생각하면 과연 시도 될지며 음악도 될 것이었습니다. 옛날에 '네로'가 불붙는 것을 바라보면서 자기는 비파를 들고 노래를 하였다는 것도 음악가의 견지로 보면 그다지 나무랄 것이 아니었습니다.

나도 그때에 불을 보고 차차 흥이 났습니다.

…… '네로'를 본받아서 나도 즉흥으로 한 곡조 두드려 볼까, 어렴풋이 이런 생각을 하며, 나는 그 불을 정신 없이 바라보고 있었습니

다.

그때였습니다. 갑자기 덜컥덜컥하는 소리가 들리더니 예배당 문이 열리며, 웬 젊은 사람이 하나 낭패한 듯이 뛰어 들어왔습니다. 그리고 무엇에 놀란 사람같이 두리번두리번 사면을 살피더니, 그래도 내가 있는 것은 못 보았는지, 저편에 있는 창 안에 가서 숨어 서서, 아래서 붙는 불을 내려다봅니다.

나도 꼼짝을 못하였습니다. 좌우간 심상스런 사람은 아니요, 방화범이나 도적으로밖에는 인정할 수 없지 않겠습니까? 그래서 꼼짝을 못하고 서 있노라니까 그 사람은 한참 정신 없이 서 있다가 한숨을 쉽니다. 그리고 맥없이 두 팔을 늘이우고 도로 나가려고 발을 떼려다가, 자기 곁에 피아노가 놓인 것을 보더니, 교의를 끌어다 놓고 그 앞에 주저앉고 말겠지요. 나도 거기에는 그만 직업적 흥미에 끄을렸습니다. 그래서 무엇을 하나 보자 하고 있노라니까, 뚜껑을 열더니 한 번 뚱하고 시험을 해 보아요. 그리고 조금 있더니 다시 뚱뚱 하고 시험을 해 보겠지요.

이때부터 그의 숨소리가 차차 높아 가기 시작했습니다. 씩씩거리며 몹시 흥분된 사람같이 몸을 떨다가, 벼락같이 양손을 '키' 위에 갖다가 덮었습니다. 그 다음 순간 C사프 단음계(短音階)의 알레그로가 시작되었습니다.

처음에는 다만 흥미로써 그의 모양을 엿보고 있던 나는, 그 알레그로가 울리어 나오는 순간 마음은 끝까지 긴장되고 흥분되었습니다.

그것은 순전한 야성(野性)적 음향이었습니다. 음악이라 하기에는 너무 힘있고 무기교(無技巧)이었습니다. 그러나 음악이 아니라기에는 거기는 너무 괴롭고도 무겁고 힘있는 '감정'이 들어 있었습니다. 그것은 마치 야반의 종소리와도 같이, 사람의 마음을 무겁고 음침하게 하는 음향인 동시에, 맹수의 부르짖음과 같이 사람으로 하여금 소름 돋게 하는 무서운 감정의 발현이었습니다. 아아, 그 야성적 힘과 남성적 부르짖음, 그 아래 감추어 있는 침통한 주림과 아픔, 순박하고도 아무 기교가 없는 그 표현!

나는 덜썩 그 자리에 주저앉고 말았습니다. 그리고 음악가의 본능으로서 뜻하지 않고 주머니에서 오선지(五線紙)와 연필을 꺼내었습니다. 피아노의 울리어 나아가는 소리에 따라서 나의 연필은 오선지 위에서 뛰놀았습니다. 등불도 없는지라, 손 짐작으로.

…… 좀 급속도로 시작된 빈곤, 거기 연하여 주림, 꺼져 가는 불꽃과 같은 목숨, 그러한 것을 지나서 한참 연속되는 완서조(緩徐調)의 압축된 감정, 갑자기 튀어져 나오는 광포(狂暴). 거기 연한 쾌미(快味), 홍소(哄笑) —— 이리하여 주화조(主和調)로서 탄주는 끝이 났습니다. 더구나 그 속에 나타나 있는 압축된 감정이며 주림, 또는 맹렬한 불길 등이 사람의 마음에 주는 그 처참함이며 광포성은, 나로 하여금 아직 '문명'이라 하는 것의 은택에 목욕하여 보지 못한 야인(野人)을 연상케 하였습니다.

탄주가 다 끝이 난 뒤에도 나는 정신을 못 차리고 망연히 앉아 있었습니다. 물론 조금이라도 음악의 소양이 있는 사람일 것 같으면, 이제 그 소나타를 음악에 대하여 정통(正統)으로 아무러한 수양도 받지 못한 사람이, 다만 자기의 천재적 즉흥뿐으로 탄주한 것임을 알 것입니다. 해결(解決)도 없이, 감칠도화현(減七度和絃)이며 증육도화현(增六度和絃)을 범벅으로 섞어 놓았으며, 금칙(禁則)인 병행오팔도(並行五八度)까지 집어넣은 것으로서, 더구나 스케르초는 온전히 뽑아먹은 —— 대담하다면 대담하고 무식하다면 무식하달 수도 있는 방분 자유한 소나타였습니다.

　이때에 문득 내 머리에 떠오른 것은, 삼십 년 전에 심장 마비로 죽은 백○○였습니다. 그의 음악으로서, 만약 정통적 훈련만 뽑고 거기다가 야성을 더 집어넣으면 지금 내 눈앞에 있는 그 음악가의 것과 같은 것이 될 것이었습니다. 귀기(鬼氣)가 사람을 엄습하는 듯한 그 힘과 방분스런 표현과 야성(野性) —— 이것은 근대 음악가에게 구하기 힘든 보물이었습니다.

　그 소나타에 취하여 한참 정신이 어리둥절히 앉았던 나는, 고즈너기 일어서서 그 피아노 앞에 가서 그의 어깨에 가만히 손을 얹었습니다. 한 곡조를 타고 나서 아주 곤한 듯이 정신이 없이 앉아 있던 그는, 펄떡 놀라며 일어서서 내 얼굴을 보았습니다.

　"자네 몇 살 났나?"

　나는 그에게 이렇게 첫말을 물었습니다. 가슴이 답답한 나로서는 이런 말밖에는 갑자기 다른 말이 생각 안 났습니다. 그는 높은 창에서 들어오는 달빛을 받고 있는 내 얼굴을 한순간 쳐다보고, 머리를 돌이키고 말았습니다.

　"배 고프나?"

　나는 두 번째 그에게 물었습니다.

　그는 시끄러운 듯이 벌떡 일어섰습니다. 그리고 달빛이 비친 내 얼굴을 정면으로 바라보다가,

　"아, K선생님 아니세요?"

하면서 나를 붙들었습니다. 그래서 그렇노라고 하니깐,

　"사진으로는 늘 뵈었습니다마는……"

하면서 다시 맥없이 나를 놓으며 머리를 돌렸습니다.

　그 순간 —— 그가 머리를 돌이키는 순간, 달빛에 걸핏 나는 거기서 뜻밖에, 삼십 년 전에 죽은 벗 백○○의 모습을 발견하였습니다.

“아, 자네 이름이 뭐인가?”

“백성수……”

“백성수? 그 백○○의 아들이 아닌가. 삼십 년 전에 자네가 나오기
전에 세상 떠난……”

그는 머리를 번쩍 들었습니다.

“네? 선생님이 어떻게 아세요?”

“백성수? 그 백○○의 아들인가? 같이두 생겼다. 내가 자네의 어르
신네와 동창이네. 아아 …… 역시 그 애비의 아들이다.”

그는 한숨을 길게 쉬며 머리를 숙여 버렸습니다.

나는 그 날 밤 그 백성수를 데리고 집으로 돌아왔습니다. 그리고
비록 작곡상 온갖 법칙에는 어그러진다 하나, 그만치 힘과 정열과 열
성으로 찬 소나타를 거저 버리기가 아까워서 다시 한번 피아노에 올
라앉기를 명하였습니다. 아까 예배당에서 내가 베낀 것은 알레그로가
거의 끝난 곳부터였으므로 그 전 것을 베끼기 위해서였습니다.

그는 피아노를 향하여 앉아서 머리를 기울였습니다. 몇 번 손으로
‘키’를 두드려 보다가는 다시 머리를 기울이고 생각하고 하였습니다.
그러나 다섯 번, 여섯 번을 다시하여 보았으나 아무 효과도 없었습니
다. 피아노에서 울려 오는 음향은, 규칙 없고 되지 않은 한낱 소음(騷
音)에 지나지 못하였습니다. 야성? 힘? 귀기(鬼氣)? 그런 것은 없었습
니다. 감정의 재뿐이었습니다.

‘선생님 잘 안 됩니다.”

그는 부끄러운 듯이 연하여 고개를 기울이며 이렇게 말하였습니다.

“두 시간도 못 돼서 벌써 잊어버린담?”

나는 그를 밀어 놓고 내가 대신하여 피아노 앞에 앉아서, 아까 베

긴 그 음보를 펴놓았습니다. 그리고 내가 베낀 곳부터 타기 시작하였습니다.

화염(火炎)! 화염! 빈곤, 주림, 야성적 힘, 기괴한 감금당한 감정! 음보를 보면서 타던 나는 스스로 흥분이 되었습니다. 미상불 그때는 내 눈은 미친 사람같이 번득였으며, 얼굴은 흥분으로 새빨갛게 되었을 것이었습니다.

즉, 그때에 그가 갑자기 달려들더니 나를 떠밀쳐 버렸습니다. 그리고 자기가 대신하여 앉았습니다.

의자에서 떨어진 나는, 그 자리에 앉은 대로 그의 양을 쳐다보았습니다. 그는 나를 밀쳐 버린 다음에 그 음보를 들고서 읽기 시작하였습니다. 아아 그의 얼굴! 그의 숨소리가 차차 높아지면서 눈은 미친 사람과 같이 빛을 내기 시작하였습니다. 그러더니 그 음보를 홱 내어 던지며 벼락같이 그의 두 손은 피아노 위에 덧업혔습니다.

'C샤프 단음계'의 광포스런 '소나타'는 다시 시작되었습니다. 폭풍우같이, 또는 무서운 물결같이 사람으로 하여금 숨막히게 하는 그 힘 —— 그것은 베토벤 이래로 근대 음악가에서 보지 못하던 광포스런 야성이었습니다.

무섭고도 참담스런 주림, 빈곤, 압축된 감정, 거기서 튀어져 나온 맹염(猛炎), 공포, 홍소 —— 아아, 나는 너무 숨이 답답하여, 뜻하지 않고 두 손을 홱 내저었습니다.

그 날 밤이 새도록, 그는 흥분이 되어서 자기의 과거를 일일이 다 이야기하였습니다. 그 이야기에 의지하면 대략 경력이 이러하였습니다.

—— 그의 어머니는 그를 밴 뒤에 곧 자기의 친정에서 쫓겨 나왔습

니다.

그때부터 그의 가난함은 시작되었습니다.

그러나 교양이 있고 어진 그의 어머니는 품팔이를 할지언정 성수는 곱게 길렀습니다. 변변치는 않으나마 오르간 하나를 준비하여 두고, 그가 잠자려 할 때에는 슈베르트의 '자장가'로써 그의 잠을 도왔으며, 아침에 깰 때는 하루 종일 유쾌히 지내게 하기 위하여, 도랜드의 '세컨드 발츠'로써 그의 원기를 돋우었습니다.

그는 세 살 났을 적에 어머니의 품에 안겨서 오르간을 장난하여 보았습니다. 이 오르간을 장난하는 것을 본 어머니는, 근근이 돈을 모아서 그가 여섯 살 나는 해에 피아노를 하나 샀습니다.

아침에는 새 소리, 바람에 버석거리는 포플러 잎, 어머니의 사랑, 부엌에서 국 끓는 소리, 이러한 모든 것이 이 소년에게는 신비스럽고도 다정스러워, 그는 피아노에 향하여 앉아서 생각나는 대로 '키'를 두드리고 하였습니다.

이러한 가운데 고이 소학과 중학도 마치었습니다. 그러는 동안에 음악에 대한 동경은 그의 가슴에 터질 듯이 쌓였습니다.

중학을 졸업한 뒤에는 이젠 어머니를 위하여, 그는 학업을 중지하지 않을 수가 없었습니다. 그는 어떤 공장의 직공이 되었습니다. 그러나 어진 어머니의 교육 아래서 길러난 그는 비록 직공은 되었다 하나 아주 온량한 사람이었습니다.

그리고 음악에 대한 집착은 조금도 줄지 않았습니다. 비록 돈이 없어서 정식으로 음악 교육은 못 받을망정 거리에서 손님을 끄노라고 틀어 놓은 유성기 앞이며, 또는 일요일날 예배당에서 찬양대의 노래에, 젊은 가슴을 뛰놀리던 그였습니다. 집에서는 피아노 앞을 떠나 본 일이 없었습니다.

　때때로 비상한 감흥으로 오선지(五線紙)를 내어 놓고, 음보를 그려 본 적도 한두 번이 아니었습니다. 그러나 이상한 것은, 그만치 뛰놀던 열정과 터질 듯한 감격도, 음보로 그려 놓으면 아무 긴장도 없는 싱거운 음계가 되어 버리고 하였습니다. 왜? 그만치 천분[1]이 있고 그만치 열정이 있던 그에게서, 왜 그런 재와 같은 음악만 나왔느냐고 물으실 테지요. 거기 대하여서는 이따가 설명하리다.

　감격과 불만, 열정과 재 —— 비상한 흥분과 그 흥분에 반비례 되는 시원치 않은 결과, 이러한 불만의 십 년이 지났습니다.

　그의 어머니는 문득 몹쓸 병에 걸렸습니다.

　자양[2]과 약값, 그의 몇 해를 근근이 모았던 돈은 차차 줄기 시작하였습니다. 조금이라도 안락한 생활이 되기만 하면, 정식으로 음악에 대한 교육을 받으려고 모아 두었던 저금은, 그의 어머니의 병에 다 들어갔습니다. 그러나 그의 어머니의 병은 차도가 보이지 않았습니다.

　그리하여 그와 내가 그 예배당에서 만나기 전 해 여름 어떤 날 그의 어머니는 도저히 회복할 가망이 없는 중태에까지 빠지게 되었습니다. 그러나 그때는 벌써 그에게는 돈이라고는 다 떨어진 때였습니다.

　그 날 아침, 그는 위독한 어머니를 버려 두고 역시 공장에를 갔습니다. 그러나 아무리 하여도 마음이 놓이지 않아서, 일을 중도에 그만두고 집으로 돌아왔습니다. 그때는 어머니는 벌써 혼수 상태에 빠져 있었습니다. 가슴이 덜컥 내려앉은 그는 황급히 다시 뛰어나갔습니다. 그러나 어디로? 무얼 하러? 뜻없이 뛰어나와서 한참 달음박질하다가,

---

1) 천분(天分) — 타고난 재능.
2) 자양(滋養) — 몸의 영양을 붙게 하는 것. 또는, 그러한 음식.

그는 문득 정신을 차리고 의사라도 청할 양으로 힐끔 돌아섰습니다.

그때였습니다. 아까 내가 말한 바 '기회'라는 것이 그때에 그의 앞에 나타났습니다. 그것은 조그만 담뱃가게 앞이었는데, 가게와 안방과의 사이의 문은 닫겨 있고 안에는 미상불 사람이 있을지나 가게를 보는 사람이 눈에 안 띄었습니다. 그리고 그 담배 상자 위에는 오십 전짜리 은전 한 닢과 동전 몇 닢이 놓여 있었습니다.

그는 자기로도 무엇을 하는지 몰랐습니다. 의사를 청하여 오려면 다만 몇십 전이라도 돈이 있어야겠단 어렴풋한 생각만 가지고 있던 그는, 한 번 사면을 살핀 뒤에 벼락같이 그 돈을 쥐고 달아났습니다.

그러나 그는 이십 칸도 뛰지 못하여 따라오는 그 집 사람에게 붙들렸습니다.

그는 몇 번을 사정하였습니다. 마지막에는 자기의 어머니가 명재경각[3]이니, 한 시간만 놓아 주면 의사를 어머니에게 보내고 다시 오마고까지 하여 보았습니다. 그러나 그런 말은 모두 헛소리로 돌아가고, 그는 마침내 경찰서로 가게 되었습니다.

경찰서에서 재판소로, 재판소에서 감옥으로 —— 이러한 여섯 달 동안에 그는 이를 갈면서 분해하였습니다. 자기 어머니의 운명이 어찌 되었나. 그는 손과 발을 동동 구르면서 안타까워했습니다. 만약 세상을 떠났다 하면, 떠나는 순간에 얼마나 자기를 찾았겠습니까. 임종에도 물 한잔 떠넣어 줄 사람이 없는 어머니였습니다. 애타하는 그 모양, 목말라 하는 그 모양을 생각하고는, 그 어머니에게 지지 않게 자기도 애타하고 목말라 했습니다.

반 년 뒤에 겨우 광명한 세상에 나와서 자기의 오막살이를 찾아가

---

3) 명재경각(命在頃刻) — 곧 숨이 끊어질 지경에 이름.

매, 거기는 벌써 다른 사람이 들어 있었으며, 어머니는 반 년 전에 아들을 찾으며 길에까지 기어나와서 죽었다 합니다.

공동 묘지를 가 보았으나 분묘조차 발견할 수가 없었습니다.

이리하여 갈 곳이 없이 헤매던 그는, 그 날도 역시 잘 곳을 찾으러 헤매다가 그 예배당(나하고 만난)까지 뛰쳐 들어온 것이었습니다.

—— 여기까지 이야기해 오던 K씨는 문득 말을 끊었다. 그리고 마도로스 파이프를 꺼내어 담배를 피워 가지고 빨면서 모씨에게 향하였다 —— .

"선생님은 이제 내가 이야기한 가운데 모순된 점을 발견 못하셨습니까?"

"글쎄요."

"그럼 내가 대신 물으리다. 백성수는 그만치 천분이 많은 음악가였었는데, 왜 그 광염 소나타(그 날 밤의 그 소나타를 '광염 소나타'라고 그랬습니다.)를 짓기 전에는 그만치 흥분되고 긴장됐다가도 일단 음보로 만들어 놓으면 아주 힘없는 것이 되어 버리고 했겠습니까?"

"그거야 미상불 그때의 흥분이 '광염 소나타'를 지을 때의 흥분만 못한 연고겠지요."

"그렇게 해석하세요? 듣고 보니 그것도 한 해석이 되기는 합니다. 그러나 나는 그렇게 해석 안 하는데요."

"그럼 K씨는 어떻게 해석하십니까?"

"나는…… 아니, 내 해석을 말하는 것보다, 그 백성수한테서 내게로 온 편지가 한 장 있는데, 그것을 보여 드리리다. 선생은 오늘 바쁘시지 않으세요?"

"일은 없습니다."

"그러면 우리 집까지 잠깐 같이 가 보실까요?"

"가지요."

두 노인은 일어섰다. 도회와 교외의 경계에 딸린 K씨의 집에까지 두 노인이 이른 때는 오후 너덧 시쯤이었다. 두 노인은 K씨의 서재에 마주 앉았다.

"이것이 이삼 일 전에 백성수한테서 내게로 온 편지인데, 읽어 보세요."

K씨는 서랍에 커다란 편지 뭉치를 꺼내어, 모씨에게 주었다. 모씨는 받아서 폈다.

"가만, 여기서부터 보세요. 그 전에는 쓸데없는 인사이니까."

—— (전략) 그리하여 그 날도 또한 이제 밤을 지낼 집을 구하노라고 돌아다니던 저는, 우연히 그 집(제가 전에 돈 오십여 전을 훔친 집) 앞에까지 이르렀습니다. 깊은 밤 사면은 고요한데 그 집 앞에서 잘 곳을 구하노라고 헤매던 저는, 문득 마음 속에 무서운 복수의 생각이 일어났습니다. 이 집만 아니었더면, 이 집 주인이 조금만 인정이라는 것을 알았더면, 저는 그 불쌍한 제 어머니로서 길에까지 기어나와서 세상을 떠나게 하지는 않았겠습니다. 분묘가 어디인지조차 알지 못하여, 꽃 한 번 갖다가 꽂아 보지 못한 이러한 불효도 이 집 때문이외다. 이러한 생각에 참지를 못하여, 그 집 앞에 가려 있는 볏짚에다가 불을 놓았습니다. 그러고 거기 서서 불이 집으로 옮아 가는 것을 다 본 뒤에 갑자기 무서운 생각이 나서 달아났습니다.

좀 달아나다 보매, 아래서는 벌써 사람이 꾀어들기 시작한 모양인데, 이때에 저의 머리에 타오르는 생각은 통쾌하다는 생각과 달아나려는 생각뿐이었습니다. 그리하여 저는 몸을 숨기기 위하여, 앞에 보이는 예배당으로 뛰어 들어갔습니다.

거기서 불이 다 타도록 구경을 한 뒤에 나오려다가 피아노를 보고…….

"이보세요."

K씨는 편지를 보는 모씨를 찾았다.

"비상한 열정과 감격은 있어두, 그것이 그대로 표현 안 된 것이 그것 때문이었습니다. 즉 성수의 어머니는 몹시 어진 사람으로서, 어렸을 때부터 성수의 교육을 몹시 힘을 들여서 착한 사람이 되도록, 착한 사람이 되도록 이렇게 길렀습니다그려. 그 어진 교육 때문에 그가 하늘에서 타고난 광포성과 야성이 표면상에 나타나지를 못하였습니다. 그 타오르는 야성적 열정과 힘이, 음보(音譜)로 그려 놓으면 아주 힘없는, 말하자면 김 빠진 술같이 되고 하는 것이 모두 그 때문이었습니다그려. 점잖고 어진 교훈이 그의 천분을 못 발휘하게 한 셈이지요."

"흠!"

"그것이, 그 사람…… 성수가, 감옥 생활을 할 동안에 한 번 씻기기는 하였으나, 그러나 사람의 교양이라 하는 것은 온전히 씻지는 못하는 것이외다. 그러다기, 그 '원수'의 집 앞에서 갑자기, 말하자면 돌발적으로 야성과 광포성이 나타나서 불을 놓고 예배당 안에 숨어 서서 그 야성적 광포적 쾌미를 한껏 즐긴 다음에, 그에게서 폭발하여 나온 것이, 그 '광염 소나타'였구려. 일어서는 불길, 사람의 비명, 온갖 것을 무시하고 퍼져 나가는 불의 세력…… 이런 것은 사실 야성적 쾌미 가운데 으뜸이 되는 것이니깐요."

"……"

"아셨습니까? 그러면 그 다음에 그 편지의 여기부터 또 보세요."

──(중략) 저는, 그 날의 일이 아직 눈앞에 어리는 듯하외다. 선생님이 저를 세상에 소개하시기 위하여, 늙으신 몸이 몸소 피아노에 앉으셔서, 초대한 여러 음악가들 앞에서 제 '광염 소나타'를 탄주하시던 그 광경은, 지금 생각하여도 제 눈에서 눈물이 나오려 합니다.

그때에 그 손님 가운데 부인 손님 두 분이 기절을 한 것은, 결코 '광염 소나타'의 힘뿐이 아니고, 선생님의 그 탄주의 힘이 많이 섞인 것을 뉘라서 부인하겠습니까. 그 뒤에 여러 사람 앞에 저를 내어세우고,

"이 사람이 '광염 소나타'의 작자이며, 삼십 년 전에 우리를 버려두고 혼자 간 일대의 귀재 백○○의 아들이외다."

그 소개를 하여 주신 그때의 그 감격은 제 일생에 어찌 잊사오리까.

그 뒤에 선생님께서 저를 위하여 꾸며 주신 방도, 또한 제 마음에 가장 맞는 방이었습니다. 널따란 북향 방에, 동남쪽 귀에 든든한 참나무 침대가 하나, 서북쪽 귀에 아무 장식 없는 참나무 책상과 의자, 피아노가 하나씩, 그 밖에는 방 안에 장식이라고는 서남쪽 벽에 커다란 거울이 하나 있을 뿐, 덩더렇게 넓은 방은 사실 밤에 전등 아래 앉아 있노라면 저절로 소름이 끼치도록 무시무시한 방이었습니다. 게다가 방 안은 모두 검은 칠을 하고, 창 밖에는 늙은 홰나무의 고목이 한 그루 서 있는 것도 과연 귀기(鬼氣)가 돌았습니다. 이러한 가운데서 선생님은 저로 하여금 방분스러운 음악을 낳도록 애써 주셨습니다.

저도 그런 환경 아래서 좋은 음악을 낳아 보려고 얼마나 애를 썼겠습니까. 어떤 날 선생님께 작곡에 대한 계통적 훈련을 원할 때에 선생님은 이렇게 대답하셨습니다.

'자네게는 그러한 교육이 필요가 없어. 마음대로 나오는 대로 하게. 자네 같은 사람에게 계통적 훈련이 들어가면 자네의 음악은 기계화해 버리고 말어. 마음대로 온갖 규칙과 규범을 무시하고 가슴에서 터져 나오는 대로……'

저는 이 말씀의 뜻을 똑똑히는 몰랐습니다. 그러나 대략한 의미뿐은 통하였습니다. 그리하여 저는 마음대로 한껏 자유스러운 음악의 경지를 개척하려 하였습니다.

그러나 그 동안에 제가 산출한 음악은 모두 이상히도 저의 이전(제 어머니가 아직 살아 계실 때)의 것과 마찬가지로, 아무러한 힘도 없는 음향의 유희에 지나지 못하였습니다.

저는 얼마나 초조하였겠습니까. 때때로 선생님께서 채근 비슷이 하시는 말씀은 저로 하여금 더욱 초조하게 하였습니다. 그리고 마음이 초조하면 초조할수록, 제게서 생겨나는 음악은 더욱 나약한 것이 되었습니다.

저는 때때로 그 불붙던 광경을 생각하여 보았습니다. 그리고 그때에 통쾌해하던 감정을 되풀이하여 보려 하였습니다. 그러나 그것 역시 실패에 돌아갔습니다.

때때로 비상한 열정으로 음보를 그려 놓은 뒤에, 몇 시간을 지나서 다시 한번 읽어 보면, 거기는 아무 힘이 없는 개념만 있고 하였습니다.

저의 마음은 차차 무거워지기 시작하였습니다. 그리고 큰 기대를 가지고 계신 선생님께도 미안하기가 짝이 없었습니다.

'음악은 공예품과 달라서, 마음대로 만들고 싶은 때에 되는 것이 아니니, 마음놓고 천천히 감흥이 생긴 때에……'

이러한 선생님의 위로의 말씀을 듣기가 제 살을 깎아 내는 듯하였습니다. 그러나 제 마음상은, 이제는 제게서 다시 힘있는 음악이 나올 기회가 없는 것같이만 생각되었습니다.

이러는 동안에 무위의 몇 달이 지났습니다.

어떤 날 밤중, 가슴이 너무 무겁고 가슴속에 무엇이 가득 찬 것같이 거북하여서, 저는 산보를 나섰습니다. 무거운 머리와 무거운 가슴과 무거운 다리를 지향 없이 옮기면서 돌아다니다가, 저는 어떤 곳에서 커다란 볏짚 낟가리를 발견하였습니다.

이때의 저의 심리를 어떻게 형용하였으면 좋을지 저는 모르겠습니다. 저는 무슨 무서운 적(敵)을 만난 것같이 긴장되고 흥분되었습니다. 저는 사면을 한 번 살펴보고 그 낟가리에 달려가서 불을 그어서 놓았습니다. 그리고 갑자기 무서움증이 생겨서 돌아서서 달아나다가, 멀찍이까지 달아나서 돌아보니까 불길은 벌써 하늘을 찌를 듯이 일어났습니다. 왁, 왁, 꺄, 꺄, 사람들의 부르짖는 소리도 들렸습니다.

저는 다시 그곳까지 가서, 그 무서운 불길에 날아 올라가는 볏짚이며, 그 낟가리에 연달아 있는 집을 헐어 내는 광경을 구경하다가, 문득 흥분이 되어서 집으로 돌아왔습니다.

그 날 밤에 된 것이 '성난 파도'였습니다.

그 뒤에 이 도회에서 일어난 알지 못할 몇 가지의 불은 모두 제가 질러 놓은 것이었습니다. 그리고 불이 있던 날 밤마다 저는 한 가지의 음악을 얻었습니다. 며칠을 연하여 가슴이 몹시 무겁다가, 그것이 마침내 식체와 같이 거북하고 답답하게 되는 때는, 저는 뜻없이 거리를 나갑니다. 그리고 그러한 날은 한 가지의 방화 사건이 생겨나며, 그 날 밤에는 한 곡의 음악이 생겨났습니다.

그러나 그것도 번수가 차차 많아 갈 동안, 저의 그 불에 대한 흥분은 반비례로 줄어졌습니다. 온갖 것을 용서하지 않는 불꽃의 잔혹함도, 그다지 제 마음을 긴장시키지 못하였습니다.

'차차, 힘이 적어져 가네.'

선생님께서 제 음악을 보시고 이렇게 말씀하신 것이 그러한 때였습니다.

그러나, 저는 게서 더할 도리가 없었습니다. 하는 수 없이 저는 한동안 음악을 온전히 잊어버린 듯이 내버려 두었습니다.

모씨가 성수의 편지를 여기까지 읽었을 때, K씨가 찾았다.

"재작년 봄에서 가을에 걸쳐서, 원인 모를 불이 많지 않았습니까. 그것이 죄 성수의 장난이었습니다그려."

"K씨는 그것을 온전히 모르셨습니까?"

"나요? 몰랐지요. 그런데…… 그 어떤 날 밤이구려. 성수는 기대에 반해서, 우리 집으로 온 지 여러 달이 됐지만, 한 번도 힘있는 것을 지어 본 일이 없겠지요. 그래서 저 사람에게 무슨 흥분될 재료를 줄 수가 없나 하고 혼자 생각하며 있더랬는데, 그때에 저…… 편……."

K씨는 손을 들어 남쪽 창을 가리켰다.

"저…… 편 꽤 멀리서, 불붙는 것이 눈에 뜨입니다그려. 그래 저것을 성수에게 보이면, 혹 그때의 간정(그때는, 나는 그 담배 장수네 집에 불이 일어난 것도 성수의 장난인 줄은 생각 안 했구려.)…… 그때의 감정을 부활시킬지도 모르겠다, 이렇게 생각하구 성수의 방으로 올라가려는데, 문득 성수의 방에서 피아노 소리가 울려 나옵니다그려. 나는 올라가려던 발을 부지중 멈추고 말았지요. 역시 C샤프 단음계로서, 제일 곡은 뽑아먹고 아다지오에서 시작되는데, 고요하고 잔잔한 바다, 수평선 위로 넘어가려는 저녁 해, 이러한 온화한 것이 차차 스케르초로 들어가서는 소낙비, 풍랑, 번개질, 무서운 바람 소리, 우레질, 전복되는 배, 곤해서 물에 떨어지는 갈매기, 한 번 뒤집어지면서는 해일(海溢)에 쓸려 나가는 동네 사람의 부르짖음…… 흥분에서 흥분, 광포에서 광포, 야성에서 야성, 온갖 공포와 포학한 광경이 눈앞에 어릿거리는데, 이 늙은 내가 그만 흥분에 못 견디어, 뜻하지 않고, ‘그만두어 달라’고 고함친 것만으로도 짐작하시겠지요. 그리고 올라가서 보니깐, 그는 탄주를 끝내 버리고, 피곤한 듯이 피아노에 기대고 앉아 있고, 이제 탄주한 것은 벌써 ‘성난 파도’라는 제목 아래 음보로 되어 있습니다.”

“그러면 성수는 불을 두 번 놓고, 두 음악을 낳았다는 말씀이지요?”

“그렇지요. 그리고 그 뒤부터는 한 십여 일 건너서는 하나씩 지었는데, 그것이 지금 보면, 한 가지의 방화 사건이 생길 때마다 생겨난 것이었습니다. 그러나 그의 편지마따나, 얼마 지나서부터는 차차 그 힘과 야성이 적어지기 시작했지요. 그래서…….”

“가만 계십쇼. 그 사람이 다음에도 ‘피의 선율’이나 그밖에 유명한 곡조를 여러 개 만들지 않았습니까?”

“글쎄 말이외다. 거기 대한 설명은, 그 편지를 또 보십쇼…… 여기서부터 또 보시면 알리다.”

―― (중략) ××다리 아래로서 나오려는데, 무엇이 발길에 채는 것이 있었습니다. 성냥을 그어 가지고 보니깐, 그것은 웬 늙은이의 송장이었습니다. 저는 그것이 무서워 달아나려다가, 돌아서려던 발을 다시 돌이켰습니다. 그리고…….

선생님은 이제 제가 쓰는 일을 이해하셔 주실는지요. 그것은 너무도 기괴한 일이라, 저로서도 믿어지지 않는 일이었습니다. 그 송장을 타고 앉았습니다. 그리고 그 송장의 옷을 모두 찢어서 사면으로 내어

던진 뒤에 그 발가벗은 송장을, (제 힘이라 생각되지 않는) 무서운 힘
으로써 쳐들어서, 저편으로 내어던졌습니다. 그런 뒤에는 마치 고양이
가 알을 가지고 놀 듯, 다시 뛰어가서 그 송장을 도루 들어서 이편으
로 던졌습니다. 이렇게 몇 번을 하여 머리가 깨어지고 배가 터지고
—— 그 송장은 보기에도 참혹스러이 되었습니다. 그리하여 그 송장을
다시 만질 곳이 없이 된 뒤에 저는 그만 곤하여 그 자리에 앉아서 쉬
려다가 갑자기 마음이 긴장되고 흥분되어서, 집으로 달려왔습니다. 그
날 밤에 된 것이 '피의 선율'이었습니다.

　"선생은 이러한 심리를 아시겠습니까?"
　"글쎄요."
　"아마, 모르실걸요. 그러나 예술가로서는 능히 머리를 끄덕일 수 있
는 심리외다…… 그리고 또 여기를 읽어 보십시오."

　—— (중략) 그 여자가 죽었다는 것은, 제게는 너무도 뜻밖이었습니
다.
　저는, 그 날 밤 혼자 몰래 그 여자의 무덤을 찾아갔습니다. 그리고
칠팔 시간 전에 묻어 놓은 ㄱ의 무덤의 흙을 다시 파서 그의 시체를
꺼내어 놓았습니다.
　푸르른 달빛 아래 누워 있는 아름다운 그의 모양은 과연 선녀와 같
았습니다. 가엾게 눈을 닫고 있는 창백한 얼굴, 곧은 콧날, 풀어 헤친
검은 머리 —— 아무 표정도 없는 고요한 얼굴은 더욱 치열함을 도왔
습니다. 이것을 정신 없이 들여다보고 있다가, 저는 갑자기 흥분이 되
어 —— 아아 선생님, 저는 이 아래를 쓸 용기가 없습니다. 재판소의
조서를 보시면, 저절로 아실 것이올시다.

그 날 밤에 된 것이 '사령(死靈)'이었습니다.

"어떻습니까?"
"……"
"네?"
"……"
"언어 도단이에요? 선생의 눈으로는 그렇게 뵈시리다. 또 여기를 읽어 보십쇼."

—— (중략) 이리하여 저는 마침내 사람을 죽인다 하는 경우에까지 이르렀습니다.

그리고 한 사람이 죽을 때마다, 한 개의 음악이 생겨났습니다. 그 뒤부터 제가 지은 그 모든 것은, 모두가 한 사람씩의 생명을 대표하는 것이었습니다.(하략)

"이젠 더 보실 것이 없습니다. 그런데 그만큼 보셨으면 성수에 대한 대략한 일은 아셨을 터인데, 거기 대한 의견이 어떻습니까?"
"……"
"네?"
"어떤 의견 말씀이오니까?"
"어떤 '기회'라는 것이 어떤 사람에게서, 그 사람의 가지고 있는 천재와 함께, 범죄 본능까지 끄을어 내었다 하면, 우리는 그 '기회'를 저주해야겠습니까, 혹은 축복하여야겠습니까? 이 성수의 일로 말하자면 방화, 사체 모욕, 시간(屍姦)[4], 살인, 온갖 죄를 다 범했어요. 우리 예술가 협회에서 별 수단을 다 써서 정부에 탄원하고 재판소에 탄원하고 해서, 겨우 성수를 정신 병자라 하는 명목 아래 정신 병원에 감금했지, 그렇지 않으면 당장에 사형이 아닙니까. 그런데 이제 그 편지를 보셔도 짐작하시겠지만, 통상시에는 그 사람은 아주 명민하고 점잖고 온화한 청년입니다. 그러나, 때때로 그…… 뭐랄까, 그 흥분 때문에 눈이 아득하여져서 무서운 죄를 범하고, 그 죄를 범한 다음에는 훌륭한 예술을 하나씩 산출합니다. 이런 경우에 우리는 범죄를 밉게 보아야 합니까, 혹은 범죄 때문에 생겨난 예술을 보아서 죄를 용서하여야 합니까?"

"그거야, 죄를 범치 않고 예술을 만들어 냈으면 더 좋지 않습니까?"

"물론이지요. 그러나 성수 같은 사람도 있는 것이니깐, 이런 경우엔 어떻게 해결하렵니까?"

"죄를 벌해야지요. 죄악이 성하는 것을 그냥 볼 수는 없습니다."

K씨는 머리를 끄덕였다.

"그렇겠습니다. 그러나, 우리 예술가의 견지로는 또 이렇게 볼 수도 있습니다. 베토벤 이후로는 음악이라 하는 것이 차차 힘이 빠져 가서, 꽃이나 계집이나 찬미할 줄 알고, 연애나 칭송할 줄 알아서, 선이 굵은 것은 볼 수가 없이 되었습니다. 게다가 엄정한 작곡법이 있어서, 그것은 미치 수학의 방정식과 같이 작곡에 대한 온갖 자유스런 경지를 제한해 놓았으니깐, 이후에 생겨나는 음악은 새로운 길을 개척하기 전에는 한 기술이 될 것이지, 예술이 될 수는 없습니다. 예술가에게는 이것이 쓸쓸해요. 힘있는 예술, 선이 굵은 예술, 야성으로 충일된 예술…… 우리는 이것을 기다린 지 오랬습니다. 그런 때에 백성수가 나타났습니다. 사실 말이지, 백성수의 그의 예술은, 그 하나하나가 모

---

4) 시간(屍姦) ― 시체를 간음하는 일.

두 우리의 문화를 영구히 빛낼 보물입니다. 우리의 문화의 기념탑입니다. 방화? 살인? 변변치 않은 집개, 변변치 않은 사람개는, 그의 예술의 하나가 산출되는 데 희생하라면 결코 아깝지 않습니다. 천 년에 한 번, 만 년에 한 번 날지 못 날지 모르는 큰 천재를, 몇 개의 변변치 않은 범죄를 구실로, 이 세상에서 없이 하여 버린다는 것은 더 큰 죄악이 아닐까요. 적어도 우리 예술가에게는 그렇게 생각됩니다."

K씨는, 마주 앉은 노인에게서 편지를 받아서, 서랍에 집어넣었다. 새빨간 저녁 해에 비치어서 그의 늙은 눈에는 눈물이 번득였다.

(1930년)

광화사(狂畵師)

인왕(仁王).

바위 위에 잔솔이 서고 잔솔 아래는 이끼가 빛을 자랑한다.

굽어보니 바위 아래는 몇 포기 난초가 노란 꽃을 벌리고 있다. 바위에 부딪히는 잔바람에 너울거리는 난초잎.

여(余)는 허리를 굽히고 스틱으로 아래를 휘저어 보았다. 그러나 아직 난초에서는 사오 척의 거리가 있다. 눈을 옮기면 계곡(溪谷).

전면이 소나무의 잎으로 덮인 계곡이다. 틈틈이는 철색(鐵色)의 바위도 보이기는 하나, 나무 밑의 땅은 볼 길이 없다. 만약 여로서 그 자리에 한번 넘어지면 소나무의 잎 위로 굴러서 저편 어디인지 모를 골짜기까지 떨어질 듯하다.

여의 등 위에도 이삼 장(丈)이 넘는 바위다. 그 바위에 올라서면 무학(舞鶴)재로 통한 커다란 골짜기가 나타날 것이다. 여의 발 아래도 장여(丈餘)[1]의 바위다. 아래는 몇 포기 난초, 또 그 아래는 두세 그루의 잔솔, 잔솔 넘어서는 또 바위, 바위 위에는 도라지꽃. 그 바위 아래

---

1) 장여(丈餘) ― 한 길 남짓. 열 자가 넘음.

로부터는 강파로운 계곡이다.

그 계곡이 끝나는 곳에는 소나무 위로 비로소 경성 시가의 한편 모퉁이가 보인다. 길에는 자동차의 왕래도 가막하게 보이기는 한다. 여전한 분요[2]와 소란의 세계는 그곳에 역시 전개되어 있기는 할 것이다.

그러나 여가 지금 서 있는 곳은 심산이다. 심산이 가지어야 할 온갖 조건을 구비하였다.

바람이 있고 암굴이 있고 산초 산화가 있고 계곡이 있고 생물이 있고 절벽이 있고 난송(亂松)이 있고 —— 말하자면 심산이 가져야 할 유수미(幽邃味)를 다 구비하였다.

본시는 이 도회는 심산 중의 한 계곡이었다. 그것은 오백 년간을 닦고 갈고 지어서 오늘날의 경성부를 이룬 것이다. 이러한 협곡에 국도(國都)를 창건한 이태조의 본의가 어디 있었는지는 알 길이 없다. 그러나 오늘날의 한 산보객의 자리에서 보자면, 서울은 세계에 유례(類例)가 없는 미도(美都)일 것이다.

도회에 거주하며 식후의 산보로서 풀대님[3] 채로 이러한 유수(幽邃)한 심산에 들어갈 수 있다 하는 점으로 보아서 서울에 비길 도회가 세계에 어디 다시 있으랴.

회흑색(灰黑色)의 지붕 아래 고요히 누워 있는 오백 년의 도시를 눈 아래 굽어보는 여의 사위[4]에는 온갖 고산 식물이 난성(亂盛)하고, 계곡에 흐르는 물 소리와 눈 아래 날아드는 기조(奇鳥)들은 완연히

---

2) 분요(粉擾) — 떠들썩하고 소란하다.
3) 풀대님 — 바지나 고의를 입고서 대님을 매지 않고 그대로 터 놓는 일.
4) 사위(四圍) — 사방의 둘레.

여로 하여금 등산객의 정취를 느끼게 한다.

여는 스틱을 바위 틈에 꽂아 놓았다. 그리고 굴러떨어지기를 면키 위하여 바위와 잔솔의 새에 자리잡고 비스듬히 앉았다. 담배를 피우고 싶었으나 잠시의 산보로 여기고 담배도 안 가지고 나온 발이 더듬더듬 여기까지 미쳤으므로 담배도 없다.

시야의 한편에는 이삼 장(丈)의 바위, 다른 한편에는 푸르른 하늘, 그 끝으로는 솔잎이 서너 개 어렴풋이 보인다. 그윽히 코로 몰려 들어오는 송진 내음새, 소나무에 불리는 바람 소리.

유수(幽邃)키 짝이 없다. 여가 지금 앉아 있는 자리는 개벽 이래로 과연 몇 사람이나 밟아 보았을까? 이 바위 생긴 이래로 혹은 여가 맨 처음 발대어 본 것이 아닐까? 아까 바위를 기어서, 이곳까지 올라오느라고 애쓰던 그런 맹랑한 노력을 하여 본 바보가 여 이외에 몇 사람이나 있었을까? 그런 모험을 맛보기 위하여 심산을 찾은 용사(勇士)는 많을 것이로되 결사적 인왕 등산을 한 사람은 그리 많으리라고 생각되지 않는다.

등 뒤 바위에는 암굴이 있다.

배암이라도 있을끼 무서위서 들어가 보지는 않았지만, 스틱으로 휘저어 본 결과로 세 사람은 넉넉히 들어가 앉아 있음직하다.

이 암굴은 무엇에 이용할 수가 없을까?

음모(陰謀)의 도시 한양은 그 새 오백 년간 별별 음흉한 사건이 연출되었다. 시가 끝에서 반 시간 미만에 넉넉히 올 수 있는 이런 가까운 거리에 뚫린 암굴은, 있는 줄 알기만 하였으면 혹은 음모에 이용되지 않았을까?

공상!

유수(幽邃)한 맛에 젖어 있던 여는 이 암굴 때문에 차차 불쾌한 공상에 빠지기 시작하려 한다.

온갖 음모, 그 뒤를 잇는 살육, 모함, 방축5), 이조 오백 년간의 추악한 모양이 여로 하여금 불쾌한 공상에 빠지게 하려 한다.

여는 황망히 이런 불쾌한 공상에서 벗어나려고 또 주머니에 담배를 뒤적이었다. 그러나 담배는 여전히 있을 까닭이 없었다.

다시 눈을 들어서 안하를 굽어보면 일면에 깔린 송초(松稍).

반짝!

보매 한 줄기의 샘이다. 소나무 틈으로 보이는 그 샘은 아마 바위 틈을 흐르는 샘물인 듯 똘똘똘똘 들리는 것은 아마 바람 소리겠지. 저렇듯 멀리 아래 있는 샘의 소리가 이곳까지 들릴 리가 없다.

샘물!

저 샘물을 두고 한 개 이야기를 꾸미어 볼 수가 없을까? 흐르는 모양도 아름답거니와 흐르는 소리도 아름답고 그 맛도 아름다운 샘물을 두고 한 개 재미있는 이야기가 여의 머리에 생겨나지 않을까? 암굴을 두고 생겨나려던 음모 살육의 불쾌한 공상보다 좀더 아름다운 다른 이야기가 꾸미어지지 않을까?

여는 바위 틈에 꽂았던 스틱을 도로 뽑았다. 그 스틱으로써 여의 발 아래 바위를 가볍게 두드리면서 한 개 이야기를 꾸미어 보았다.

한 화공(畵工)이 있다. ── 화공의 이름은?

---

5) 방축(防逐) ─ 그 자리에서 쫓아 내는 것.

지어 내기가 귀찮으니 신라 때의 화성(畵聖)의 이름을 차용하여 솔거(率居)라 하여 두자. —— 시대는?

시대는 이 안하에 보이는 도시가 가장 활기 있고 아름답던 시절인 세종 성주의 대쯤으로 하여 둘까?

백악이 흘러내리다가 맺힌 곳. 거기는 한양의 정기를 한 몸에 지닌 경복궁 대궐이 있다. 이 대궐의 북문인 신무문(神武門) 밖 우거진 뽕밭 새에 중로(中老)의 사나이가 오뇌스러운 얼굴을 하고 숨어 있다.

화공 솔거였다.

무르익은 여름, 뜨거운 볕은 뽕잎이 가리어 준다 하나, 훈훈한 기운은 머리 위 뽕잎과 땅에서 우러나서 꽤 무더운 이 뽕밭 속에 숨어 있는 화공. 자그마한 보따리에는 점심까지 싸가지고 온 것으로 보아서 저녁까지 이곳에 있을 셈인 모양이다.

그러나 무얼 하는지? 단지 땀을 펑펑 흘리며 오뇌스러운 얼굴로 앉아 있을 뿐이다.

왕후 친잠(王后親蠶)에 쓰이는 이 뽕밭은 잡인들이 다니지 못할 곳이다. 하루 종일을 사람의 그림자 하나 얼씬하지 않는다.

때때로 바람이 우수수하니 뽕나무 위로 불기는 하나, 솔거가 숨어 있는 곳에는 한 점의 바람도 들어오지 않는다. 이 무더운 속에 솔거는 바람이 불 적마다 몸을 흠칫흠칫 놀라며 그러면서도 무엇을 기다리는 듯이 뽕나무 그루 아래로 저편 앞을 주시(注視)하곤 한다.

이윽이 석양이 무악을 넘고 이 도시도 황혼이 들었다. 날이 어둡기를 기다려서 이 화공은 몸을 숨겨 가지고 거기서 나왔다.

'오늘은 헛길. 내일이나 다시 볼까?'

한숨을 쉬면서 제 오막살이를 찾아 돌아가는 화공. 날이 벌써 꽤 어두웠지만 그래도 아직 저녁빛이 약간 남은 곳에 내어놓은 이 화공은 세상에 보기 드문 추악한 얼굴의 주인이었다.

코가 질병자루 같다. 눈이 퉁방울 같다. 귀가 박죽 같다. 입이 나발통 같다. 얼굴이 두꺼비 같다 —— 소위 추한 얼굴을 형용하는 온갖 형용사를 한 얼굴에 지닌 흉한 얼굴의 주인으로서, 그 얼굴이 또한 굉장히도 커서 멀리서 볼지라도 그 존재가 완연하리만 하다.

이 얼굴을 가지고는 백주에는 나다니기가 스스로 부끄러울 것이다.

아닌게아니라, 솔거는 철이 든 이래 아직껏 백주에 사람 틈에 나다닌 일이 없었다.

일찍이 열여섯 살에 스승의 중매로써 어떤 양가 처녀와 결혼을 하였지만, 그 처녀는 솔거의 얼굴을 보고 기절을 하고, 기절에서 깨어나서는 그냥 집으로 도망쳐 버리고, 그 다음에 또 한 번 장가를 들어 보았지만, 그 색시 역시 첫날밤만 정신 모르고 치른 뒤에는, 이튿날은 무서워서 죽어도 같이 못 살겠노라고 부모에게 떼를 써서 두 번째의 비극을 겪고.

이러한 두 가지의 사변을 겪고 난 뒤에는 솔거는 차차 여인이라는 것을 보기를 피하여 오다가, 그 괴벽이 점점 자라서 나중에는 일체로 사람이란 것의 얼굴을 대하기가 싫어졌다.

사람을 피하기 위하여 —— 그리고 또한 일방으로는 화도(畵道)에 정진하기 위하여 인가를 떠나서 백악의 숲속에 조그만 오막살이를 하나 틀고 거기 숨은 지 근 삼십 년, 생활에 필요한 물건 혹은 그림에 필요한 물건을 구하기 위하여 부득이 거리에 나가야 할 필요가 있을 때는 반드시 밤을 택하였다. 피할 수 없어 낮에 나갈 때는 방립을 쓰고 그 위에 얼굴을 베로 가리었다.

화도(畵道)에 발을 들여 놓은 지 근 사십 년, 부득이한 금욕 생활, 부득이한 은둔 생활을 경영한 지 삼십 년, 여인에게로 '소모 되지 못한' 정력은 머리로 모이고, 머리로 모인 정력은 손 끝으로 뻗어서 종이에 비단에 갈겨 던진 그림이 벌써 수천 점. 처음에는 그 그림에 대하여 아무 불만도 느껴 보지 않았다.

하늘에서 타고난 천분과 스승에게서 얻은 훈련과 저축된 정력의 소산이 한 장의 그림이 생겨날 때마다 그것을 보면서 스스로 만족히 여기고 스스로 자랑스러이 여기던 그였다.

그러나 그런 과정을 밟기 이십 년에 차차 그의 마음에 움돋은 불만, 그것은 어떻게 보자면 화도에는 이단적인 생각일지도 모를 것이다.

좀 다른 것은 그릴 수가 없는가?

산이다. 바다다. 나무다. 사내다. 지팡이 잡은 노인이다. 다리다. 혹은 돛단배다. 꽃이다. 과즉 달이다. 소다. 목동이다.

이 밖에 그가 아직 그려 본 것이 무엇이었던가?

유원(幽遠)한 맛, 단 한 가지밖에 없는 전통적 그림보다 좀더 다른 것을 그려 보고 싶다.

아직껏 스승에게 배운 바의 백발 백염의 노옹이나 피리 부는 목동 이외에 좀더 얼굴에 움직임이 있는 사람을 그려 보고 싶다. 표정이 있는 얼굴을 그려 보고 싶다.

이리하여 재래의 수법을 아낌 없이 내어던진 솔거는 그로부터 십 년간을 사람의 표정을 그리노라고 세월을 보냈다. 그러나 사람의 세상을 멀리 떠나서 따로이 사는 이 화공에게는 사람의 표정이 기억에 가맣다.

상인(商人)들의 간특한 얼굴, 행인(行人)들의 덜 민[6] 무표정한 얼굴, 새꾼[7]들의 싱거운 얼굴 —— 그 새 보고 지금도 대할 수 있는 얼굴은 이런 따위뿐이다. 좀더 색채 다른 표정은 없느냐?

색채 다른 표정!
색채 다른 표정!

이 욕망이 화공의 마음에 익고 커가는 동안, 화공의 머리에 솟아오르는 몽롱한 기억이 있다.

이 화공의 어머니의 표정이다.

지금은 거의 기억에서 사라졌지만 어린 시절에 자기를 품에 안고 눈물 글썽글썽한 눈으로 굽어보던 어머니의 표정이 가끔 한순간씩 그의 기억의 표면까지 뛰쳐올랐다.

그의 어머니는 희세의 미녀(美女)였다. 대대로 이후의 자손의 미(美)까지 모두 미리 빼앗았던지 세상에 드문 미인이었다.

화공은 이 미녀의 유복자였다.

아비 없는 자식을 가슴에 붙안고 눈물 머금은 눈으로 굽어보던 표정.

철이 든 이래로 자기를 보는 얼굴에서는 모두 경악(驚愕)과 공포밖에는 발견하지 못한 이 화공에게는 사십여 년 전의 어머니의 사랑의 아름다운 얼굴이 때때로 몸서리치도록 그리웠다.

그것을 그려 보고 싶었다.

커다란 눈에 그득히 담긴 눈물. 그러면서도 동경과 애무로써 빛나

---

6) 민하다 — 조금 미련스럽다.
7) 새꾼 — '나무꾼'의 방언.

던 눈. 입가에 떠오르던 미소.

번개와 같이 순간적으로 심안(心眼)에 나타났다가는 사라지는 이 환영을 화공은 그려 보고 싶었다.

세상을 피하고 세상에서 숨어 살기 때문에 차차 비뚤어진 화공의 괴벽한 마음에는, 세상을 그리는 정열이 또한 그만치 컸다. 그리고 그것이 크면 크니만치 마음 속에는 늘 울분과 분만[8]이 차 있었다.

지금도 세상에서는 한창 계집 사내들이 서로 부둥켜안고 좋다고 야단할 것을 생각하고는 음울한 얼굴로 화필을 뿌리는 화공.

이러한 가운데서 나날이 괴벽하여 가는 이 화공은 한 개 미녀상(美女像)을 그려 보고자 노심하였다.

처음에는 단지 아름다운 표정을 가진 미녀를 그려 보고자 하였다. 그러나 미녀를 가까이 본 일이 없는 이 화공이 마음대로 되지 않는 붓 끝에 역정을 내며 애쓰는 동안 차차 어느덧 미녀상에 대한 관념이 달라 갔다.

자기의 아내로서 미녀상을 그려 보고 싶어졌다.

세상은 자기에게 아내를 주지 않는다.

보면 한 마리의 곤충, 한 마리의 날짐승도 각기 짝을 찾아 즐기고 짝을 좋아하거늘, 만물의 영장인 사람이 짝 없이 오십 년을 보냈다 하는 데 대한 불만이 일어났다.

세상 놈들은 자기에게 한 짝을 주지 않고, 세상 계집들은 자기에게 오려는 자가 없이 홀몸으로 일생을 보내다가 언제 죽는지도 모르게 이 산골에서 죽어 버릴 생각을 하면 한심하기보다 도리어 이렇듯 박

---

8) 분만 — 분한 마음이 치밀어서 속이 답답하다.

정한 사람의 세상이 미웠다.

　세상이 주지 않는 아내를 자기는 자기의 붓 끝으로 만들어서 세상을 비웃어 주리라.

　이 세상에 존재한 가장 아름다운 계집보다도 더 아름다운 계집을 자기의 붓 끝으로 그리어서 못나고도 아름다운 체하는 세상 계집들을 웃어 주리라.

　덜 난 계집을 아내로 맞아 가지고 천하의 절색이라 믿고 있는 사내 놈들도 깔보아 주리라.

　사오 명의 처첩을 거느리고 좋다꾸나고 춤추는 헌놈들도 굽어 보아 주리라.

　미녀! 미녀!

　—— 눈을 감고 생각하고 눈을 뜨고 생각하고 머리를 움켜쥐고 생각해 보나, 미녀의 얼굴이 어떤 것인지 알 수가 없었다.

　물론 얼굴에 철요[9]가 없고 이목구비가 제대로 놓였으면 세상 보통의 미인이라 한다. 그런 얼굴에 연지나 그리고, 눈에 미소나 그려 놓으면 더 아름다워지기는 할 것이다. 이만한 것은 상상의 눈으로도 볼 수가 있는 자며, 붓 끝으로 그릴 수도 없는 바가 아니다.

　그러나 가만 어린 시절의 어머니의 얼굴을 순영적(瞬影的)으로나마 기억하는 이 화공으로서는 그런 미녀로는 만족할 수가 없었다.

　오뇌와 분만 중에서 흐르는 세월은 일 년 또 일 년, 무위히 흘러간다.

　미녀의 아랫둥이는 그려진 지 벌써 수 년. 그 아랫둥이 위에 올려

---

9) 철요(凸凹) — 요철(凹凸).

놓일 얼굴은 어떻게 하여야 할지 짐작도 가지 않았다.

화공의 오막살이 방 안에 들어서면 맞은편에 걸려 있는 한 폭 그림은 언제든 어서 목과 얼굴을 그려 주기를 기다리듯이 화공을 힐책한다.

화공은 이것을 보기가 거북하였다.

특별한 일이라도 있기 전에는 낮에 거리에 다니지를 않던 이 화공이 흔히 얼굴을 싸매고 장 안을 돌아다녔다.

행여나 길에서라도 미녀를 만날까 하는 요행심으로였다. 길에서 순간적으로도 마음에 드는 미녀를 볼 수만 있으면 그것을 머리에 똑똑히 캐치하여 그 기억으로써 화상을 그릴까 하는 요행심으로……

그러나 내외법이 심한 이 도회에서 대낮에 양가의 부녀가 얼굴을 내놓고 길을 다니지 않았다. 계집이라는 것은 하인배나 하류배뿐이었다.

하인배, 하류배에도 때때로 미녀라 일컬을 자가 있기는 있었다. 그러나 아무리 산뜻한 미를 갖기는 했다 하나 얼굴에 흐르는 표정이 더럽고 비열하여 캐치할 만한 자가 없었다.

얼굴을 싸매고 거리로 방황하며, 혹은 계집들이 많이 모이는 우물가며 저자를 비슬비슬 방황하며 이찌어찌하여 약간 예쁜 듯한 계집이라도 보이면 따라가면서 얼굴을 연구해 보고 했으나 마음에 드는 미녀를 지금껏 얻어 내지를 못하였다.

혹은 심규(深閨)에는 마음에 드는 계집이라도 있을까? 심규! 심규! 한 번 심규의 계집들을 모조리 눈앞에 벌여 세우고 얼굴 검사를 하여 보았으면…….

초조하고 성가신 가운데서 날을 보내고 날을 맞으면서 미녀를 구하던 화공은, 마지막 수단으로 친잠 상원(親蠶桑園)에 들어가서 채상(採桑)하는 궁녀의 얼굴을 얻어 보려 하였다. 그러나 불행히도 화공의 모험도 헛길로 돌아가고 그 날은 채상을 하러 오지도 않았다.

그러나 때 바야흐로 누에 시절이라 길만성 있게 기다리노라면 궁녀의 오는 날도 있을 것이다. 미녀 —— 아내의 얼굴을 그리려는 욕망에 열이 오르고 독이 난 이 화공은 그 이튿날도 또 뽕밭에 들어가 숨었다. 숨어 기다리지 않을 수가 없었다.

그로부터 한 달, 화공은 나날이 점심을 싸가지고 상원(桑園)으로 갔다. 그러나 저녁때 제 오막살이로 돌아올 때는 언제든 그의 입에서는 기다란 탄식성이 나왔다.

궁녀를 못 본 바가 아니었다.

마치 여기 숨어 있는 화공에게 선 보이려는 듯이 나날이 궁녀들은 번갈아 왔다. 한 떼씩 밀려와서는 옷소매 치맛자락을 펄럭이며 뽕을 따갔다. 한 달 동안에 합계 사오십 명의 궁녀를 보았다.

모두 일률로 미녀들이었다. 그리고 길가 우물가에서 허투로 볼 수 있는 미녀들보다 고아(高雅)한 얼굴에는 틀림이 없었다.

그러나 그 눈 —— 화공의 보는 바는 눈이었다.

그 눈에 나타난 애무와 동경이었다. 철철 넘쳐 흐르는 사랑이었다. 그것이 궁녀에게는 없었다. 말하자면 세상 보통의 미녀였다.

자기에게 계집을 주지 않는 고약한 세상에게 보복하는 의미로 절세의 미녀를 차지하고자 하는 이 화공의 커다란 야심으로서는 그만 따위의 미녀로 만족할 수가 없었다.

오막살이로 돌아올 때마다 그의 입에서 나오는 기다란 한숨, 이런 한숨을 쉬기 한 달 —— 그는 다시 상원에 가지 않았다.

가을 하늘 맑고 푸르른 어떤 날이었다.

　마음 속에 분만과 동경을 가득히 담은 이 화공은 저녁 쌀을 씻으러 소쿠리를 옆으로 끼고 시내로 더듬어 갔다.

　가다가 문득 발을 멈추었다.

　우거진 소나무 틈으로 보이는 시냇가 바위 위에 웬 처녀가 하나 앉아 있다. 솔가지 틈으로 내비치는 얼룩지는 석양을 받고 망연히 앉아서 흐르는 시냇물을 내려다보고 있다.

　웬 처녀일까?

　인가에서 꽤 떨어진 이곳. 사람의 동리보다 꽤 높은 이곳. 길도 없는 이곳 —— 아직껏 삼십 년간을 때때로 초부나 목동의 방문은 받아 본 일이 있지만 다른 사람의 자취를 받아 보지 못한 이곳에 웬 처녀일까?

　화공도 망연히 서서 바라보았다. 바라볼 동안 가슴에 차차 무거운 긴장을 느꼈다.

　한 걸음 두 걸음 화공은 발소리를 감추고 나아갔다. 차차 그 상거[10]가 가까워 감을 따라서 분명하여 가는 처녀의 얼굴 —— 화공의 얼굴에는 피가 떠올랐다.

　세상에 드문 미녀였다. 나이는 열일고여덟, 그 얼굴 생김이 아름답다기보다 얼굴 전면에 나타난 표정이 놀랄 만치 아름다웠다.

　흐르는 시내에 눈을 부었는지 귀를 기울였는지, 하여간 처녀의 온 주의력은 시내에 모여 있다. 커다랗게 뜨인 눈은 깜박일 줄도 잊은 듯이, 황홀한 눈으로 시내를 굽어보고 있다.

　남벽(藍碧)[11]의 시냇물에는 용궁(龍宮)이 보이는가? 소나무 그루에

------

10) 상거(相距) —— 서로 떨어져 있는 두 곳의 거리.
11) 남벽(藍碧) —— 짙은 푸른빛.

부딪쳐서 튀어나는 바람에 앞머리를 약간 날리면서 처녀가 굽어보고 있는 것은 무엇인가?

처녀의 온 공상과 정열과 환희가 한꺼번에 모인 절묘한 미소를 눈과 입에 띄고 일심 불란히 처녀가 굽어보는 것은 무엇인가?

아아!

화공은 드디어 발견하였다. 그 새 십 년간을 여항[12]의 길거리에서, 혹은 우물가에서, 내지는 친잠 상원에서 발견하여 보려고 애쓰다가 종내 달하지 못한 놀랄 만한 아름다운 표정을 화공은 뜻 안 한 여기서 발견하였다.

화공은 걸음을 빨리 하였다. 자기의 얼굴이 얼마나 더럽게 생겼는지, 이 처녀가 자기를 쳐다보면 얼마나 놀랄지, 이 점을 온전히 잊고 걸음을 빨리 하여 처녀의 쪽으로 갔다.

처녀는 화공의 발소리에 머리를 번쩍 들었다. 화공을 바라보았다. 그 무한히 먼 곳을 바라보는 듯한 기묘한 눈을 들어서.

"아······."

가슴이 무직하여 무슨 말을 하여야 할지 망설이며 화공이 반벙어리 같은 소리를 할 때에 처녀가 먼저 입을 열었다.

"여기가 어디오니까?"

여기가 어디?

"여기는 인왕산록 이름도 없는 산이지만 너는 웬 색시냐?"

"네······."

문득 떠오르는 적적한 표정.

---

12) 여항(閭巷) — 여염. 백성의 살림집이 많이 모여 있는 곳.

“더듬더듬 시내를 따라왔습니다.”

화공은 머리를 기울였다. 몸을 움직여 보았다. 무한히 먼 곳을 바라보는 듯한 처녀의 눈은 그냥 움직임 없이 커다랗게 뜨여 있기는 하지만, 어디를 보는지 무엇을 보는지 알 수가 없다.

드디어 화공은 부르짖었다.

“너 앞이 보이느냐?”

“소경이올시다.”

소경이었다. 눈물 머금은 소리로 하는 이 대답을 듣고 화공은 좀더 가까이 갔다.

“앞도 못 보면서 어떻게 무얼 하러 예까지 왔느냐?”

처녀는 머리를 푹 수그렸다. 무슨 대답을 하는 듯하였으나 화공은 알아듣지 못하였다. 그러나 화공으로 하여금 적이 호기심을 잃게 한 것은 처녀의 얼굴에 아까와 같은 놀라운 매력 있는 표정이 없어진 것이었다.

그만하면 보기 드문 미인임에는 틀림이 없다. 그러나 아까 화공이 그렇듯 놀란 것은 단지 미인인 탓이 아니었다. 그 얼굴에 나타난 놀라운 매려에 끌린 것이었다.

“불쌍도 하지. 저녁도 가까워 오는데 어둡기 전에 집으로 내려가거라.”

이만치 하여 화공은 처녀를 포기하려 하였다. 이 말에 처녀가 응하였다.

“어두운 것은 탓하지 않습니다마는 황혼은 매우 아름답지요?”

“그럼 아름답구말구.”

“어떻게 아름답습니까?”

“황금빛이 서산에서 줄기줄기 비치는구나. 거기 새빨갛게 물든 천

하…… 푸르른 소나무도 남빛 바위도 검붉은 나무 그루도 모두 황금
빛에 잠겨서……"

"황금빛은 어떤 것이고 새빨간 빛과 붉은 빛이며 남빛은 모두 어떤
빛이오니까? 밝은 세상이라지만 밝은 빛과 붉은 빛이 어떻게 다릅니
까? 이 산 경치가 아름답다는 소문을 듣고 더듬어 왔습니다마는 바람
소리, 돌물 소리, 귀로 들리는 소리밖에는 어디가 아름다운지 알 수가
없습니다."

차차 다시 나타나는 미묘한 표정, 커다랗게 뜨인 눈에 비치는 동경
의 물결. 일단 사라졌던 아름다운 표정은 다시 생기기 비롯하였다.

화공은 드디어 처녀의 맞은편에 가 앉았다.

"이 샘줄기를 따라 내려가면 바다가 있구, 바닷 속에는 용궁이 있
구나. 칠색 비단을 감은 기둥과 비취를 아로새긴 댓돌이며 황금으로
만든 풍경, 진주로 꾸민 문설주……"

마주 앉아서 엮어 내리는 이 화공의 이야기에 각일각[13] 더욱 황홀
하여 가는 처녀의 눈이었다. 화공은 드디어 이 처녀를 자기의 오막살
이로 데리고 돌아갈 궁리를 하였다.

"내 용궁 이야기를 들려 주마. 너희 집에서 걱정만 안 하실 것 같으
면……"

화공이 이렇게 꼬일 때는 처녀는 그의 커다란 눈을 들어서 유원(幽
遠)히 하늘을 우러러보면서 자기네 부모는 병신 딸 따위는 없어져도
근심을 안 한다고 쾌히 화공의 뒤를 따랐다.

---

13) 각일각(刻一刻) — 시간이 지남에 따라 점점 더.

일사 천리로 여기까지 밀려오던 여의 공상은 문득 중단되었다.

이야기를 어떻게 진전시키나?

잡념이 일어난다. 동시에 여의 귀에 들리어 오는 한 절의 유행가.

여는 머리를 들었다. 저편 뒤 어디 잡인들이 온 모양이다. 그 분요가 무의식중에 귀로 들어와서 여의 집중되었던 머리를 헤쳐 놓는다.

귀찮은 가사(歌師)들이여. 저주받을 가사들이여.

이 저주받을 가사들 때문에 중단된 이야기는 좀체 다시 모이지 않았다.

그러나 결말 없는 이야기가 어디 있으랴? 아무튼 결말은 지어야 할 것이 아닌가?

그러면 그 화공은 처녀를 데리고 제 오막살이로 돌아와서 용궁 이야기를 들려 주면서 그 동안에 처녀의 얼굴을 그대로 그려서 십 년래의 숙망을 성취하였다는 결말로 맺어 버릴까?

그러나 이런 싱거운 결말이 어디 있으랴? 결말이 되기는 되었지만 이 따위 결말을 짓기 위하여 그런 서두는 무의미한 거다.

그러면?

그럼 다르게 결말을 맺어 볼까?

화공은 처녀를 제 오막살이로 데리고 돌아왔다. 그리고 처녀에게 용궁 이야기를 들려 주었다. 그러나 아까 용궁 이야기를 초벌 들은 저녀는 이번은 그렇듯 큰 감흥도 느끼지 않는 모양으로 그다지 신통한 표정도 보이지 않았다. 화공의 계획은 수포로 돌아갔다. 화공은 그 그림을 영 미완품 채로 남기지 않을 수 없었다.

역시 마음에 들지 않는 결말이다.

그럼 또다시.

화공은 처녀를 데리고 돌아왔다. 돌아와서 쳐녀를 보면 볼수록 탐스러워서 그림은 집어 던지고 처녀를 아내로 삼아 버렸다. 앞을 못 보는 처녀는 이 추하게 생긴 화공에게도 아무 불만이 없이 일생을 즐겁게 보냈다. 그림으로나 아내를 얻으려던 화공은 절세의 미녀를 아내로 얻게 되었다.

역시 불만이다.

귀찮고 성가시다. 저주받을 유행 가사(流行歌師)여.

여는 일어났다. 감흥을 잃은 이 자리에 그냥 앉아 있기가 싫었다. 그냥 들리는 유행가. 그것이 안 들리는 곳으로 자리를 옮기자.

굽어보매 저 멀리 소나무 틈으로 한 줄기 번득이는 것은 아까의 샘물이다. 그 샘물로, 가장 이 이야기의 원천(源泉)이 된 그 샘으로 내려가자.

벼랑을 내려가기는 올라가기보다 더 힘들었다. 올라가는 것은 올라가다가 실수하여 떨어지면 과즉 제자리에 내린다. 그러나 내려가다가 발을 실수하면 어디까지 굴러 갈지 예측할 길이 없다. 잘못하다가는 청운동(淸雲洞) 어귀까지 굴러 갈는지도 모를 일이다. 게다가 올라갈 때에는 도움이 되던 스틱조차 내려갈 때에는 귀찮기 짝이 없다.

반 각이나 걸려서 여는 드디어 그 샘가에 도달하였다.

샘가에는 과연 한 개의 바위가, 사람 하나 앉기 좋을 만한 자리가 있다. 이 바위가 화공이 쌀 씻던 바위일까? 처녀가 앉아서 공상하던 바위일까? 그 아래를 깊은 남벽(藍碧)으로 알았더니 겨우 한 뼘 미만의 얕은 물로서 바위 위를 기운 없이 뚤뚤 흐르고 있다.

그러나 이 골짜기는 고요하기 짝이 없었다. 바람 소리도 멀리 위에

서만 들린다. 그리고 소나무와 바위에 둘러싸여서 꽤 음침한 이 골짜기는 옛날, 세상을 피한 화공이 즐겨 하였음직하다.
자, 그러면 이 골짜기에서 아까 그 이야기의 꼬리를 마저 지을까?

화공은 처녀를 데리고 오막살이로 돌아왔다.
그의 마음은 너무도 긴장되고 또한 기뻐서 저녁도 짓기 싫었다. 들어와 보매 벌써 여러 해를 머리 달리기를 기다리는 족자의 여인의 몸집조차 흔연히 화공을 맞는 듯하였다.
"자, 거기 앉아라."
수 년간 화공을 힐책하던 머리 없는 그림이 화공의 앞에 퍼졌다. 단청도 준비되었다.
터질 듯 울렁거리는 마음으로 폭 앞에 자리를 잡은 화공은, 빛이 비치도록 남향하여 처녀를 앉히고 손으로는 붓을 적시며 이야기를 꺼내었다.
벌써 황혼은 이제 얼마 남지 않은 오늘 해로써 숙망을 달하려 하는 것이었다. 십 년간을 벼르기만 하면서 착수를 못했기 때문에 저축되었던 화공의 힘은 손으로 모였다.
"그러구…… 알겠지?"
눈으로는 처녀의 얼굴을 보며 입으로는 용궁 이야기를 하며 손은 번개같이 붓을 둘렀다.
"용궁에는 여의주(如意珠)라는 구슬이 있구나. 이 여의주라는 구슬은 마음에 있는 바는 다 달할 수 있는 보물로서, 그 구슬을 네 눈 위에 한 번 구을리면 너도 광명한 일월을 보게 된다. "
"네? 그런 구슬이 있습니까?"
"있구말구. 네가 내 말을 잘 듣고 있기만 하면 수일 내로 너를 데리고 용궁에 가서 여의주를 빌려서 네 눈도 고쳐 주마.”

“그러면 저도 광명한 일월을 볼 수가 있겠습니까?”

“그럼. 광명한 일월, 무지개라는 칠색이 영롱한 기묘한 것, 아름다운 수풀, 유수한 골짜기, 무엇인들 못 보랴!”

“아이구 어서 그 여의주를 구해서…….”

아아, 놀라운 아름다운 표정이었다. 화공은 처녀의 얼굴에 나타나 넘치는 이 놀라운 표정을 하나도 잃지 않고 화폭 위에 옮겼다.

황혼은 어느덧 밤으로 변하였다. 이때는 그림의 여인에게는 단지 눈동자가 그려지지 않을 뿐 그 밖에 것은 죄 완성이 되었다.

눈동자까지 그리고 싶었다. 그러나 이 그림의 생명을 좌우할 눈동자를 그리기에는 날은 너무도 어두웠다.

눈동자 하나쯤이야 밝은 날로 남겨 둔들 어떠랴. 하여간 십 년 숙망을 겨우 달한 화공의 심사는 무엇에 비기지 못하도록 기뻤다.

“아…… 아…….”

이 탄성은 오래 벼르던 일이 끝난 때에 나는 기쁨의 소리였다. 이 일단의 안심과 함께 화공의 마음에는 또 다른 긴장과 정열이 솟아올랐다.

꽤 어두운 가운데서 처녀의 얼굴을 유심히 보기 위하여 화공이 잡은 자리는 처녀의 무릎과 서로 닿을 만치 가까웠다. 그림에 대한 일단의 안심과 함께 화공의 코로 몰려 들어오는 강렬한 처녀의 체취(體臭)와 전신으로 느끼는 처녀의 접근 때문에 화공의 신경은 거의 마비될 듯싶었다. 차차 각일각 몸까지 떨리기 시작하였다. 어둠 가운데서 황홀스러이 빛나는 처녀의 커다란 눈과, 정열로 들먹거리는 입술은 화공의 정신까지 혼미하게 하였다.

밝은 날, 화공과 소경 처녀의 두 사람은 벌써 남이 아니었다.

"오늘은 동자를 완성시키리라."

삼십 년의 독신 생활을 벗어 버린 화공은 삼십 년간을 혼자 먹던 조반을 소경 처녀와 같이 먹고 다시 그림 폭 앞에 앉았다.

"용궁은?"

기쁨으로 빛나는 처녀의 눈.

그러나 화공의 심미안에 비친 그 눈은 어제의 눈이 아니었다.

아름답기는 다시 없는 아름다운 눈이었다. 그러나 그 눈은 사내의 사랑을 구하는 '여인의 눈'이었다. 병신이라 수모받던 전생을 벗어 버리고 어젯밤 처음으로 인생의 봄을 맛본 처녀는 이제는 한 개의 지어미의 눈이요 한 개의 애욕의 눈이었다.

"용궁은?"

"용궁에 어서 가서 여의주를 얻어서 제 눈을 띄어 주세요. 밝은 천지도 천지려니와 당신이 어서 눈 뜨고 보고 싶어……."

어젯밤 잠자리에서 자기는 스물네 살 난 풍신 좋은 사내라고 자랑한 화공의 말을 그대로 믿는 소경 처녀였다.

"응, 얻어 주지. 그 칠색이 영롱한……."

"그 칠색도 어서 보고 싶어요."

"그래, 그래. 좌우간 지금 머리로 생각해 보란 말이야."

"내, 참 어서 보고 싶어서……."

굽어보면 무릎 앞의 그림은 어서 한 점 동자를 찍어 주기를 기다리고 있다.

그러나 소경의 눈에 나타난 것은 아름답기는 아름다우나 그것은 애욕의 표정에 지나지 못하였다. 그런 눈을 그리려고 십 년을 고심한 것이 아니었다.

"자, 용궁을 생각해 봐!"

"생각이나 하면 뭘 합니까? 어서 이 눈으로 보아야지."

"생각이라도 해 보란 말이야."

"짐작이 가야 생각도 하지요."

"어제 생각하던 대로 생각을 해 봐!"

"네……."

화공은 드디어 역정을 내었다.

"자, 용궁! 용궁!"

"네……."

"용궁을 생각해 봐! 그래 용궁이 어때?"

"칠색이 영롱하구요."

"그래, 또?"

"또 황금 기둥, 아니 비단으로 짠 기둥이 있구요. 또 푸른 진주가!"

"푸른 진주가 아냐! 푸른 비취지."

"비취 추녀든가 문이든가?"

"에익! 바보!"

화공은 커다란 양손으로 콱 소경의 어깨를 잡았다. 잡고 흔들었다.

"자, 다시 곰곰이…… 용궁은?"

"용궁은 바닷 속에……."

겁에 떠서 어릿거리는 소경의 행동에 화공은 손으로 소경의 따귀를 갈기지 않을 수가 없었다.

"바보!"

이런 바보가 어디 있으랴? 보매 그 병신 눈은 깜박일 줄도 모르고, 허공을 바라보고 있다. 그 천치 같은 눈을 보매 화공의 노염은 더욱 커졌다. 화공은 양손으로 소경의 멱을 잡았다.

"에이 바보야. 천치야. 병신아!"

생각나는 저주의 말을 연하여 퍼부으면서 소경의 멱을 잡고 흔들었다. 그리고 병신처럼 멀겋게 뜬 눈자위에 원망의 빛깔이 나타나는 것을 보고 더욱 힘있게 흔들었다. 흔들다가 화공은 탁 그 손을 놓았다. 소경의 몸이 너무도 무거워졌으므로……

화공의 손에서 놓인 소경의 몸은 눈을 위솟은 채 번뜻 나가넘어졌다. 넘어지는 서슬에 벼루가 전복되었다. 뒤집어진 벼루에서 튀어난 먹방울이 소경의 얼굴에 덮였다.

깜짝 놀라서 흔들어 보매 소경은 벌써 이 세상의 사람이 아니었다.

화공은 어찌할 줄을 몰랐다. 망지소조[14]하여 허둥거리던 화공은 눈을 뜻없이 자기의 그림 위에 던지다가 악! 소리를 내며 자빠졌다.

그 그림의 얼굴에는 어느덧 동자가 찍히었다. 자빠졌던 화공이 좀 정신을 가다듬어 가지고 몸을 일으켜서 다시 그림을 보매, 두 눈에는 완전히 동자가 그려진 것이었다.

그 동자의 모양이 또한 화공으로 하여금 다시 덜썩 엉덩이를 붙이게 하였다. 아까 소경 처녀가 화공에게 멱을 잡혔을 때에 그의 얼굴에 나타났던 원망의 눈!

그림의 동자는 완연히 그것이었다.

소경이 넘어지는 서슬에 벼루를 엎는다는 것은 기이할 것도 없고 벼루가 엎어질 때에 먹방울이 튄다는 것도 기이하달 수도 없지만, 그 먹방울이 어떻게 그렇게도 기묘하게 떨어졌을까? 먹이 떨어진 동자로부터 먹물이 번진 홍채에 이르기까지 어찌도 그렇듯 기묘하게 되었을까?

---

14) 망지소조(茫知所措) — 너무 당황하거나 급하여 어찌할 바를 모름.

한편에는 송장, 한편에는 화상을 놓고 망연히 앉아 있는 화공의 몸
은 스스로 멈출 수 없이 와들와들 떨렸다.

수일 후부터 한양성 내에는 괴상한 여인의 화상을 들고 음울한 얼
굴로 돌아다니는 늙은 광인(狂人) 하나가 생겼다.
그의 내력을 아는 사람이 없었고, 그의 근본을 아는 사람이 없었다.
그 괴상한 화상을 너무도 소중히 여기므로 사람들이 보고자 하면 그
는 기를 써서 보이지 않고 도망하여 버리고 한다.
이렇게 수 년간을 방황하다가 어떤 눈보라 치는 날, 돌베개를 베고
그의 일생을 막음하였다. 죽을 때도 그는 그 족자는 깊이 품고 죽었
다.

늙은 화공이여, 그대의 쓸쓸한 일생을 여는 조상하노라.
여(余)는 지팡이로써 물을 두어 번 저어 보고 고즈너기 몸을 일으
켰다.
우러러보매 여름의 석양은 벌써 백악 위에서 춤추고, 이 천고(千古)
의 계곡을 산새가 남북으로 건넌다.

(1930년)

발가락이 닮았다

노총각 M이 혼약을 하였다.

우리들은 이 소식을 들을 때에 뜻하지 않고 서로 얼굴을 마주 보았습니다.

M은 서른두 살이었습니다. 세태가 갑자기 변하면서 혹은 경제 문제 때문에, 혹은 적당한 배우자가 발견되지 않기 때문에, 혹은 단지 조혼(早婚)이라 하는 데 대한 반항심 때문에 늦도록 총각으로 지내는 사람이 많아 가기는 하지만, 서른두 살의 총각은 아무리 생각하여도 좀 너무 늦은 감이 없지 않았습니다. 그래서 그의 친구들은 아직껏 기회가 있을 때마다 그에게 재근 비슷이, 결혼에 대한 주의를 하곤 하였습니다. 그러나, M은 언제나 그런 의논을 받을 때마다(속으로는 매우 흥미를 가진 것이 분명한데) 겉으로는 고소로써 친구들의 말을 거절하고 하였습니다. 그러던 M이 우리의 모르는 틈에 어느덧 혼약을 한 것이외다.

M은 가난하였습니다. 매우 불안정한 어떤 회사의 월급쟁이였습니다. 이 뿌리 약한 그의 경제 상태가 그로 하여금 늙도록 총각으로 지내게 한 듯도 합니다. 그리고 이 때문에 친구들은 M의 총각 생활을

애석히 생각하여, 장가들기를 권하는 것이었습니다.

그러나 나뿐은 M이 장가를 가지 않는 데 다른 종류의 해석을 내리고 있었습니다. 의사라는 나의 직업이 발견한 M의 육체적인 결함——이것 때문에 M은 서른이 넘도록 총각으로 지낸다, 나는 이렇게 믿고 있었습니다.

M은 학생 시대부터 대단한 방탕 생활을 하였습니다. 방탕이래야 금전상의 여유가 부족한 그는, 가장 하류에 속하는 방탕을 하였습니다. 오십 전 혹은 일 원만 생기면, 즉시로 우동집이나 유곽으로 달려가던 그였습니다. 체질상 성욕이 강한 그는, 그 불붙는 정욕을 끄기 위하여 눈앞에 닥치는 기회는 한 번도 놓치지 않았습니다. 친구들을 만날지라도, 음식을 한턱 하라기보다 유곽을 한턱 하라는 그였습니다.

"질(質)로는 모르지만, 양(量)으로는 세계의 누구에게든 그다지 지지 않을 테다."

관계한 여인의 수효에 대하여 이렇게 방언하기를 주저치 않으리만큼, 그는 선택(選擇)이라는 도정을 밟지 않고 '집어세었'습니다. 스물서너 살에 벌써 이백 명은 넘으리라는 것을 발표하였습니다. 서른 살 때는 벌써 괴승(怪僧) 신돈(辛旽)이를 멀리 눈 아래로 굽어보았을 것입니다. 그런지라, 온갖 성병(性病)을 경험하지 못한 것이 없었습니다. 더구나 술이 억배요, 그 위에 유달리 성욕이 강한 그는, 성병에 걸린 동안도 결코 삼가지를 않았습니다. 일 년 삼백 육십여 일 그에게서 성병이 떠나 본 적이 없었습니다. 늘 농이 흐르고, 한 달 건너쯤 고환염(睾丸炎)으로서, 걸음걸이도 거북스러운 꼴을 하여 가지고, 나한테 주사를 맞으러 오곤 하였습니다. 그러는 동안에도 오십 전, 혹은 일 원만 생기면, 또한 성행위를 합니다. 이런지라, 물론 그는 생식 능력이 없어진 사람이었습니다.

　　이 일을 잘 아는 나는 M이 결혼을 안 하는 이유를 여기다가 연결시켜 가지고, 그의 도덕심(?)에 동정까지 하고 있었습니다. 일생을 빈곤한 가운데서 보내고, 늙은 뒤에도 슬하도 없이 쓸쓸하게 지낼 그, 더구나 자기를 봉양할 슬하가 없기 때문에 백발이 되도록 제 손으로 이 고해를 헤엄치어 나갈 그는, 과연 한 가련한 존재이었습니다.

　　이렇던 M이, 어느덧 우리의 모르는 틈에 우물쭈물 혼약을 한 것이외다.

　　하기는 며칠 전에 이런 일이 있었습니다. 그 날 저녁을 먹은 뒤에, 혼자서 신간 치료 보고서를 읽고 있을 때에 M이 찾아왔습니다. 그리고 비교적 어두운 얼굴로, 내가 묻는 이야기에도 그다지 시원치 않은 듯이 입술엣대답을 억지로 하고 있다가, 이런 질문을 나에게 던졌습니다.

　　"남자가 매독을 앓으면 생식을 못하나?"

　　"괜찮겠지."

　　"임질은?"

　　"글쎄, 고환을 '오카사레루(침범당하지)' 하지 않으면 괜찮아."

　　"고환은…… 내 친구 가운데 고환염을 앓은 사람이 있는데, 인제는 생식을 못하겠다고 비판이 여간이 아니야. 고환을 오카사레루하면 절대 불가능인가? 양쪽 다 앓았다는데……."

　　"그것도 경하게 앓았으면 영향 없겠지."

　　"가령 그 경하다 치면…… 내가 앓은 게 그게 경한 편일까? 중한 편일까?"

　　나는 뜻하지 않고 그의 얼굴을 보았습니다. 중하기도 그만큼 중하게 앓은 뒤에, 지금 그게 경한 거냐 중한 거냐 묻는 것이 농담으로밖에는 들리지 않았으므로……. M의 얼굴은 역시 무겁고 어두웠습니다.

무슨 중대한 선고를 기다리는 사람과 같이, 눈을 푹 내리뜨고 나의 대답을 기다리고 있었습니다. 잠시 그의 얼굴을 바라본 뒤에 나는 어이가 없어서,

"아주 경한 편이지."

이렇게 대답하여 버렸습니다.

"경한 편?"

"그럼."

이리하여 작별을 하였는데, 지금에 이르러 생각하면 그 저녁의 그 문답이 오늘날의 그의 혼약을 이루게 하지 않았는가 합니다.

M이 혼약을 하였다는 기보(奇報)를 가지고 온 것은 T라는 친구였습니다. 그때는 마침 (다 M을 아는) 친구가 너덧 사람 모여 있을 때였습니다.

"골동(骨董) —— 국보 하나 없어졌다."

누가 이런 비평을 가하였습니다. 나는 T에게 이렇게 물었습니다.

"그래 연애로 혼약이 된 셈인가요?"

"연애? 연애가 다 무에요. 갈보 나까이밖에는 여자라는 걸 모르는 녀석이, 어디서 연애의 대상을 구하겠소?"

"그럼 지참금(持參金)이라도 있답디까?"

"지참금이란 뉘 집 애 이름이오?"

나는 여기서 이 혼약에 대하여 가장 불유쾌한 면을 보았습니다. 삼십이 넘도록 총각으로 지낸 그로서, 연애라 하는 기묘한 정사 때문에 그 절(節)을 굽혔다면, 그것은 도리어 축하할 일이지 책할 일이 아니외다. 지참금을 바라고 혼약을 하였다 하여도, 지금의 세상에 살아가는 우리로서(더구나 그의 빈곤을 잘 아는 처지인지라) 크게 욕할 수가

없는 일이외다. 그러나 연애도 아니요, 금전 문제도 아닌 이 혼약에서
는, 가장 불유쾌한 한 가지의 결론밖에는 얻을 수가 없습니다.

"그럼……."

나는 가장 불유쾌한 어조로 이렇게 말하였습니다.

"유곽에 다닐 비용을 경제[1]하기 위하여 마누라를 얻은 셈이구려."

이 혹평(酷評)에 대하여 T는 마땅치 않다는 듯이 나를 보았습니다.

"그렇게 혹언할 것도 아니겠지요. M도 벌써 서른두 살이든가, 세
살이든가, 좌우간 그만하면 차차로 자식도 무릎에 앉혀 보고 싶을 게
고, 그렇다고 마땅히 마누라를 선택할 길이나 방법은 없고……."

"자식? 고환염을 그만큼이나 심히 앓은 녀석에게 자식? 자식은
……."

불유쾌하기 때문에 경솔히도 직업적 비밀을 입밖에 낸 나는, 하던
말을 중도에 끊어 버렸습니다. 그러나 이미 한 말까지는 도로 삼킬 수
가 없었습니다.

"네? 그게 무슨 말씀이오?"

M의 생식 능력에 대하여 사면에서 질문이 들어왔습니다. 이미 한
말에 대하여 책임을 지지 않을 수 없는 나는, 그 말을 돌려 꾸미기에
한참 애를 썼습니다. 단언할 수는 없지만 혹은 M은 생식 능력이 없을
지도 모른다. 그러나 진찰을 안 해 본 바이니까, 혹은 또한 생식 능력
이 있을지도 모른다. M이 너무도 싱거운 혼약을 한 데 대하여 불유쾌
하여, 그런 혹언을 하였지만 그 말은 취소한다, 이러한 뜻으로 꾸며
대었습니다. 그리고 그 좌석에 있던 스무 살쯤 난 젊은이가,

---

1) 경제(經濟) ─ 인간의 공동 생활을 유지·발전시키기 위해 필요한, 물질적 재
    화와 서비스의 생산·유통·소비의 활동.

"외려 일생을 자식 없이 지내면 편지 않아요?"

이러한 의견을 내는 데 대하여, '젊은이로서는 도저히 이해할 수 없는 혈족의 애정'이라는 문제와 그 문제를 너무도 무시하는 요즘의 풍조에 대한 논평으로 말머리를 돌려 버리고 말았습니다.

M은 몰래 결혼식까지 하였습니다. 그의 친구들로서 M의 결혼식의 날짜를 미리 안 사람은 한 사람도 없었습니다. 뿐만 아니라, 지금 모두들 제각기 하는 소위 신식 혼례식을 하지 않고, 제 집에서 구식으로 하였답니다. 모 여고보 출신인 신부는 구식 결혼이 싫다고 하였지만 M이 억지로 한 것이라 합니다.

이리하여 유곽에서는 한 부지런한 손님을 잃어버렸습니다.

"독점이라 하는 건 참 유쾌하던걸."

결혼한 뒤에 M은 어떤 친구에게 이런 말을 하였다 합니다. 비록 연애로써 성립된 결혼은 아니지만, 그다지 실패의 결혼은 아닌 듯하였습니다. 오십 전, 혹은 일 원의 돈을 내어 던지고 순간적 성욕의 만족을 사던 이 노총각이 꿈에도 생각지 못할 독점을 하였으매, 그의 긍지가 적지 않았을 것이외다. 연애 결혼은 아니었지만 결혼한 뒤에 연애가 생긴 듯하였습니다. 언제든 음침한 기분이 떠돌던 그의 얼굴이, 그럴싸해서 그런지 좀 밝아진 듯하였습니다.

"복 받거라."

우리들 —— 더구나 나는 그들의 결혼을 심축[2]하였습니다. 처음에는 한낱 M의 성행위의 기구로 M과 결합케 된 커다란 희생물인 그의 젊은 아내를 위하여, 이것이 행복된 결혼이 되기를 축수하였습니다.

---

2) 심축(心祝) — 진심으로 축원하는 것.

동기는 여하튼 결과에 있어서 아름다운 열매를 맺으라. 너의 젊은 아내로서, 한 개 '희생물'이 되지 않게 하여라. 어머니로서의 즐거움을 맛볼 기회가 없는 너의 아내에게, 그 대신 아내로서는 남에게 곱되는 즐거움을 맛보게 하여라. M의 일을 생각할 때마다 진심으로 이렇게 축수하였습니다.

　신혼의 며칠이 지난 뒤부터는, M이 젊은 아내를 학대한다는 소문이 조금씩 들렸습니다. 완력을 사용한단 말까지 조금씩 들렸습니다. 그러나, 나는 이 문제는 그다지 크게 생각지 않았습니다. 이런 소문이 귀에 들어올 때마다, 나는 〈아라비안 나이트〉의 마신(魔神)의 이야기를 머릿속에서 되풀이하여 보곤 하였습니다.

　어떤 어부가 그물질을 하고 있었습니다. 그런데 한 번은 그물을 끌어올리니까 거기는 고기가 없고, 그 대신 병(瓶)이 하나 걸려 있었습니다. 병은 마개가 닫혀 있고, 그 위에 납(鉛)으로 굳게 봉함까지 되어 있었습니다. 어부는 잠시 주저한 뒤에 병의 봉함을 뜯고 마개를 뽑아 보았습니다. 그런즉, 병에서는 한 줄기 검은 연기가 하늘로 올라갔습니다. 그리고 하늘로 올라간 그 연기는 차차 뭉쳐서 거기는 커다란 마신이 나타났습니다.

　"나를 이 병 속에 감금한 것은 선지자 솔로몬이다. 이 병 속에 갇혀 있는 동안 나는 스스로 맹세하였습니다. 백 년 안에 나를 구해 수는 사람이 있으면 그 사람에게 거대한 부(富)를 주겠다고. 그리고 백 년을 기다렸지만 아무도 나를 구해 주는 사람이 없었다. 그래서 나는 다시 맹세했다. 이제 다시 백 년 안으로 나를 구해 주는 사람이 있으면 나는 그 사람에게 이 세상에 있는 보배를 다 주겠다고. 그리고 헛되이 백 년을 더 기다린 뒤에, 백 년을 더 연기해서 그 백 년 안에 나를 구해 주는 사람이 있으면, 그 사람에게 이 세상에서 가장 큰 권세와 영

화를 주겠다고. …… 그러나 그 백 년이 다 지나도 역시 구해 주는 사
람이 없었다. 그래서 나는 마지막으로 다시 맹세했다. 인제 누구든지
나를 구해 주는 놈이 있거든 당장에 그놈을 죽여서 그 새 갇혀 있던
그 분풀이를 하겠다고."

　이것이 병 속에서 나온 마신의 이야기였습니다. M이 자기의 젊은
아내를 학대한다는 소문이 들릴 때에, 나는 이 이야기를 생각지 않을
수가 없었습니다. 삼십이 지나도록 총각으로 지낸 그 고통과 고적함
에 대한 분풀이를 제 아내에게 하는 것이라 했습니다. 그리고 실컷 학
대해라, 실컷 학대해라, 더욱 축수하였습니다.

　M이 결혼한 지 이 년이 된 어떤 날 거의 저녁이었습니다. 그와 나
는 어떤 곳에서 저녁을 같이하고 있었습니다.

　그의 얼굴은 이 날 유난히 어둡고 무거웠습니다. 그는 음식에는 거
의 손을 대지 않고 술만 들이키고 있었습니다. 본시 말이 많지 않은
그가 이 날은 더욱 입이 무거웠습니다.

　몹시 취하여 더 술을 먹지 못하리만큼 되어서, 그는 처음으로 자발
적으로 입을 열었습니다. 충혈이 된 그의 눈은 무시무시하게 번뜩였
습니다.

　"여보게 여보게, 속이지 말구 진정으로 말해 주게. 내게 생식 능력
이 있겠나?"

　"글쎄 검사를 해 보아야지."

　나는 이만큼 하여 넘기려 하였습니다.

　"그럼 한 번 진찰해 봐 주게."

　"왜 갑자기……."

　그는 곧 대답하려 하였습니다. 그러나 나오려던 말을 삼켰습니다.

그리고 다시 술을 한 잔 먹은 뒤에, 눈을 푹 내리뜨며 말했습니다.

"아니, 다른 게 아니라 내게 만약 생식 능력이 없다면 저 사람(자기의 아내)이 불쌍하지 않나? 그래서 없는 게 판명되면, 아직 젊었을 때에 헤어져서 저 사람이 제 운명을 다시 개척할 '때'를 줘야지 않겠나? 그래서 말일세."

"진찰해 보아야지."

"그럼 언제 해 보세."

그 며칠 뒤에 나는 M의 아내가 임신했다는 소문을 듣고 깜짝 놀랐습니다. 검사해 볼 필요도 없습니다. M은 그 능력이 없을 것입니다. 그런데 M의 아내는 임신했습니다.

그리고 며칠 전에 M이 검사하겠다던 마음을 짐작했습니다. 그것은 결코 그 날의 제 말마따나 '아내의 장래를 위하여' 하려는 것이 아니고, 아내에게 대한 의혹 때문에 하여 보려는 것일 것이외다. 자기도 온전히 모르는 바는 아니로되, 십중 팔구는 자기는 생식 불능자일 텐데 자기의 아내는 임신을 한 것이외다.

생각하면 재미있는 연극이외다. 생식 능력이 없는 M은, 그런 기색도 뵈지 않고 결혼을 하였습니다. 그리하여 M에게로 시집을 온 새 아내는 임신을 하였습니다. 제 남편이 생식 불능자인 줄 모르는 아내는, 뻐젓이 자기의 가진 죄의 씨를 M에게 자랑을 하고 있을 것이외다. 일찍이 자기가 생식 불능자인지도 모르겠다는 점을 밝혀 주지 않은 M은, 지금 이 의혹의 구렁이에서도 제 아내를 책할 권리가 없을 것이외다. 그가 검사를 하겠다 하나, 검사를 하여 자기가 불구자인 것이 판명된 뒤에는 어떤 수단을 취할는지 짐작도 할 수가 없습니다. 아내의 음행을 책하자면, 자기의 사기적 행위를 폭로시키지 않을 수가 없을 것이외다. 그것을 감추자면, 제 번민만 더욱 크게 할 것이외다.

어떤 날, 그는 검사를 하자고 왔습니다. 그때 마침 환자가 몇 사람 밀려 있던 관계상, 나는 그를 내 사실에 가서 좀 기다리라 하고, 환자 처리를 다 하고 내려갔습니다. 그랬더니 그는 나를 기다리지 않고 돌아가 버렸습니다. 이튿날 그는 다시 왔습니다. 그러나 그는 또 돌아가 버렸습니다.

나도 사실 어찌하여야 할지 똑똑히 마음을 작정치 못했던 것이외다. 검사한 뒤에 당연히 사멸해 있을 생식 능력을 살아 있다고 하자니, 그것은 나의 과학적 양심이 허락지 않는 바외다. 그러나 또한 사멸하였다고 하자니, 이것은 한 사람의 일생을 망쳐 버리는 무서운 선고에 다름없습니다. M이라 하는 정당한 남편을 두고도 불의의 쾌락을 취하는 M의 아내는 분명히 책받을 여인이겠지요. 그러나 또한 다른 편으로 이 사건을 관찰할 때에, 내가 눈을 꾹 감고 그릇된 검안을 내린다면, 그로 인하여 절대로 불가능하던 M이 슬하에 사랑스런 자식(?)을 두고 거기서 노후의 위안도 얻을 수 있을 것이요, 만사가 원만히 해결될 것이외다.

내가 자유로 선택할 수 있는 두 가지의 갈래길에 서서, 나는 어느 편 길을 취하여야 할지 판단을 주저하고 있었습니다. 이 문제가 사오 일 뒤에 저절로 해결이 되었습니다. 그 날도 역시 침울한 얼굴로 찾아온 M에게 대하여 나는 의리상,

"오늘 검사해 보자나?"

하니깐 그는 간단히 대답하였습니다.

"벌써 했네."

"응? 어디서."

"P병원에서."

"그래서 그 결과는?"

“살았다네.”

“?”

나는 뜻하지 않고 그의 얼굴을 보았습니다. 그것은 의외의 대답을 들은 때문이라기보다 오히려 ‘살았다네’ 하는 그의 음성이 너무 침통하기 때문에…….

“그럼 안심이겠네.”

이렇게 대답하는 동안, 나는 내가 하마터면 질 뻔한 괴로운 임무에서 벗어난 안심을 느끼는 동시에, P병원에서의 검안의 의외에 눈을 크게 뜨지 않을 수가 없었습니다. 내 눈을 만난 M의 눈은 낭패한 듯이 이리저리 돌아다녔습니다. 그리고 나는 그 눈으로 그가 방금 한 말이 거짓말이었음을 알았습니다.

그럼 그는 왜 거짓말을 하였나? 자기의 아내의 명예를 보호하기 위하여? 세상과 제 마음을 속여 가면서라도 자식을 슬하에 두어 보기 위하여? 나는 그의 마음을 알 수가 없었습니다. —— 그가 입을 열었습니다. 무겁고 침울한 음성이었습니다.

“여보게, 자네 이런 기모치 알겠나?”

“어떤?”

그는 잠시 쉬어서 말을 시작했습니다.

“월급쟁이가 월급을 받았네. 받은 즉시로 나와서 먹고 쓰고 사고, 실컷 마음대로 돈을 썼네. 막상 집으로 돌아가는 길일세. 지갑 속에 돈이 몇 푼 안 남아 있을 것은 분명해. 그렇지만 지갑을 못 열어 봐. 열어 보기 전에는 혹은 아직은 꽤 많이 남아 있겠거니 하는 요행심도 붙일 수 있겠지만, 급기야 열어 보면 몇 푼 안 남은 게 사실로 나타나지 않겠나? 그게 무서워서 아직 있거니, 스스로 속이네그려. 쌀도 사야지. 나무도 사야지. 열어 보면 그걸 살 돈이 없는 게 사실로 나타날

테란 말이지. 그래서 할 수 있는 대로 지갑에서 손을 멀리하고 제 집
으로 돌아오네. 그 기모치 알겠나?”

나는 머리를 끄덕이었습니다.

“알겠네.”

그는 다시 입을 봉하였습니다. 그러나 그때에 나는 알았습니다. M
은 검사도 하여 보지 않은 것이외다. 그는 무서워합니다. 그는 검사를
피합니다. 자기의 아내가 임신을 하였습니다. 그것은 상식으로 판단하
여 물론 남편의 아이일 것이외다. 거기 대하여 의심을 품을 자는 하나
도 없을 것이외다. 의심을 품을 필요도 없는 것이외다. 왜? 여인이 남
편을 맞으면 원칙상 임신을 하는 것이 당연한 일이니깐.

이 의심할 필요가 없는 일을 의심하다가 향기롭지 못한 결과가 나
타나면, 이것은 자작지얼[3]로서 원망을 할 곳이 없을 것이외다. 벌의
둥지를 건드리는 것은 어리석은 것이외다. 십중 팔구는 향기롭지 못
한 결과가 나타날 ‘검사’를 M은 회피한 것이외다. 절망을 스스로 사
지 않으려 —— 그리고, 번민 가운데서도 끝끝내 일루의 희망을 붙여
두려, M은 온전히 ‘검사’라는 위험한 벌의 둥지를 건드리지 않기로
한 것이외다. 그리고 상식으로 판단할 수 있는(제 아내의 뱃속에 있는)
자식에게 대하여, 억지로 애정을 가져 보려 결심한 것이외다. 검사를
하여서 정충이 살아 있다면 다행한 일이지만, 사멸하였다면 시재[4] 제
아내와의 새에 생길 비극과 분노의 절망은 둘째 두고라도, 일생을 슬
하에 혈육이 없이 보내고, 노후에 의탁할 곳을 가질 가능성조차 없는
절망의 지위에 빠지지 않을 수가 없을 것이외다.

---

3) 자작지얼(自作之孽) — 자기가 저지른 일로 말미암아 생긴 재앙.
4) 시재 — ‘지금’·‘현재’의 방언.

이것은 무서운 일이외다. 상식으로 판단할 수 있는 일을 거부(拒否)하고까지 이런 모험 행위를 할 필요가 없을 것이외다. 이리하여 그는 검사는 단념했지만, 마음에 있는 의혹뿐은 온전히 끄지를 못한 모양이었습니다. 그 뒤 어떤 날, 그는 이런 이야기, 저런 이야기 하다가 이런 말을 했습니다.

"자식은 꼭 제 애비를 닮는다면 좋겠구면……."

거기 대하여 나는 닮은 예를 여러 가지로 들어서 말하여 주었습니다. 그는 한숨을 쉬었습니다.

"여인이 애를 배면 걱정일 테야. 아버지나 친할아버지를 닮지 않으면 걱정이 아니겠나. 그저 애비를 닮아야 제일이야. 하하하……."

나는 대답하였습니다.

"글쎄 말이지, 내 전문이 아니니깐 이름은 기억 못하지만, 독일 소설에 이런 게 있지 않나. '아버지'라나 하는 희곡 말일세. 자식을 낳았는데 제 자식인지 아닌지 몰라서 번민하는 그런 이야기가 있지? 그것도 아버지만 닮으면 문제가 없겠지."

"아! 아, 다 귀찮어."

M의 아내가 아들을 낳았습니다.

그 아이가 반 년쯤 자랐습니다.

어떤 날 M은 그 아이를 몸소 안고, 병을 뵈러 나한테 왔습니다. 기관지가 조금 상하였습니다.

약을 받아 가지고도 그냥 좀 앉아 있던 M은, 묻지도 않는 이런 말을 하였습니다.

"이놈이 꼭 제 증조부님을 닮았다거든."

"그래?"

나는 그의 말에 적지 않은 흥미를 느끼면서, 이렇게 응했습니다. 내 눈으로 보자면, 그 어린애와 M과는 아무런 관련도 없는 바인데, 그 애가 M의 할아버지를 닮았다는 것은 기이함으로서…… 어린애의 친편과 외편의 근친(近親)에서 아무도 비슷한 사람을 찾아 내지 못한 M의 친척은, 하릴없이 예전의 조상을 들추어 낸 모양이었습니다. 그리고 그 어린애에게, 커다란 의혹과 그보다 더 커다란 희망(의혹이 오해였던 것을 바라는)은 M으로 하여금 손쉽게 그 말을 믿게 한 모양이었습니다. 적어도 신뢰하려고 마음먹게 한 모양이었습니다.

내가 자기의 말에 흥미를 가지는 것을 본 M은, 잠시 주저하다가 그가 예비했던 둘쨋말을 마침내 꺼내었습니다.

"게다가 날 닮은 데도 있어."

"어디?"

"이 보게."

M은 어린애를 왼편 팔로 가만히 옮겨서 붙안으면서, 오른손으로는 제 양말을 벗었습니다.

"내 발가락 보게. 내 발가락은 남의 발가락과 달라서, 가운뎃 발가락이 그 중 길어. 쉽지 않은 발가락이야. 한데……"

M은 강보를 들치고 어린애의 발을 가만히 꺼내어 놓았습니다.

"이놈의 발가락 보게. 꼭 내 발가락 아닌가. 닮았거든……"

M은 열심으로, 찬성을 구하듯이 내 얼굴을 바라보았습니다. 얼마나 닮은 곳을 찾아보았기에 발가락 닮은 것을 찾아 내었겠습니까?

나는 M의 마음과 노력에 눈물겨워졌습니다. 커다란 의혹 가운데서, 그 의혹을 어떻게 하여서든 삭여 보려는 M의 노력은 인생의 가장 요절할 비극이었습니다. M이 보라고 내어놓은 어린애의 발가락은 안 보고 오히려 얼굴만 한참 들여다보고 있다가, 나는 마침내 이렇게 말하였습니다.

"발가락뿐 아니라 얼굴도 닮은 데가 있네."

그리고 나의 얼굴로 날아오는 (의혹과 희망이 섞인) 그의 눈을 피하면서 돌아앉았습니다. World Best

(1932년)

붉은 산
— 어떤 의사의 수기 —

　그것은 여(余)가 만주를 여행할 때 일이었다. 만주의 풍속도 좀 살필 겸 아직껏 문명의 세례를 받지 못한 그들 사이에 퍼져 있는 병(病)을 좀 조사할 겸 해서 일 년의 기한을 예사하여 가지고 만주를 시시콜콜이 다 돌아온 적이 있었다. 그때에 ××촌이라 하는 조그만 촌에서 본 일을 여기에 적고자 한다.

　××촌은 조선 사람 소작인만 사는 한 이십여 호 되는 작은 혼촌이었다. 사면을 둘러보아도 한 개의 산도 볼 수가 없는 광막한 만주의 벌판 가운데 놓여 있는 이름도 없는 작은 촌이었다.

　몽고 사람 종자(從者)를 하나 데리고, 노새를 타고 만주의 혼촌을 돌아다니던 여가 그 ××촌에 이른 때는 가을도 다 가고 어느덧 광포한 북극의 겨울이 만주를 찾아온 때였다.

　만주의 어느 곳이나 조선 사람이 없는 곳은 없지만, 이러한 오지(奧地)에서 한 동네가 죄 조선 사람뿐으로 되어 있는 곳을 만나니 반가웠다. 더구나 그 동네는 비록 모두가 만주국인의 소작인이라 하나 사람들이 비교적 온량하고 정직하여, 장성한 이들은 그래도 모두 천자

문 한 권쯤은 읽은 사람이었다. 살풍경한 만주, 그 가운데서 살풍경한 살림을 하는 만주국이며 조선 사람의 동네를 근 일 년이나 돌아다니다가 비교적 평화스런 이런 동네를 만나면 그것이 비록 외국인의 동네라 하여도 반갑겠거늘, 하물며 우리 같은 동족임에랴. 여는 그 동네에서 한 십여 일 이상을 일없이 매일 호별 방문을 하며 그들과 이야기로 날을 보내며, 오래간만에 맛보는 평화적 기분을 향락하고 있었다.

'삵'이라는 별명을 가지고 있는 '정익호'라는 인물을 본 것이 여기서이다.

익호라는 인물의 고향이 어디인지는 ××촌에서 아무도 몰랐다. 사투리로 보아서 경기 사투리인 듯하지만 빠른 말로 재재거리는 때에는 영남 사투리가 보일 때도 있고, 싸움이라도 할 때는 서북 사투리가 보일 때도 있었다. 그런지라 사투리로써 그의 고향을 짐작할 수가 없었다. 쉬운 일본 내지 말도 알고, 한문 글자도 좀 알고, 중국 말은 물론 꽤 하고, 쉬운 러시아 말도 할 줄 아는 점 등등, 이곳 저곳 숱하게 주워 먹은 것은 짐작이 가지만, 그의 경력을 똑똑히 아는 사람은 없었다.

그는 여(余)가 ××촌에 가기 일 년 전쯤 빈손으로 이웃이라도 오듯 후덕덕 ××촌에 나타났다 한다. 생김생김으로 보아서 얼굴이 쥐와 같고 날카로운 이가 있으며 눈에는 교활함과 독한 기운이 늘 나타나 있으며, 발룩한 코에는 코털이 밖으로까지 보이도록 길게 났고, 몸집은 작으나 민첩하게 되었고, 나이는 스물 다섯에서 사십까지 임의로 볼 수 있으며, 그 몸이나 얼굴 생김이 어디로 보든 남에게 미움을 사고 근접치 못할 놈이라는 느낌을 갖게 한다.

그의 장기(長技)는 투전이 일쑤며, 싸움 잘하고, 트집 잘 잡고, 칼부림 잘하고, 색시에게 덤벼들기 잘하는 것이라 한다.

생김생김이 벌써 남에게 미움을 사게 되었고, 거기다 하는 행동조차 변변치 못한 일만이라, ××촌에서도 아무도 그를 대척하는 사람이 없었다. 사람들은 모두 그를 피하였다. 집이 없는 그였으나 뉘 집에 잠이라도 자러 가면 그 집 주인은 두말 없이 다른 방으로 피하고 이부자리를 준비하여 주고 하였다. 그러면 그는 이튿날 해가 낮이 되도록 실컷 잔 뒤에 마치 제 집에서 일어나듯 느직이 일어나서 조반을 청하여 먹고는 한 마디의 사례도 없이 나가 버린다.

그리고 만약 누구든 그의 이 청구에 응치 않으면 그는 그것을 트집으로 싸움을 시작하고, 싸움을 하면 반드시 칼부림을 하였다.

동네의 처녀들이며 젊은 여인들이 익호가 이 동네에 들어온 뒤부터는 마음놓고 나다니지를 못하였다. 철없이 나갔다가 봉변을 당한 사람도 몇이 있었다.

'삵.'

이 별명은 누가 지었는지 모르지만 어느덧 ××촌에는 익호를 익호라 부르지 않고 '삵'이라고 부르게 되었다.

"삵이 뉘 집에서 묵었나?"

"김 서방네 집에서."

"다른 봉변은 없었다나?"

"요행히 없었다네."

그들은 아침에 깨면 서로 인사 대신으로 '삵'의 거취를 알아보고 하였다.

'삵'은 이 동네에는 커다란 암종이었다. '삵' 때문에 아무리 농사에 사람이 부족한 때라도 젊고 튼튼한 몇 사람은 동네의 젊은 부녀를 지키기 위하여 동네 안에 머물러 있지 않을 수 없었다. '삵' 때문에 부녀와 아이들은 아무리 더운 여름 저녁에라도 길에 나서서 마음놓고 바람을 쏘여 보지를 못하였다. '삵' 때문에 동네에서는 닭의 가리며 돼지 우리를 지키기 위하여 밤을 새우지 않을 수가 없었다.

동네의 노인이며 젊은이들은 몇 번을 모여서 '삵'을 이 동리에서 내어쫓기를 의논하였다. 물론 합의는 되었다. 그러나 내어쫓는 데 선착할 사람이 없었다.

"첨지가 선착하면 뒤는 내 담당하마."

"뒤는 걱정 말고 형님 먼저 말해 보시오."

제각기 '삵'에게 먼저 달려들기를 피하였다.

이리하여 동리에서는 합의는 되었으나 '삵'은 그냥 태연히 이 동리에 묵어 있게 되었다.

"며늘년들이 조반이나 지었나?"

"손주놈들이 잠자리나 준비했나?"

마치 그 동네의 모두가 자기의 집안인 것같이 '삵'은 마음대로 이집 저집을 드나들었다.

××촌에서는 사람이라도 죽으면 반드시 조상 대신으로,

"삵이나 죽지 않고."

하는 한 마디의 말을 잊지 않고 하였다. 누가 병이라도 나면,

"에익! 이놈의 병 '삵'한테로 가거라."

고 하였다.

암종 —— 누구나 '삵'을 동정하거나 사랑하는 사람이 없었다.

'삵'도 남의 동정이나 사랑은 벌써 단념한 사람이었다. 누가 자기

에게 아무런 대접을 하든 탓하지 않았다. 보이는 데서 보이는 푸대접을 하면 그 트집으로 반드시 칼부림까지 하는 그이었지만, 뒤에서 아무런 말을 할지라도 —— 그리고 그것이 '삵'의 귀에까지 갈지라도 탓하지 않았다.

"흥……."

이 한마디는 그의 가장 큰 처세 철학이었다.

흔히 곁동네 만주국인들의 투전판에 가서 투전을 하였다. 때때로 두들겨 맞고 피투성이가 되어서 돌아오는 일도 있었다. 그러나 그는 그 하소연을 하는 일이 없었다. 한다 할지라도 들을 사람도 없거니와 —— 아무리 무섭게 두들겨 맞은 뒤라도 하루만 샘물에 상처를 씻고 절룩절룩한 뒤에는 또 이튿날은 천연히 나다녔다.

여(余)가 ××촌을 떠나기 전날이었다.

송 첨지라는 노인이 그 해 소출을 나귀에 실어 가지고 만주국인 지주가 있는 촌으로 갔다.

그러나 돌아올 때는 송장이 되었다. 소출이 좋지 못하다고 두들겨 맞아서 부러져 꺾어진 송 첨지는 나귀 등에 몸이 결박되어 겨우 ×× 촌으로 돌아왔다. 그리고 놀란 친척들이 나귀에서 몸을 내릴 때에 절명되었다.

××촌에서는 왁자하였다.

"원수를 갚자!"

명 아닌 목숨을 끊은 송 첨지를 위하여 동네의 젊은이는 모두 흥분되었다. 제각기 이제라도 들고 일어설 듯하였다.

그러나 그뿐이었다. 누구든 앞장을 서려는 사람이 없었다. 만약 이때에 누구든 앞장을 서는 사람만 있었다면 그들은 곧 그 지주에게로 달려갔을지 모른다. 그러나 제가 앞장을 서겠노라고 나서는 사람은 없었다. 제각기 곁사람을 돌아보았다.

발을 굴렀다. 부르짖었다. 학대받는 인종의 고통을 호소하며 울었다. 그러나 —— 그뿐이었다. 남의 일로 지주에게 반항하여 제 밥자리까지 떼이기를 꺼림인지, 용감히 앞서 나가는 사람은 없었다.

여는 의사라는 여의 직업상 송 첨지의 시체를 검시하였다. 돌아오는 길에 여는 '삵'을 만났다. 키가 작은 '삵'을 여는 내려다보았다. '삵'은 여를 쳐다보았다.

'가련한 인생아. 인종의 거머리야. 가치 없는 인생아. 밥버러지야. 기생충아!'

여는 '삵'에게 말하였다.

"송 첨지가 죽은 줄 아나?"

여의 말에 아직껏 여를 쳐다보고 있던 '삵'의 얼굴이 아래로 떨어졌다. 그리고 여가 발을 떼려는 순간 얼핏 '삵'의 얼굴에 나타난 비창한[1] 표정을 여는 넘길 수가 없었다.

고향을 떠난 만리 밖에서 학대받는 인종의 가엾음을 생각하고 그 밤은 여도 잠을 못 이루었다.

그 억분함을 호소할 곳도 못 가진 우리의 처지를 생각하고, 여도 눈물을 금치를 못하였다.

이튿날 아침이었다.

여를 깨우러 오는 사람의 소리에 여는 반사적으로 일어났다.

---

1) 비창하다 — 마음이 아프고 슬프다.

‘삵’이 동구(洞口) 밖에서 피투성이가 되어 죽어 있다는 것이었다. 여는 ‘삵’이라는 말에 눈살을 찌푸렸다. 그러나 의사라는 직업상, 곧 가방을 수습하여 가지고 ‘삵’이 넘어진 데까지 달려갔다. 송 첨지의 장례식 때문에 모였던 사람 몇은 여의 뒤로 따라왔다.

여는 보았다. ‘삵’의 허리가 기역자로 뒤로 부러져서 밭고랑 위에 넘어져 있는 것을 여는 달려가 보았다. 아직 약간의 온기는 있었다.

“익호! 익호!”

그러나 그는 정신을 못 차렸다. 여는 응급 수단을 하였다. 그의 사지는 무섭게 경련되었다.

이윽고 그가 눈을 번쩍 떴다.

“익호! 정신 드나?”

그는 여의 얼굴을 보았다. 끝이 없이 한참을 쳐다보았다. 그의 눈동자가 움직이었다.

겨우 처지를 깨달은 모양이었다.

“선생님, 저는 갔었습니다.”

“어디를?”

“그놈…… 지주놈의 집에……”

무얼? 여는 눈물 나오려는 눈을 힘있게 닫았다. 그리고 덥석 그의 벌써 식어 가는 손을 잡았다. 잠시의 침묵이 계속되었다. 그의 사지에서는 무서운 경련이 끊임없이 일었다. 그것은 죽음의 경련이었다. 듣기 힘든 작은 그의 소리가 또 그의 입에서 나왔다.

“선생님.”

“왜?”

“보고 싶어요. 전 보구 시……”

“뭐이?”

　그는 입을 움직였다. 그러나 말이 안 나왔다. 기운이 부족한 모양이었다. 잠시 뒤에 그는 또다시 입을 움직이었다. 무슨 소리가 그의 입에서 나왔다.

　"무얼?"

　"보구 싶어요. 붉은 산이…… 그리고 흰 옷이!"

　아아, 죽음에 임하여 그는 고국과 동포가 생각난 것이었다. 여는 힘 있게 감았던 눈을 고즈너기 떴다. 그때에 '삵'의 눈도 번쩍 뜨이었다. 그는 손을 들려고 하였다. 그러나 이미 부러진 그의 손은 들리지 않았다. 그는 머리를 돌이키려 하였다. 그러나 그 힘이 없었다.

　그의 마지막 힘을 혀끝에 모아 가지고 입을 열였다.

　"선생님!"

　"왜?"

　"저것…… 저것……."

　"무얼?"

　"저기 붉은 산이…… 그리고 흰 옷이…… 선생님, 저게 뭐예요!"

　여는 돌아보았다. 그러나 거기는 황막한 만주의 벌판이 전개되어 있을 뿐이었다.

　"선생님, 노래를 불리 주세요. 마지막 소원…… 노래를 해 주세요. 동해물과 백두산이 마르고 닳도록……."

　여는 머리를 끄덕이고 눈을 감았다. 그리고 입을 열었다. 여의 입에서는 창가가 흘러 나왔다.

　여는 고즈너기 불렀다.

　"동해물과 백두산이……."

　고즈너기 부르는 여의 창가 소리에 뒤에 둘러섰던 다른 사람의 입에서도 숭엄한 코러스는 울리어 나왔다.

무궁화 삼천리
화려 강산 ——

　광막한 겨울의 만주벌 한편 구석에서는 밥버러지 익호의 죽음을 조
상하는 숭엄한 노래가 차차 크게 엄숙하게 울리었다. 그 가운데 익호
의 몸은 점점 식어 갔다. **World Best**

(1932년)

《배따라기 · 감자》 바로 읽기

순수 예술 문학의 선구적인 작가

금동(琴童) 김동인(金東仁)은 격동과 통한(痛恨)의 시대인 1920년 대부터 한국 문학사에 근대 문학의 뿌리를 내리고 다양한 문학 세계의 형상화를 통해 문학의 예술성을 재확인시켜 준 순수 예술 문학의 선구적인 작가이다.

춘원 이광수에 의한 계몽주의 문학이 큰 흐름을 이루면서 목적으로서의 문학이 유행할 당시, 김동인은 문학의 순수한 본질을 일깨우는 데에 노력했다. 그가 세상에 선보인 예술적 향기가 넘치는 수많은 작품들은 간결하면서두 섬세한 뮤체로 인생사의 깊고 다양한 면을 형상화하여 한국 근대 문학의 위상을 한층 성숙시켜 놓았다.

1919년 2월, 김동인의 주도로 발간된 한국 문학 사상 최초의 동인지인 「창조」는 이후 「개벽」과 「폐허」로 이어지는 동인지 시대의 기틀을 마련했고, 다양한 문예 사조와 새로운 창작 기법을 실험하는 문학의 장이 되었다. 「창조」는 신문학기의 계몽주의적 성격을 청산하고 자연주의 문학의 새로운 출발을 보임으로써, 「폐허」, 「백조」와 함께 새로운 현대 문학의 장을 여는 기수의 역할을 하였다.

한국 문학에 근대성을 부여한 김동인은 1919년 처음 작품을 발표하고 1920년대를 거쳐 1951년 사망하기까지 30여 년 동안 매우 다양한 경향의 소설을 창작했다. 한국 문학에서 김동인만큼 이질적인 요소의 복합성을 지닌 작가는 드물 것이다. 당대에 유행했던 문예사조가 거의 그의 문학 작품에 영향을 미치고 있다. 우선 그는 1920년대에는 〈배따라기〉와 같은 낭만주의적 경향의 작품과 〈감자〉 등의 자연주의적 경향의 작품을 발표하였고, 이후 1930년대에는 유미주의적 경향의 〈광염(狂炎) 소나타〉·〈광화사(狂畵師)〉, 인도주의적 정신이 담긴 〈발가락이 닮았다〉 및 민족주의적 의식이 짙은 〈붉은 산〉을 발표하는 등 다양한 문학 활동을 펼쳤다. 그리고 1940년대에는 다시 〈김연실전(金姸實傳)〉과 같은 자연주의적 경향으로 회귀하는 한편, 장편 야담류(野談類)의 통속적 소설에 빠지기도 하였다.

특히 작품 활동이 가장 활발했던 1920년대와 30년대는 민족의 현실을 자각하고 문학으로 민족을 각성시키겠다는 의지가 충만하던 시기였다. 동시에 일제 식민지로 인한 좌절의 시기였다. 그는 이 시기에 개인적으로는 경제적 파산으로 인한 생활고와 건강의 악화, 그리고 사회적으로는 식민지하 일제의 극심한 검열과 탄압 때문에 고통을 받았지만, 문학적으로는 매우 위대한 업적을 남겼다.

천재의 삶에 깃든 절망의 그림자

김동인은 1900년 10월 2일 평안남도 평양 하수구리(下水口里) 6번지에서 부친 김대윤(金大潤)과 모친 옥씨(玉氏) 사이에서 3남 1녀 중 둘째 아들로 태어났다. 아버지 김대윤은 첫 번째 부인과 사별한 후 옥씨와 재혼하여 느지막이 둘째 아들인 동인을 얻었다. 기독교 장로로 근대 사상에 일찍 눈뜨고 신문회 관련 대동서관을 경영한 부친은 암울한 당시의 현실을 교육으로 각성시켜야 한다고 믿고 있었다. 그에 따라 안창호, 안태국, 이승훈 등 당대의 지사들을 자주 집으로 초대해 교우 관계를 가졌고, 동인을 비롯한 자식들에게 중국 혁명기와 월남 망국사 등을 들려 주며 민족 의식을 고취시켰다. 집안은 부유한 편이었으며 종교적인 가정답게 엄격하고 평온했다. 그러한 분위기에서 동인의 작가적 성향은 자연스레 형성되었다.

유복한 가정에서 부모의 지극한 애정과 엄격한 교육을 받고 자랐기 때문인지 그는 유약하고 자신만을 크게 생각하는 유아독존적(唯我獨尊的) 성격을 지니게 되었다. 이러한 성격은 그의 자신만만한 천재성에서 기인하는 것이기도 했지만, 현실적인 삶을 살아가는 데에 있어서는 부정적인 영향을 끼치게 된다.

1907년 기독교계의 평양 숭덕 소학교에 입학한 그는 산술과 작문에 뛰어난 재능을 보였다고 한다. 이곳에서 그의 인생과 문학에 큰 영향을 끼치게 되는 친구 주요한(朱耀翰)을 만나게 된다. 이후 1912년 숭실 중학교에 입학한 그는 형을 통해 그에게 지대한 문학적 영향을 끼치게 되는 톨스토이 등의 사실주의 작가들의 작품을 접하게 되었다. 형 김동원(金東元)은 부모 다음으로 그에게 영향을 준 사람이다. 형은 존경과 의지의 대상이었으며 동시에 경쟁의 대상이기도 했다. 형은 일본에서 유학을 한 후 귀국해 교원과 교장을 지내게 되는 민족주의자로 1912년 '105인 사건'에 연루되어 감옥에 수감되는데 당시 12살이던 동인은 형의 그러한 모습에 깊은 감명을 받는다. 형의 부탁으로 톨스토이의 《부활》을 감옥에 차입하게 되고, 이것을 계기로 동인의 문학 정신이 싹트게 된다.

숭실 중학교를 중퇴한 그는 1914년 홀로 일본으로 건너가 도쿄 학원에 입학한다. 당시 집안에서는 메이지 학원에 입학하기를 원했으나,

그는 동창생인 주요한이 메이지 학원에 재학중이었기 때문에 그 후배로 들어가는 것이 싫어 도쿄 학원을 선택했다고 한다. 이미 이때부터 그의 자존심은 대단했는데, 당시 주요한이 문학도가 되겠다는 말을 듣고는 그 역시 부모가 바라는 의사나 변호사의 꿈을 포기하고 문학도가 되겠다는 생각을 품게 되었다는 일화가 있다.

1915년 도쿄 학원이 폐쇄되는 바람에 그는 다시 메이지 학원 2학년으로 편입하게 되었다. 이 시절 그는 소설과 영화에 탐닉했으며, 주요한 등과 어울려 문학의 꿈을 키워나갔다. 그리고 이때 처음으로 사랑의 열병을 앓게 된다. 그의 나이 16살이었다. 상대는 당시 하숙집 건너편에 살던 혼혈 소녀 메리였는데, 어느 날 그녀가 이사를 가 버리는 바람에 충격을 받는다. 이처럼 그의 첫사랑이 짝사랑으로 끝나고 난 뒤, 친구의 소개로 나카지마 요시에라는 일본인 여자와 사귀는 것을 시작으로 평생에 걸쳐 여러 명의 여자와 사랑을 나누게 된다.

김동인의 생애에 있어 1918년은 일대 전환점이 되는 시기이다. 이 해에 부친이 사망하고, 당시로서는 막대한 유산을 물려받게 된다. 아버지의 죽음은 그에게 커다란 충격과 상처를 주었다. 그는 메이지 학원 3학년으로 중퇴를 하고 귀국해 평양에 머물면서 어머니의 권유로 동갑인 김혜인(金惠仁)과 결혼하였다. 신문명에 눈을 뜬 낭만주의자였던 그가 중매 결혼을 했다는 사실은 매우 특기할 만한 일이었다. 김혜인은 평양의 부유한 집안 출신으로 학교 교육은 받은 적이 없으나 매우 남성적이고 활달한 성격이었다. 그는 결혼 후 다시 혼자서 일본으로 건너가 가와바다 미술 학교에 입학했다. 그림에도 남다른 소질이 있던 그는 그곳에서 미술과 학생이었던 아키코라는 일본 여자와 사귀게 된다. 그리고 결혼 생활과 상관없이 연애에 빠졌다. 그러나 이 일본인 여자와의 관계도 오래 가지는 않았다.

　　1919년 미술 학교를 중퇴한 그는 그 해 2월에 일본에서 주요한, 전영택, 김환 등과 함께 신문학 최초의 동인지라 할 수 있는 「창조」에 처녀작인 〈약한 자의 슬픔〉을 발표하며 본격적인 문학 활동을 시작하였다. 그 무렵 2·8 독립선언에 연루되었다는 혐의를 받지만 모친 위독이란 전보를 받고 귀국하게 된다. 그러나 고국의 상황은 격동과 혼란의 물결이 거세게 휩쓸고 있었다. 3·1 만세운동의 여파로 많은 동포들이 폭압에 시달리고 있었다. 이러한 현실은 그에게 커다란 자극을 주었다. 당시 선각자적 사명 의식에 젖어 있던 그는 민족에 대한 새로운 각성과 조국에 대한 애착으로 새로운 인식을 갖게 된다. 그는 동생 김동평(金東平)이 부탁한 3·1 운동과 관련한 격문(檄文)의 초고를 해 주었다가 출판법 위반 혐의를 받고 투옥된다. 3개월간의 옥고를 치르고 풀려나기는 했지만, 이후 그의 인생은 고단한 가시밭이 되고 만다. 이 감옥에서의 체험은 1922년에 발표된 그의 단편 〈태형(笞刑)〉의 토대가 된다. 이 작품은 3·1 만세운동에 연루된 수감자들이 자신들의 작은 편안을 위해 한 노인을 죽게 한다는 이야기로, 열악한 감옥의 환경 속에서 인간이 추악한 이기주의를 품게 되는 과정과 그에 대한 회개를 통해 진정한 동포애를 갖고 화합해야 한다는 교훈을 제시하고 있나.

　　감옥에서 풀려난 그는 3·1 운동의 실패로 인한 민족의 아픈 현실과 식민지하에서 자유롭게 표현하지 못하는 울분 등으로 괴로운 나날을 보냈다. 그리고 더욱 투철한 민족 의식과 사명감을 갖게 되었으며, 폭력에 의한 인간의 갈등과 공포, 이중적 심리 등에 대해 깨닫게 되었다. 그리고 이것은 곧바로 그의 작품 세계에 나타나게 된다.

　　1921년 김동인은 한국 근대 단편 소설의 효시라 할 수 있는 〈배따라기〉를 발표해 작가로서의 명성을 더욱 굳혔다. 그는 이 외에 〈목숨〉, 〈전제자(專制者)〉, 〈태형〉 등을 발표하며 활발한 작품 활동을 전개한다. 그러나 1921년 재정 문제로 「창조」가 제9호를 끝으로 폐간되면서 그의 삶은 어둠 속으로 빠져들기 시작한다. 기생 김옥엽과 동거를 하는 등 술과 여자, 도박으로 이어지는 방탕의 세월을 보냈다. 문학에 대한 자신의 열정을 자유롭게 터뜨릴 수 없었던 당시 식민지 현실의 압박과 그러한 불합리함을 받아들일 수 없었던 자존심 강한 성격 탓이었다. 물론 그러한 와중에도 1924년 「창조」의 후신이라 할 수 있는 동인지 「영대(靈臺)」를 발간하고, 그의 대표적 작품의 하나인 〈감자〉를 비롯해 기독교 신자의 왜곡된 신앙을 비판한 풍자 소설인 〈명문(明文)〉, 그리고 〈유서(遺書)〉, 〈시골 황 서방〉 등 자연주의적 인생관이 짙게 반영된 일련의 수작들을 발표하였다. 그러나 그의 무절제한 생활은 더욱 심해졌고, 부친이 남겨 준 많은 가산을 탕진했다. 게다가 1926년에는 경제적 곤궁을 극복하기 위해 의욕을 갖고 수리 관개 사업을 시작하였지만, 일본인 관리와의 불화로 실패를 겪게 되고, 그는 완전한 재정적 파탄에 이르렀다. 세상의 어려움을 모르고 온실의 화초처럼 자랐던 그가 사업이란 냉정한 현실에서 성공하기란 쉬운 일이 아니었다. 이 일로 인해 그는 매우 큰 충격을 받았다. 모든 경제적인 문제를 아내에게 맡기고 한동안 마작을 하거나 대동강에서의 낚시로 세월을 보냈다. 결국 1927년 봄, 평양 본가는 남의 손에 넘어가게 되고, 아내는 4살 난 딸을 데리고 일본으로 떠나가고 말았다. 경제적 파탄에 이어진 아내의 가출은 그에게 커다란 상처와 삶에 대한 깊은 회의를 가져다 주었다. 이후 동인은 여성에 대한 혐오감이 더욱 팽배해져 사람들을 피하는 우울증이 생겼다. 그리고 이것이 원인이 되어 훗날 수면제와 아편을 복용하게 된다.

1928년, 아우인 김동평의 영화 '춘희(春嬉)' 제작을 도와 평양, 진

남포, 정주, 해주, 선천 등지를 돌며 흥행에 힘썼으나, 이 역시 실패하고 말았다. 그러나 그는 실망하지 않고 새롭게 의욕을 가다듬고 소설 창작에 전념한다. 삶에 내재한 불합리와 고통의 문제를 유미적으로 그린 〈광염 소나타〉를 비롯해 〈태평행(太平行)〉, 〈눈보라〉, 〈K박사의 연구〉 등을 발표해 문단에 신선한 바람을 일으킨다. 그리고 〈조선 근대 소설고(朝鮮近代小說考)〉라는 평론을 통해 당시 유행하던 이광수의 계몽 문학에 반발하여 예술주의에 입각한 그의 문학관을 펼친다. 또한 그는 1929년에는 「동아일보」에 장편 《젊은 그들》을 연재한다. 자부심이 강했던 그는 신문 연재 소설만큼은 쓰지 않으려 했다. 왜냐하면 돈을 위해 쓰는 하급 작가들의 몫이라고 생각해 왔던 것이다. 하지만 거듭되는 생활고로 인해 그는 할 수 없이 연재 소설을 쓰게 되었다. 그는 이후에도 《운현궁(雲峴宮)의 봄》(「조선일보」, 1933년), 《왕부(王府)의 낙조(落照)》(「월간중앙」, 1935년), 《연산군(燕山君)》(「만선일보」, 1937년) 등의 장편 역사 소설을 신문에 연재하게 된다.

김동인은 1930년 4월, 11살 아래인 김경애(金瓊愛)와 재혼한다. 김경애는 매우 조용하고 순종적인 여자로 그에게 심적인 안정을 가져다주었다. 이후 그는 방탕의 생활에서 벗어나 어려운 경제난 속에서도 소설 창작에 전념한다. 프로 문학을 강렬하게 의식하고 쓴 〈배회〉, 〈벗기운 대금업자〉를 비롯해 〈죄와 벌〉, 〈신앙으로〉 등을 발표했으며, 1932년에는 민족의식이 강하게 드러난 〈발가락이 닮았다〉, 〈붉은 산〉 등의 수작들을 발표했다. 그러나 생계는 더욱 곤란해졌으며, 건강마저 좋지 않았다. 게다가 1934년, 어머니의 죽음은 형용할 수 없는 충격을 준다.

또한 이 무렵 일제의 탄압과 검열은 더욱 가혹하게 작가들의 작품 활동을 규제하기 시작했다. 많은 작가와 시인들이 일제의 탄압에 굴

복해 변절해 갔다. 이러한 암울한 현실 속에서 동인은 1939년 6월, 일제의 압력에 못 이겨 박영희, 임학수 등과 함께 '북지황군위문(北支皇軍慰問)'에 협력하여 만주를 다녀오기도 했다. 또한 친일적인 글을 쓸 것을 강요받기도 했으나 그것만은 끝내 거부했다. 이 때문에 그는 일제 당국으로부터 요시찰 인물이 되었으며, 1942년에는 '불경죄'로 서대문 형무소에 6개월이나 갇히게 되는 고통을 당하게 된다.

헤어날 길 없는 답답한 현실 속에서 그의 건강은 더욱 악화되고, 계속되는 불면증으로 그는 과다한 수면제를 복용했다. 그리하여 약물 중독 현상까지 일으키게 된다. 해방이 되었으나 그의 생활과 건강은 회복되지 않았다. 1948년, 재기를 다지며 「태양신문」에 장편 《을지문덕》을 연재했으나, 정신착란증이 일어나 완성을 보지 못하고 중단하고 말았다.

결국 극도의 신경증으로 인한 정신착란증과 수차례의 옥살이, 생활고 등은 그를 최악의 상태로 몰고 갔으며, 더 이상 정상적인 생활도, 작품 활동도 못하게 되었다. 말년에 그는 아편에 의지해 하루하루를 견뎌 냈다. 1950년, 한국 전쟁이 일어나자 그의 형편은 더욱 나빠졌다. 동맥경화증으로 반신불수가 되어 피난을 포기하고, 아내와 아이들만 떠나 보내야 했다. 그리고 1951년 1월 5일, 그는 한 마디 유언도 없이 외롭게 파란만장한 생을 마감하고 말았다.

근대 단편 소설의 효시(嚆矢)

김동인은 문학의 순수한 예술적 가치를 존중하고, '미(美)'의 완전한 구현을 위해 소설을 창작했다. 그는 신문학 시대에서 본격적인 문학 시대로 넘어가는 한국 문학사에 문단(文壇)의 기반을 이룩하였고, 다양한 문예 사조를 수용, 단편 소설의 새로운 장을 열었던 선구자다.

그는 일제의 식민지로 전락한 민족의 수치를 자신의 수치로 받아들였으며, 문학을 통해 그 부끄러움을 극복하고자 했다. 그러기 위해서 그는 현실의 삶에 바탕을 둔 사실주의 문학을 통해 현실의 부조리를 극복하고 새로운 희망을 꿈꿀 수 있는 새로운 인간성을 추구했다. 이광수의 계몽주의 문학으로 대표되는 당시의 문학은 주제와 인물의 성격, 줄거리가 뻔하고 권선징악과 해피 엔딩 등 작품의 구성이 엉성했다. 그러나 김동인에 이르러 목적에 치우친 이상주의적 작품이 아니라, 현실의 삶을 사실적으로 그대로 보여 주고 표현함으로써 그야말로 진정한 문학의 완성을 이루었다.

김동인은 평생을 통해 첫 번째 아내 김혜인과 두 번째 아내 김경애를 비롯해 여러 여자들과 연애를 하거나 동거를 했으며, 그 중의 대부분은 여자들의 일방적인 떠남으로 끝이 났다. 이러한 여성들의 독특한 집착과 관계는 그의 작품 세계에 환상적인 미의식을 심어 주거나 성적인 욕망의 그늘을 드리우게 했다. 그의 여성 편력은 영적인 미의 세계와 육적인 현실 세계의 두 극의 인생을 토대로 작품을 쓰는 데에 지대한 영향을 미쳤다. 특히 〈약한 자의 슬픔〉, 〈감자〉 등 여성을 주인공으로 하는 초기의 작품들은 주로 억압의 사회 구조 속에서 자각의 눈을 뜨기 시작한, 혹은 환경의 완강함에 못 이겨 삶을 포기당한 여성들을 비극적으로 형상화했다. 이 시기의 작품들은 여성의 미묘하고도 복합적인 심리 변화를 밀도 있게 추적하고 그에 대한 대립 구조로서의 유교적 가부장 제도의 모순과 허구를 조명하였다.

김동인의 처녀작인 〈약한 자의 슬픔〉은 한국 문학 사상 최초의 자연주의적 수법의 작품으로써 이후 소설 창작에 새로운 전기와 자극을 주었다. 비운의 여자 주인공을 통해 약자의 비애를 그리고 있는 이 작품은 여성의 세계, 혹은 여성의 자아 의식과 그 성숙의 과정을 다루고 있다. 작가가 의미하는 '약함'이란 전통적으로 억압의 테두리를 벗어나지 못한 자아 의식의 결핍성을 의미한다.

이 소설은 강 엘리자베스라는 미모의 19살 여학생이 K남작의 아이들 가정교사로 지내면서 시작된다. 그녀는 비록 양반 출신도 아니고 양친을 모두 여의었지만, 그 재주와 미모는 뭇사람들의 시선을 한몸에 받고 있다. 그녀는 통학길에 만난 이환이라는 청년을 짝사랑하지만, 어느 날 밤 K남작에게 정조를 유린당한 뒤, 혼란을 겪게 된다. 그녀는 임신을 하게 되고, 결국은 K남작으로부터 버림을 받게 된다. 분노와 복수심으로 그녀는 K남작을 상대로 재판을 걸어 보지만 패소하고, 유산까지 하게 된다. 자신의 몸에서 나온 핏덩이를 향한 애정과 증오 속에서 엘리자베스는 자신의 약함을 절감하고 사랑이라는 새로운 인생의 기초를 향해 다짐한다. 누군가를 사랑한다는 것은 곧 강함을 의미하며, 자신의 자아를 키우고 자신에 대한 사랑을 키우는 것이야말로 더 이상 여성이 피해 의식의 허무한 희생자가 되지 않을 것임을 암시하고 있다. 이 작품에는 K남작으로 상징되는 식민지 지배 계급의 비인간적 횡포와 사법 제도의 부조리가 비판적으로 담겨져 있으며, 기존의 신소설이나 이광수의 소설에서는 볼 수 없었던 심리 묘사가 진지하게 그려져 있다.

〈배따라기〉는 한국 근대 단편 소설의 효시라 할 수 있는 작품으로 1921년 6월 「창조」에 발표되었다. 오해가 빚은 운명적인 파멸과 방랑의 이야기인 이 작품은 액자 소설의 형태를 취하고 있다. 이 작품은 3중의 구성으로 되어 있는데, 형(사공)을 방랑하게 하는 계기가 되는 부분, 형의 방랑 과정, 그리고 화자의 서술 부분이 그것이다. 화자인 '나'는 대동강변에서 '배따라기' 노래를 부르고 있는 남자를 만나게 되고, 그로부터 비극적인 이야기를 듣게 된다.

그 남자를 방랑의 삶으로 내모는 것은 우연한 사건에 의한 집안의 파멸 때문이다. 의심이 많고 열등감이 있는 형과 아름답고 성격이 쾌활한 그의 아내, 그리고 다감하고 잘생긴 아우의 평화로운 관계가 어느 날 쥐잡기로 표현된 우연한 오해로 인해 깨어져 버린다. 형은 자신의 아내와 아우가 몰래 육체적인 관계를 맺은 사이라고 오해를 한 것이다. 이 사건으로 아내는 자살하고 동생은 집을 떠나간다. 작은 오해지만 이것은 평화로운 가족을 순식간에 비극의 운명으로 바꾸어 놓을 만한 숙명적인 힘을 가지고 있었던 것이다. 자신의 일을 후회하고 관계를 회복하고자 아우를 찾아나서는 형. 그러나 그의 고행과도 같은 유랑에도 불구하고 그 뜻은 이루어지지 않고, 우연에 의한 파멸의 삶은 회복되지 못한다. 인간의 삶이란 결국 비극일 수밖에 없으며 낙원을 꿈꿀 수는 없다는 회의주의적인 색채가 서정적인 분위기 속에 짙게 배어 있는 이 소설은 당시 김동인이 빠져 있던 허무주의와 숙명론적인 세계관을 반영하고 있다. 이 심미적인 소설에서 김동인은 매우 세심한 자연 묘사와 심리 묘사를 그렸는데, 이러한 표현은 등장인물들의 어두운 운명의 비극을 암시하는 상징적 의미를 내포하고 있다.

김동인의 대표적인 소설 가운데 하나인 〈감자〉는 1925년 「조선문단」 1월 호에 발표되었다. 고통받는 인생의 문제를 복녀라는 여주인공의 삶을 통해 조명한 이 소설은 가난과 부조리의 비극상을 사실적으로 그린 자연주의 문학의 대표적인 작품으로 평가되고 있다. 복녀가 가난한 환경으로 인하여 도덕성을 상실하고 거듭되는 매춘 행위와 애욕의 질투 때문에 끝내 비극적인 파멸에 이르게 된다는 이야기이다. 복녀가 극단적인 파멸에 빠지게 되는 주요 요인은 가난과 시기심 때문이다. 따라서 이 작품에는 당시 식민지의 궁핍한 현실 문제와 시기심이라는 개인적인 욕망의 문제가 연결되어 있다.

가난한 농민의 딸 복녀는 20년이나 연상인 남자에게 돈 80원에 팔려 시집을 가게 된다. 게으르고 무능한 남편으로 인해 빈민굴로 쫓겨나 걸인처럼 살아가는 그녀는 먹고 살기 위해 송충이 잡는 일에 나섰다가 감독의 눈에 들어 몸을 팔아 쉽게 돈을 벌게 된다. 물욕에 눈이 어두워진 그녀는 감자밭 주인인 왕 서방네의 감자를 훔치다가 들키는 바람에 왕 서방과도 정을 통하며 더 큰 돈을 벌려고 한다. 그러나 왕 서방이 새장가를 들기 위해 처녀를 사 오자, 복녀는 질투심에 화를 못 참고 신혼 첫날밤에 낫을 들고 뛰어들었다가 오히려 왕서방에게 살해를 당하고 만다. 그러나 복녀의 억울한 죽음에 대해서 아무도 슬픔을 느끼지 않는다. 왕 서방과 복녀의 남편, 한의사 세 사람은 복녀의 죽음을 놓고 흥정을 한다. 그녀의 주검은 단순한 뇌일혈로 처리되어 매장된다. 가련한 한 인간의 죽음 앞에서도 애도의 정보다는 돈을 먼저 생각할 정도로 인간성을 잃은 세 남자, 특히 복녀 남편을 통하여 당시 시대의 슬픈 단면을 보여 주고 있다. 이렇듯 김동인의 비관적인 세계관이 스며 있는 이 작품은 황폐화한 일제 식민지 하층민의 삶을 통해 환경에 의한 인간성의 파멸과 물욕에 빠진 현대 사회의 부조리를 드러내고 있다.

〈광염 소나타〉는 1929년 1월, 「중외일보」에 발표된 작품으로, 김동인이 술과 기생과 빠져 있던 방탕한 생활을 청산하고 새롭게 재기의 의지를 다지던 시기에 씌어진 소설이다. 따라서 이 작품에는 김동인의 방탕한 생활 체험과 작가로서의 자의식과 관련된 내면의 심리가 곳곳에 배어 있다. 또한 이 소설은 그의 이전의 소설들에서 보인 낭만적이고 자연주의적인 경향에서 많이 벗어나 탐미주의적 경향을 드러낸 작품으로서 악(惡)도 아름다움일 수 있다는, 미(美)에 대한 광폭한 동경을 담고 있다. 이 소설은 작중 화자인 K씨가 백성수에 대해 사회 교화자 모씨에게 이야기하는 형식으로 되어 있다.

유복자로 태어난 작곡가 백성수는 어머니의 위독한 병을 고치기 위해 가게에서 돈을 훔치다 붙잡힌다. 어머니의 임종도 보지 못한 채 옥살이를 한 그는 출옥 후 복수의 생각으로 가게에 불을 지른다. 그리고 그것에서 오는 충격과 감흥으로 광염 소나타를 작곡한다. 이어서 그는 자신의 마을에 불을 지르며 그때마다 감흥을 음악으로 표현한다. 그의 행동은 점점 극단적으로 치달아 살인까지 저지르게 된다. 그리고 이러한 행위 뒤에는 불멸의 음악들이 작곡된다. 그의 행위는 사회적 불합리와 빈곤, 억압에 대한 분노의 표현이다. 그는 현실에 의해 처절하게 버림을 받았고, 그것을 극복하기 위해 예술에 탐닉하고, 예술의 완전성을 위해 광폭한 행동들을 서슴지 않는다. 결국 그는 체포되어 정신병원에 감금된다. 이러한 백성수의 행동의 배후에는 죽은 아버지의 삶이 자리잡고 있다. 백성수의 아버지는 뛰어난 재능을 가진 음악가였지만, 그 능력을 몰라 주는 현실 때문에 고통의 삶을 살았고, 그의 천재적 재능은 술에 의지할 때만 보여졌다. 광포한 자신의 천재성을 기존의 도덕적 규범과 주위의 억압을 무시하고 과감하게 표현할 용기가 없었던 것이다. 이처럼 백성수 부자(父子)의 아픈 삶은 억압적인 일제 식민지하에서 자유롭게 능력을 발휘할 수 없었던 예술인의 고뇌를 상징하고 있다. 이것은 곧 김동인 자신이 사회에 대해서 품고 있던 불만과 불신의 표현이라 할 수 있다.

〈광화사(狂畵師)〉는 당대의 천재 화가였지만 그 못생긴 외모로 인해 고통받았던 솔거에 대한 이야기이다. 〈광염 소나타〉와 비슷한 경향의 소설로 광기를 지닌 예술가의 비극적인 삶을 그리고 있다. 솔거는 두 번 결혼을 했지만 첫 번째 아내는 기절을 해 버리고, 첫날 밤을 함께 한 두 번째 아내는 죽어도 같이 살 수 없다고 도망가 버렸다. 두 아내에게 버림받은 솔거는 30여 년 간 깊은 산 속 오막살이에서 살며 그림에 전념한다. 그는 천하 미인이었던 자신의 어머니와 닮은 미녀도를 그리려 한다. 그는 뽕밭에서 오랜 세월을 두고 절세 미인을 보기 위해서 기다린다. 그러다가 결국 눈이 먼 소녀를 만나게 된다. 그는 그 소녀를 모델로 그림을 그리지만 마지막으로 미녀의 눈을 그릴 수 없어 괴로워한다. 결국 그는 오로지 자신의 그림을 완성하기 위해 소녀를 죽이고 눈동자를 그리게 된다. 하지만 어머니의 아름다움을 재생하려는 그의 모든 노력은 수포로 돌아가고 죄의식에 미쳐 버린다. 이 작품은 김동인의 치열한 탐미적 열정의 한 단면을 투영하고 있다. 또 식민지하의 사회에서 경제적 파탄과 어머니의 죽음으로 인한 황폐함과 무력감에 빠진 김동인 자신 및 민족을 '미녀도(美女圖)'라는 이상적 세계로 상징하여 극복하고자 했다.

1932년 1월, 「동광」에 발표된 〈발가락이 닮았다〉는 김동인의 인간애가 물씬 묻어나는 작품으로 단편 소설 작가로서의 그의 능력이 확연하게 나타난 작품이다. 이 작품은 의사인 '나'에 의해서 서술되지만, 작품의 중심에 자리하는 것은 생식불능자인 M이다. 그는 젊어서의 방탕으로 생식불능자가 된다. 그는 자신의 치명적인 결함을 숨기고 결혼을 하게 되는데, 어느 날 그의 아내가 임신을 하게 된다. M은 아내가 다른 남자와 정을 통했음을 의심하지만, 자신의 거짓말이 드러날 것을 우려해 혼자 괴로워할 뿐이다. 아내로 상징되는 현실의 부조리를 알면서도 자신이 만들어낸 부조리 때문에 침묵해야만 되는 비극적인 상황이다. 어쩔 수 없이 그는 그러한 비극적 상황을 받아들이기로 한다. 아내가 낳은 아이와 자신의 발가락이 닮았음을 억지로 찾아 내고, 그것을 믿으려고 노력한다. 〈발가락이 닮았다〉는 김동인의 작품 중에서 인도주의적 경향을 띠는 대표적인 소설이다. 오랜 방탕의 삶과 재정 파탄, 아내의 가출, 그리고 재혼으로 이어지는 회환의 세월을 보냈던 김동인이 새로운 의욕을 갖고 쓴 이 작품에는 그의 변화된 심성, 즉 인간에 대한 신뢰와 긍정적인 세계관이 짙게 배어 있다.

〈붉은 산〉은 1932년 4월, 「삼천리(三千里)」에 발표된 소설로, 김동인의 민족주의적 의식이 가장 강렬하게 드러난 작품으로 주인공의 죽음은 개인적인 자기 구제에 그치지 않고 나아가 타인, 즉 민족을 위한 희생까지 그 의미가 확대되어 나타난다. 의사인 여(余)가 만주 지방을 여행할 때 체험한 사건을 이야기하는 액자 소설 형태를 취하고 있다. 1931년 중국 길림성 만보산 지역의 관개 수로 공사를 둘러싸고 한국과 중국 농민 사이에 실제로 일어났던 분쟁인 '만보산 사건'이 소재이다.

소설의 주인공인 삵은 투전과 싸움에 능한 건달끼 있는 남자다. 소설의 화자인 여(余)는 의학 연구를 위해 만주를 순례하던 중, 가난한 한국 소작인들이 모여 사는 작은 마을에서 삵을 만난다. 그곳에서 송 첨지라는 노인이 소작료를 적게 바쳤다는 이유로 만주인 지주에게 얻어맞아 죽는 사건이 일어난다. 마을 사람들은 흥분과 분노를 느끼지만, 지주를 상대로 어떠한 행동도 하지 못한다. 단 한 사람, 삵만이 지주를 찾아가 항의를 하다가 얻어맞아 피투성이가 된다. 비록 평소에는 건달로 알려져 있지만, 그는 강한 민족애로 누구도 할 수 없었던 일을 한 것이다. 그는 마을 사람들이 지켜 보는 가운데 애국가를 들으며 죽어 간다. 소설의 결말 부분에 나오는 붉은 산과 흰 옷은 고국의 강토와 민족을 의미한다. 일제의 가혹한 수탈을 견디지 못하고 만주 등지로 고국을 떠나 살고 있는 유랑민의 한을 상징하는 것이다.

김동인 연보

1900년   10월 2일, 평안남도 평양에서 태어남.

1907년(8세) 기독교계의 평양 숭덕 소학교에 입학함.

1912년(13세) 숭덕 소학교를 졸업하고 숭실 중학교에 입학함.

1913년(14세) 숭실 중학교를 중퇴함.

1914년(15세) 홀로 일본으로 건너가 도쿄 학원에 입학함.

1915년(16세) 도쿄 학원 폐쇄, 메이지 학원에 2학년으로 편입함.

1918년(19세) 아버지 사망함. 메이지 학원 중퇴하고 귀국함. 어머니의
권유로 동갑인 김혜인(金惠仁)과 중매 결혼함. 결혼 후 다시
일본으로 건너가 미술 학교에 입학함.

1919년(20세) 미술 학교를 중퇴함. 2월, 일본에서 주요한, 전영택, 김환
등과 함께 신문학 최초의 동인지라 할 수 있는 「창조」를 발
간하고 처녀작인 〈약한 자의 슬픔〉을 발표하며 본격적인 문
학 활동을 시작함.

1920년(21세) 중편 〈마음이 옅은 자여〉를 「창조」에 발표함. 장남 일환
(日煥) 태어남.

1921년(22세) 6월, 한국 근대 단편 소설의 효시라 할 수 있는 〈배따라
기〉를 「창조」에 발표함. 그 외에 〈목숨〉, 〈음악 공부(일명 유
성기)〉(「창조」), 〈전제자(專制者)〉(「개벽」) 등을 발표함.

1922년(23세) 12월, 〈태형(笞刑)〉을 「동명」에 발표함.

1923년(24세) 「개벽」에 단편 〈이 잔을〉·〈눈을 겨우 뜰 때〉를 발표함.

1924년(25세) 「창조」의 후신이라 할 수 있는 동인지 「영대」 창간호에
〈유서(遺書)〉를 발표함. 단편집 《목숨》을 자비로 출간함.

1925년(26세) 「영대」가 제5호로 폐간됨. 그의 대표적 작품의 하나인
        〈감자〉를 「조선문단」에 발표함. 그 외에 기독교 신자의 왜곡
        된 신앙을 비판한 풍자 소설 〈명문(明文)〉(「개벽」)과 〈정희〉
        (「조선문단」), 〈시골 황서방〉(「개벽」) 등 자연주의적 인생관
        이 짙게 반영된 일련의 수작들을 발표함.
1926년(27세) 3월, 단편 〈원보 부처〉를 「신민」에 발표함.
1927년(28세) 〈명화 리디아〉(「동광」)와 〈딸의 업을 이으려〉(「조선문
        단」) 등을 발표함.
1928년(29세) 「조선지광」에 평론 〈소설 작법〉을 발표함.
1929년(30세) 1월, 단편 〈광염(狂炎) 소나타〉를 「중외일보」에 발표함.
        또한 〈눈보라〉(「동아일보」), 〈태평행(太平行)〉(「문예공론」),
        〈K박사의 연구〉(「신소설」) 등을 발표함. 「동아일보」에 첫 장
        편 소설인 《젊은 그들》을 연재함.
1930년(31세) 4월, 11살 아래인 김경애(金瓊愛)와 재혼함. 〈배회〉(「대
        조」), 〈벗기운 대금업자〉(「신민」)을 비롯해 〈순정〉(「조선일
        보」), 〈구두〉(「삼천리」), 〈죄와 벌〉·〈신앙으로〉(「조선일보」)
        등을 발표함. 「중외일보」의 폐간으로 《태평행》 중단함.
1931년(32세) 단편 〈거지〉(「삼천리」), 〈결혼식〉(「동광」), 〈박 첨지의 죽
        음〉(「삼천리」) 등을 발표함. 딸 유환(柔煥) 태어남.
1932년(33세) 1월, 〈발가락이 닮았다〉를 「동광」에 발표함. 〈붉은 산〉
        (「삼천리」)을 비롯해 〈잡초〉(「신동아」), 〈적막한 저녁〉(「삼천
        리」) 등을 발표함. 9월, 「매일신보」에 장편 《해는 지평선에
        서》를 연재함.
1933년(34세) 4월부터 「조선일보」에 《운현궁(雲峴宮)의 봄》을 연재함.
1934년(35세) 어머니의 사망 충격으로 약물 중독 현상까지 일으키게
        됨. 평론 〈춘원 연구〉를 「삼천리」 지에 연재함. 단편 〈사진과

편지〉(「월간매신」), 〈대동강은 속삭인다〉(「삼천리」), 〈어떤 날
밤〉(「신인문학」) 등을 발표함. 장편 《태평선 너머로》를 「매일
신보」에 연재함.

1935년(36세) 1월, 장편 《왕부(王府)의 낙조(落照)》를 「월간중앙」에 연
재함. 12월, 야담류의 글을 위주로 하는 잡지 「야담(野談)」을
발간함. 창간호에 단편 〈광화사(狂畵師)〉를 발표함. 딸 연환
(姸煥)이 태어남.

1936년(37세) 조선서관에서 《이광수·김동인 소설집》이 출간됨.

1937년(38세) 1월, 역사 소설 《연산군(燕山君)》을 「만선일보」에 연재함.

1938년(39세) 단편 〈가두(街頭)〉(「삼천리문학」), 〈가신 어머님〉(「조
광」), 〈태양지(太陽地) 아주머니〉(「여성」) 등을 발표함.

1939년(40세) 2월, 장편 《제성대(帝星臺)》를 「조광」에 연재함. 3월, 중
편 〈김연실전(金姸實傳)〉을 「문장」에 발표함. 《김동인 단편
집》이 박문서관에서 출간됨.

1941년(42세) 3월, 장편 《대수양(大首陽)》을 「조광」에 연재함. 7월 장
편 《백마강》을 「매일신보」에 연재함. 단편 〈집주름〉(「문장」),
〈곰네〉(「춘추」) 등을 발표함.

1946년(47세) 단편 〈송 첨지〉(「백민」), 〈학병 수첩〉(「태양」), 〈석방〉
(「민성」), 〈반역자〉(「백민」) 등을 발표함. 장편 《정열(情熱)》
을 「대조」에 연재함.

1947년(48세) 2월, 단편 〈망국일기(亡國日記)〉를 「백민」에 발표함.

1948년(49세) 10월, 장편 《을지문덕(乙支文德)》을 「태양신문」에 연재
함. 단편 〈주춧돌〉(「평화신문」), 〈김덕수〉(「대조」), 〈환가(還
家)〉(「서울신문」) 등을 발표함.

1949년(50세) 7월, 건강 악화로 《을지문덕》의 연재를 중단함.

1951년(52세) 1월 5일, 서울 하왕십리 자택에서 외롭게 영면함.

Hye Won World Best
Hye Won World Best

Hye Won World Best